ROYAL CHARMER - VERSION FRANÇAISE

KYLIE GILMORE

Traduction par
LAURE VALENTIN

Royal Charmer - Version française : © 2019 par Kylie Gilmore

Couverture par : Michele Catalano Creative

Traduit par : Laure Valentin

Publié par : Extra Fancy Books

ISBN-13 : 978-1-64658-002-6

1

___

Seule une vraie dure à cuire irait passer sa lune de miel sans son époux.

C'est la preuve que moi, Alice Segal, je suis une dure à cuire. C'est une exclusivité, les gars. Faites-moi tomber, je me relèverai, plus forte que jamais. J'ai du mal à croire que je suis vraiment là, dans la suite royale spéciale lune de miel d'un authentique palais sur l'île de Villroy. Je repousse la housse de couette blanche et m'assois dans mon incroyable lit à balda-quin en acajou sculpté à la main. Un voile blanc fin et trans-parent ajoute à l'atmosphère onirique et romantique. Et je m'y connais en romantisme. Je suis une auteure de romance historique.

Je récupère mes lunettes œil-de-chat avec des cœurs en argent sur la table de chevet et les enfile. Cette sieste de deux heures ne peut rien contre mon manque de sommeil, mais au moins mon cerveau est de nouveau opérationnel. Je n'ai somnolé que quelques heures durant le long vol depuis Port-land, dans l'Oregon. Quand je suis arrivée sur l'île de Villroy, près de la côte du sud-ouest de la France, je me suis dit qu'une petite sieste me réglerait aussitôt sur l'heure locale.

J'ai toute une journée de travail qui m'attend. Le truc, c'est que j'ai besoin de ce séjour pour trouver l'inspiration. Je dois rendre mon prochain livre à mon éditeur, genre, hier, et je n'ai pas encore écrit un seul mot. Au début, j'étais trop accaparée dans les préparations de mariage, et puis, après que Mason a annulé le mariage la semaine dernière, je n'étais même plus capable de me lever du canapé. Mes ferventes croyances en la romance sont brisées, tout comme mon cœur, mon âme et ma foi en l'humanité. Je n'ai pas envie d'en parler.

Je dirais simplement que *j'aime* l'amour, j'ai toujours aimé ça, et Mason l'a tué chez moi. C'est probablement la pire chose que vous puissiez faire à une auteure de romance qui a des délais à respecter (où à n'importe quelle femme ayant un cœur). Je me force à prendre une profonde inspiration pour faire disparaître les larmes qui menacent de couler. J'en ai fini avec tout ça. Vraiment. J'ai fait mon deuil et j'ai tourné la page.

Voilà les faits :

1. Mason et moi étions ensemble depuis un an, et étions fiancés depuis six mois.

2. Il me trompait avec Riley depuis trois mois, à mon insu, *alors que nous étions fiancés.*

3. Riley était ma meilleure amie depuis l'école primaire.

Elle était l'extravertie et moi l'introvertie, une confidente en qui j'avais une confiance totale, et la seule personne vers qui je pouvais toujours me tourner. Mais comment peut-on encore se tourner vers sa meilleure amie lorsqu'on est bouleversée à cause de quelque chose qu'elle a fait ?

La bonne nouvelle – oui, il y a une bonne nouvelle, raison pour laquelle je ne suis pas recroquevillée en boule en train de pleurer toutes les larmes de mon corps, en ce moment – c'est que je me suis réveillée avec une idée fantastique en tête. Mon éditrice sera tellement ravie. Même si je rends une ébauche plus brute que d'habitude, tant que je rends quelque chose avant le délai, dans deux semaines, tout va bien. Je n'avais pas prévu d'écrire pendant ma lune de miel, et pourtant me voilà, à tenter de toutes mes forces de ne pas paniquer. C'est le moment d'écrire ce foutu livre ou de se faire virer. Il s'agit du troisième tome très attendu d'une trilogie se passant durant l'Angleterre de la Régence. J'attrape mon téléphone et appelle mon éditrice, Quinn, pour lui annoncer la bonne nouvelle. Nous sommes proches, et je sais que son enthousiasme nourrira le mien, faisant remonter à la surface la magie de l'écriture qui me manque tant. Boîte vocale.

OK, aucun problème. J'emploierai ce temps de manière productive. Je sors un petit bloc-notes et griffonne mon idée avant qu'elle puisse se sauver ; puis je visite la suite réservée aux invités en prenant des notes. J'étais trop fatiguée jusque-là pour vraiment l'examiner. On n'a pas souvent l'occasion de séjourner dans un palais vieux d'un siècle. Vu que la lune de miel était déjà intégralement payée, j'ai foncé, songeant que le changement de décor serait exactement ce dont j'avais besoin, et jusqu'ici, ça fonctionne. J'utiliserai certains détails de la suite pour décrire la résidence de mon héros. Elle est vraiment charmante. La chambre principale est remplie de meubles sculptés anciens aux gravures complexes. Il y a des appliques murales en or ressemblant à des bougies aux murs, et deux colonnes dorées qui brillent d'une lumière scintillante de chaque côté du lit, avec d'adorables chérubins perchés au-dessus. Je renifle l'air. Cela sent la lavande, une odeur apaisante. Parfait.

Sur une table ronde se trouvent un vase en cristal rempli de roses, un seau de glace et une unique flûte à champagne. Un seul peignoir blanc épais est suspendu dans l'armoire. J'ai appelé à l'avance pour préciser que je voyageais seule, et c'est sympa de ne pas être entourée de rappels de couple. J'aurais risqué de disjoncter, sinon. Ah, ah. Ne vous en faites pas. Je suis quelqu'un de stable, la plupart du temps.

Je flâne dans le salon de la suite, mes yeux se posant sur une fantastique fresque au plafond représentant la mer, avec des sirènes et des nymphes. Riley et moi nous posions souvent des questions à propos des sirènes et comment elles avaient des relations sexuelles. C'était au plus fort de notre obsession pour les créatures fantastiques, au collège. Je regarde droit devant moi et m'accorde un moment pour me reprendre, mais ma poitrine me semble encore comprimée, comme si Mason et Riley étaient assis sur mes poumons, en train de se regarder dans les yeux avec amour. J'ai besoin de prendre l'air.

J'attrape mon téléphone et le fourre dans la poche de ma jolie robe de voyage rose avec des fleurs blanches. J'adore cette robe, principalement parce qu'elle est très ample, longue et qu'elle est munie de poches. Je suis ce qu'on appelle une fille aux formes généreuses, même si je ne comprends pas pourquoi les gens devraient me nommer en fonction de mes formes.

Malheureusement, j'ai vu cette description plus d'une fois dans des articles à propos de moi (j'ai aussi vu les termes bien en chair et femme de taille forte). Qui se soucie du fait que j'achète mes vêtements dans la section grande taille ? Plus grande que quoi ? Que les vêtements confortables et de taille raisonnable ? Je préférerais de loin être appelée une femme intéressante ou une femme intelligente et pleine d'esprit, ce que je suis, plutôt qu'une femme aux formes généreuses ou à forte taille. C'est la faute du patriarcat. Et de la mode hollywoodienne, et d'à peu près tous les magazines féminins. Pff. Je glisse les pieds dans mes sandales noires à talons épais et me place devant le miroir, où je lisse mes cheveux blond sale chiffonnés par ma sieste. Je me penche en avant et abaisse mes lunettes sur mon nez pour mieux voir – bon sang, j'ai des *cernes* sous les yeux. J'ai vingt-trois ans, je suis beaucoup trop jeune pour avoir des cernes. Je remets mes lunettes en place. J'ai juste besoin d'une bonne nuit de sommeil et elles disparaîtront aussitôt.

Je fais volte-face et me dirige droit vers la porte de ma suite.

Une domestique apparaît de nulle part, vêtue de la chemise à boutons blanche et du pantalon noir que tous les employés portent ici. J'espérais trouver quelque chose d'un peu plus traditionnel, comme uniforme. Je m'imaginais les domestiques en robes noires avec des tabliers blancs à froufrous, ainsi que des laquais en manteaux officiels avec une queue de pie, et un majordome en smoking. Au moins, le majordome portait un costume noir.

Elle m'adresse un sourire.

— Bonjour, Madame, je suis Christina. Puis-je vous être utile ?

— Bonjour, dis-je, avant de pointer du doigt vers le couloir. Je vais juste aller prendre un peu l'air.

— Ah. Vous apprécierez peut-être la cour intérieure du palais. Elle mène aux jardins à la française.

— Excellent. Si vous pouviez simplement m'indiquer la bonne direction.

Elle commence à me décrire un trajet compliqué de tournants tout en citant les points de repère sur le chemin, sa voix se transformant bientôt en bruit blanc dans mon cerveau éprouvé et épuisé.

— Est-ce que vous pourriez m'y conduire, s'il vous plaît ? demandé-je.

— Bien sûr, madame.

Nous nous mettons à marcher, nous dirigeant vers les escaliers.

— Comment se passe votre séjour jusqu'ici, madame ?

Il y a une légère touche de compassion dans sa voix. Elle a visiblement été informée du fait que j'étais ici pour une lune de miel solitaire.

J'étouffe immédiatement la moindre note de pitié à mon égard.

— Tout se passe à merveille. Pourriez-vous m'en dire plus à propos de l'histoire de ce palais ?

J'ai un diplôme universitaire d'Histoire, qui s'est révélé très utile pour écrire de la romance historique. Je ne suis pas sûre que Yale aurait envie de s'attribuer le mérite d'avoir contribué à mes romances sexy, mais bon, je leur suis reconnaissante pour l'éducation qu'ils m'ont apportée.

Christina se lance consciencieusement dans le récit de l'histoire du palais. Malheureusement, je suis trop fatiguée pour tout enregistrer. Je suis avec elle au début, lorsqu'elle raconte comment les Vikings sont venus ici avec leurs femmes irlandaises depuis une première colonie irlandaise, et comment ils ont construit une forteresse ronde en pierre. Elle me perd quelque part durant le deuxième incendie.

— Nous y sommes, madame, dit-elle en s'arrêtant devant une porte en bois dans un long couloir bordé de fenêtres. Les jardins se trouvent juste après la cour intérieure.

Elle pointe du doigt dans cette direction à travers la fenêtre. Il y a une belle vue d'une cour verdoyante flanquée par les ailes est et ouest du palais, avec des jardins à la française bien entretenus au loin.

— Merci.

Elle esquisse une révérence et part. J'ouvre la porte et sors profiter de cette journée de juin ensoleillée, avec un ciel bleu et de légers nuages blancs. Je me sens déjà mieux. Je me dirige vers le centre de la cour, rejette la tête en arrière, écarte largement les bras et ferme les yeux. Le soleil réchauffe mon visage. Je n'ai pas besoin d'un mari pour apprécier ça. En fait, Mason aurait probablement préféré que nous passions notre temps à faire du vélo tout autour de l'île. Il était à fond dans le vélo. Je n'arrivais jamais à trouver une position confortable sur cette minuscule selle de vélo. Eh bien, maintenant je n'ai plus besoin de faire ce qu'il a envie de faire. Je suis une femme libre. Je me redresse, un poids pesant sur mes membres.

Mon téléphone sonne et je le sors de ma poche, heureuse d'avoir été tirée de mes pensées. Le nom de mon éditrice s'affiche sur l'écran. *Oui !* J'appuie sur le bouton.

— Je tiens mon prochain livre.

— Écoutons ça, répond Quinn.

C'est une New-Yorkaise – elle est directe et va à l'essentiel. Je m'assois sur le banc en pierre le plus proche.

— On n'a eu que des aperçus de William jusqu'alors, dans les deux autres livres, alors je vais lui donner un passé sombre. C'est une fripouille.

— Ça me plaît, jusque-là.

— Ce sera un triangle amoureux. Une fripouille et un gentleman beau parleur veulent tous les deux séduire l'héroïne. Elle s'appellera Sigourney, ce qui signifie conquérant victorieux.

Je continue sans perdre de temps, parce que nous savons toutes les deux que Sigourney n'est pas un nom de l'époque de la Régence, mais j'adore l'idée qu'elle déchire complètement.

— Elle se servira du gentleman beau-parleur pour lui faire payer tout ce qu'elle veut, et de la fripouille pour le ruiner. À la fin, les deux hommes seront ruinés.

Mon cœur bat un peu plus fort tant je suis enthousiasmée à l'idée d'écraser deux hommes.

Un silence.

— Quinn ? Tu es toujours là ?

— Oui, dit-elle doucement. Comment te sens-tu ?

— Je vais bien. Qu'est-ce qui ne va pas ? Tu n'aimes pas ? C'est excitant. Elle va les mettre à genoux.

— Tu es peut-être encore trop amère pour écrire cette histoire.

— Je ne suis pas trop amère !

Ma voix s'élève dans les aigus de manière alarmante et je la baisse, faisant de gros efforts pour conserver un ton raisonnable.

— Je vais bien. J'ai une histoire.

— Ça ne ressemble pas à une histoire d'Alice Segal. C'est tragique.

Ma vie est tragique. J'essuie une larme agaçante sur ma joue et reprends, d'une voix urgente et sonore dans un effort pour la convaincre :

— Gérer un triangle amoureux pourrait être…

— Laisse-toi un peu plus de temps pour faire ton deuil, dit-elle délicatement. Envoie-moi quelque chose la semaine prochaine. Pas des idées, un chapitre entier. Disons même trois, d'accord ?

Elle murmure un au revoir et raccroche.

Je fixe le téléphone, sous le choc, pendant une minute entière. Elle n'a pas aimé mon idée. C'était ma seule idée. Trois chapitres d'ici la semaine prochaine, c'est généreux. J'aurais dû en rendre bien plus, mais malgré tout…

De qui je me moque ? Je ne peux pas écrire de la romance si je n'y crois pas. Je suis *fichue*. Ma carrière est terminée.

Je relève mes genoux sous ma longue robe comme une tortue se rétractant dans sa carapace. Puis j'enroule mes bras autour de mes genoux, enfouis ma tête dans mes bras et laisse couler les larmes. Je ne veux pas perdre mon métier d'auteure. Je suis complètement inemployable en tant que professeur universitaire d'histoire, n'ayant aucune expérience professionnelle. Je suis passée directement de la fac à l'écriture. Je me retrouverai peut-être à donner des cours d'histoire à des lycéens qui n'en ont rien à faire du passé parce qu'ils sont trop embrouillés par les hormones et les angoisses existentielles à propos de l'endroit où s'asseoir dans la cantine ou de qui est leur véritable ami et qui parle secrètement d'eux dans leur dos. Non pas que je connaisse quoi que ce soit à tout ça.

Ça craaaaiiint du boudin !

— Vous allez bien ? me demande une voix grave et masculine.

Je relève vivement la tête et le dévisage, complètement sous le choc et l'air se vidant de mes poumons. *Est-ce que c'est vraiment lui ?* Je retire mes lunettes tachées de larmes, les nettoie avec le bout de ma robe et les replace sur mon nez pour regarder à nouveau. C'est bien lui. Le Prince Lucas Rourke – le célibataire royal le plus convoité du monde, l'homme qui sort avec des stars de cinéma et des mannequins – se tient devant moi et me demande si je vais bien. Je prends une inspiration. Il ressemble à une couverture de romance. Vraiment. Je n'aurais même pas besoin d'écrire une histoire si je l'avais sur ma couverture. Les gens seraient prêts à acheter ma liste de courses répétée un millier de fois juste pour pouvoir admirer son corps sublime. Ses yeux bleu-vert forment un contraste frappant avec ses cheveux noirs épais et sa barbe soigneusement taillée. S'il était le héros de l'une de mes histoires, je le décrirais comme un mètre quatre-vingts de muscles parfaits, aux épaules larges et à la posture fière et régalienne. J'ajouterais peut-être aussi quelque chose à propos de la coupe ajustée de son pantalon. Hum. Il porte une chemise à manches courtes noire et ses avant-bras sont bronzés et musclés. Je suis un peu une connaisseuse quand il s'agit des avant-bras, et les siens sont particulièrement sexy. Je ne peux pas m'empêcher de remarquer ce genre de choses. Ça fait partie de mon travail et cela ne veut *pas* dire que je vais agir de quelque manière que ce soit en accord avec mon admiration élogieuse. Mon cœur noirci empêche mon sang d'affluer au-dessous de mon nombril.

Je m'efforce de sourire et parviens à lui dire :

— Je vais bien.

Mais cela semble peu convaincant même à mes propres oreilles. C'était gentil de sa part de me poser la question, mais je n'ai pas l'intention de déverser mes peines devant un complet étranger.

Il me stupéfie plus encore en s'asseyant à côté de moi sur le banc.

— Je n'ai pu m'empêcher d'écouter l'histoire du triangle amoureux. Ça semblait assez violent.

Je ne sais pas si je devrais rire ou pleurer, parce que je décrivais mon histoire, et je réalise seulement à cet instant que je décrivais ma vie. Bah voyons. Pas étonnant que Quinn ait détesté. Ma vie est loin d'être une romance.

Ses yeux bleu-vert sont pleins de compassion.

— Vous n'êtes pas obligée d'en parler. Je vais juste vous tenir un peu compagnie.

Et il reste là.

Il est là pour moi, un parfait étranger au beau milieu de ma dépression. Je ne savais même pas qu'il passait du temps au palais. J'ai vu des photos de lui partout dans le monde avec beaucoup, beaucoup de gens prestigieux, surtout des femmes. Tellement de femmes. Aucune d'entre elles ne pouvant être décrite comme une fille aux formes généreuses. Que diable fait-il ici ?

Je risque un regard en coin vers lui sans tourner la tête.

Il m'adresse un petit sourire.

— Je suis Lucas.

J'émets un reniflement.

— Je sais qui vous êtes. Vous êtes le célibataire royal le plus convoité du monde.

Ses lèvres s'étirent en un sourire en coin.

— Je suis Alice. Je suis ici en lune de miel.

— Oh.

Il regarde autour de nous, se demandant probablement où est passé mon mari.

— J'ai mal compris. Je pensais que vous étiez une invitée de ma belle-sœur, à cause de votre accent américain.

Il me regarde à nouveau et ajoute :

— Vous devez être dans la suite spéciale lune de miel.

À mon hochement de tête, il baisse la voix :

— Vous vous êtes disputée avec votre mari ?

— Non. Enfin, oui, dis-je en agitant une main en l'air. Il n'est pas ici, et nous ne sommes pas mariés.

Il fronce les sourcils.

— Pourquoi avoir dit que vous étiez en lune de miel ?

J'hésite à l'idée de me confier à un étranger. Je ne m'ouvre pas facilement aux gens, et le sujet est encore trop douloureux à aborder.

Je lève les paumes et m'efforce d'insuffler un peu d'énergie dans ma voix.

— Je suis une dure à cuire.

Puis mon menton frémit, détruisant complètement ma crédibilité.

2

———

Lucas

— D'où venez-vous, dure à cuire ? demandé-je dans une tentative pour repousser ses larmes.

— Portland, dans l'Oregon, aux États-Unis, répond-elle vaillamment en prenant une profonde inspiration tremblante.

Elle tente de ne pas craquer. Je connais les signes. On ne peut pas être le célibataire royal le plus convoité du monde sans avoir énormément d'expérience avec les femmes.

Le contraste entre ses lunettes intello de bibliothécaire et ses cheveux blonds ainsi que ses magnifiques courbes a attiré mon regard par la fenêtre il y a quelques minutes. La brise plaque sa robe ample contre sa poitrine volumineuse et sa taille de guêpe. Elle est incroyablement sexy. Un peu comme si Marilyn Monroe portait des lunettes d'intello. Ce n'est qu'après avoir ouvert la porte que j'ai compris qu'elle faisait face à une situation difficile. Sa voix, même en plein désarroi, est onctueuse et douce, ce qui est incontestablement attirant. Pourquoi partirait-elle en lune de miel toute seule ? La seule raison que je peux imaginer, c'est que le séjour était payé et qu'elle ne voulait pas que ce soit gâché. Une fille pragmatique.

Je vérifie où nous en sommes au niveau des larmes. Rien pour l'instant, même si ses yeux bleus sont brillants derrière ses lunettes. Le côté sérieux des lunettes noires est adouci par de petits cœurs en argent au coin des montures.

— Alors, vous allez séjourner dans la suite des invités pendant une semaine ?

J'évite volontairement de l'appeler la suite spéciale lune de miel, au vu des circonstances.

— Deux semaines.

Je garde un ton enjoué, comme si deux semaines de lune de miel en solitaire pouvaient être une aventure amusante.

— Vous pourriez peut-être faire un peu de tourisme en France. Nantes est tout près, et Paris n'est pas très loin non plus. Bien sûr, vous pourriez toujours visiter Villroy, même s'il n'y a pas grand-chose à voir, mis à part du sable et la mer.

Elle tente à son tour de paraître enjouée :

— Oui, c'était ce que je comptais faire. M'imprégner de tout ce qui m'entoure, trouver l'inspiration et pondre mon prochain livre comme par magie.

Son ton se fait plus morose sur les derniers mots.

— Qu'est-ce que vous écrivez ?

Elle pousse un soupir.

— De la romance historique. Des histoires d'amour situées durant la période de la Régence en Angleterre. Enfin, c'est ce que j'écrivais. Je risque d'être virée bientôt.

Elle secoue lentement la tête.

— Mon éditrice a détesté mon idée de triangle amoureux, dit-elle avant de m'adresser un regard piteux. C'est aussi ma vraie vie.

— Désolé.

Elle remue sur le banc, coinçant ses jambes sous elle, croisées, et arrangeant sa robe par-dessus ses genoux.

— Assez parlé de moi. Qu'en est-il de vous ? Qu'est-ce que fait un prince dans le palais ?

— En fait, j'ai commencé à m'impliquer dans le côté commercial de notre nouvelle entreprise. On construit un spa de jour du côté est de l'île, et on commence à fabriquer des cosmétiques en utilisant des ingrédients locaux apportés par l'industrie de la pêche.

J'adore parler de la nouvelle entreprise.

Son visage s'illumine.

— Alors vous êtes un homme d'affaires ?

La fierté me fait me redresser un peu sur le banc, jusqu'à ce que je me souvienne des difficultés que j'ai rencontrées pour prouver que j'étais digne de cette position. Je suis le troisième fils, ce qui signifie que je n'ai jamais été préparé à monter sur le trône ou à participer à la plupart des obligations royales, mis à part quelques séances photo. Et j'admets volontiers que je fais souvent la fête en roue libre, me mêlant à toutes sortes de stars, mais je ne suis pas que ça. Je veux contribuer au royaume, prendre part à la postérité. Je devrais être le président de notre nouvelle entreprise. J'ai de l'expérience, ayant investi avec succès dans d'autres start-ups et ayant siégé dans leur comité consultatif – l'investissement providentiel étant l'un de mes passe-temps –, mais ici, chez moi, je n'arrive pas à aller de l'avant. Le roi et la reine – mon grand frère, Gabriel, et sa femme, Anna – nous ont lancés sur cette voie et continuent à tout superviser, me laissant très peu de choses à faire malgré mon dévouement inébranlable à l'entreprise. Ils devraient surtout se soucier de diriger le pays, plutôt que de partager leur attention entre le royaume et les affaires. Anna doit accoucher de leur premier enfant dans deux mois, et elle fera une pause après ça. Pourquoi ne pas me laisser prendre les rênes ?

C'est Gabriel, le problème. Il me contrecarre à toutes les occasions. Une fois sur deux, il intervient sur des problèmes que je me suis engagé à régler, et il est continuellement retenu par ses obligations royales, ce qui entraîne des décisions retardées et des équipes qui attendent les ordres. Si j'avais un rôle défini, s'il y avait une division des tâches claire, tout se passerait de manière beaucoup plus fluide. C'est tellement frustrant.

— Oui et non, finis-je par répondre. Je cherche à acquérir un plus grand rôle dans l'entreprise.

Elle regarde au loin.

— J'aimerais bien avoir des compétences pratiques comme ça. Je ne sais pas trop ce que je vais faire maintenant que ma carrière est terminée.

— Pourquoi votre carrière est-elle terminée ?

Elle hausse une épaule.

— Je suis un écrivain et je ne peux plus écrire.

— Pourquoi pas ?

Elle se tourne vers moi et annonce de manière détachée :

— Parce que Mason a tué ma muse.

Elle regarde droit devant elle et ajoute :

— Je ne crois plus aux romances, alors je ne peux plus en écrire. Je n'ai pas envie de parler de ça.

— D'accord.

Elle se donne une tape sur la cuisse.

— Que Mason aille se faire foutre. Pourquoi a-t-il droit à une fin heureuse alors que je me retrouve toute seule en lune de miel, à regarder le cadavre de ma carrière ?

— Donc on en parle, finalement.

Elle secoue catégoriquement la tête.

— Non. Je ne m'engagerai pas dans cette direction. Je ne vais pas perdre mon temps à ressasser ce que j'ai déjà perdu toute une semaine à ressasser. J'ai déjà fait ma part de deuil, de sanglots, de *comment as-tu pu* ; c'est fini.

Elle lève les paumes devant elle.

— Je tourne la page.

— Ça me semble une manière saine de…

— Je veux dire, ce n'est pas comme si j'avais encore envie de l'épouser, vous voyez ? reprend-elle en levant un doigt en l'air. S'il se pointait maintenant, à genoux, et me *suppliait* de le pardonner, en me couvrant de chocolat, de pétales de roses et de diamants, ça serait un non ferme.

Je ris presque, parce que le chocolat lui est venu en tête avant les diamants, mais elle arbore un air renfrogné et est clairement encore en plein désarroi.

— Racontez-moi ce qu'il s'est passé.

Elle refuse d'un geste de la main, la tête tournée de l'autre côté.

— Je ne veux pas déverser mes problèmes sur vous. Je

viens tout juste de vous rencontrer. Sans vouloir vous offenser.

— Eh bien, ça m'offense.

Elle tourne vivement la tête vers moi, les yeux écarquillés.

— Vraiment ?

— Oui. Vous avez un homme charmant et élégant assis à vos côtés et prêt à vous écouter, et vous ne lui donnez qu'une partie de l'histoire. C'est comme un cliffhanger, et vous, en tant qu'auteure, devriez savoir qu'il ne faut pas laisser le célibataire royal le plus convoité du monde assis tout au bord de sa chaise, désespérant de connaître la fin.

Ses lèvres s'entrouvrent alors qu'elle me dévisage.

— Il y a tellement de choses à dire sur ce que vous venez de déclarer que je ne sais même pas par où commencer. Il y a tant à décortiquer. La pique envers les auteurs, votre autodescription en tant qu'homme charmant et élégant, le fait que...

— Vous ne me trouvez pas charmant et élégant ?

Je lui adresse mon sourire en biais sexy, celui qui fonctionne toujours avec les femmes.

Elle devient toute rouge et replace une mèche de cheveux derrière son oreille. Même une femme en plein désarroi ne peut résister à ce sourire.

— Eh bien... dit-elle lentement, comme si elle prenait soin de choisir ses mots.

Elle croise mon regard, son expression sérieuse, et je suis frappé par la vive intelligence que j'y décèle.

— C'était très gentil de votre part de vous asseoir ici avec moi pendant que je fais ma crise existentielle. C'est juste que certains pourraient dire, pas moi, mais *certains*, que faire référence à vous-même en tant que charmant et élégant frôle l'arrogance, contrairement à lorsque quelqu'un d'autre dit ces choses à votre sujet.

— N'hésitez pas à les dire.

Ses lèvres s'étirent un peu, une lueur d'amusement dansant dans ses yeux bleus.

— Vous êtes charmant et élégant.

— Merci.

Je souris.

— Tout le monde le sait, et vous êtes belle et intelligente.

Elle émet un hoquet de stupéfaction, les yeux arrondis.

— Pourquoi êtes-vous si surprise ?

Je me penche vers son oreille, baisse la voix en un murmure rauque :

— Vous le savez certainement déjà.

Ses joues se teintent en rose vif. C'est vraiment adorable. Elle se reprend et répond :

— Évidemment. Je le sais, mais c'est agréable de vous entendre le dire. Merci.

J'incline la tête.

— Alors, j'ai le sentiment que Mason était le méchant de ce triangle amoureux, mais à vous de me dire. Est-ce que c'était grave au point de brûler sa photo, ou grave au point de cramer la Terre entière ?

J'ai la sensation que pleurer encore n'est pas ce dont elle a besoin. Elle a besoin d'action, quelque chose de cathartique.

Elle se tord les mains.

— Eh bien, ce n'était pas la faute de la Terre. J'imagine que c'était grave au point de brûler sa photo.

— Alors, allons-y. Est-ce que vous avez des photos de lui que vous pourriez brûler ?

— Seulement sur mon téléphone.

Je fais un geste du doigt pour lui indiquer de me le donner.

— Montrez-moi ça.

— Pourquoi ?

Je laisse échapper un soupir exagéré.

— Pour qu'on puisse lui jeter un sort, bien sûr. C'est la deuxième meilleure solution, après le fait de brûler une photo.

— Un homme d'affaires royal qui pratique la sorcellerie, dit-elle tout en sortant son téléphone d'une poche de sa robe. Je ne m'attendais pas *du tout* à ça. Un exorcisme marcherait probablement mieux, cependant.

Elle pianote plusieurs fois sur l'écran, le fait défiler rapidement et le fixe.

J'attire son téléphone vers moi. Un homme grand et

maigre avec des cheveux bruns chiffonnés, des lunettes rondes sans monture et une pomme d'Adam proéminente me regarde d'un air assez suffisant.

— Il ressemble à un geek, dis-je, ce qui est ma façon de rester poli.

Il ressemble à un crétin prétentieux, et j'ai déjà envie de le frapper.

Elle retourne le téléphone sur le banc.

— Il est professeur d'anglais au Spire College, en Oregon. On s'est rencontrés dans une librairie.

— C'est quand même un geek.

— Quand il retirait ses lunettes, ça faisait très Clark Kent-Superman. Il faisait du sport. C'était un bon parti, je vous le promets. Riley me disait toujours que j'avais de la chance. C'est ma meilleure amie.

Elle s'interrompt brusquement, avant de reprendre :

— C'*était* ma meilleure amie. Et maintenant, j'imagine que c'est elle, qui a de la chance, vu qu'ils sont amoureux.

Sa voix se brise et elle détourne la tête.

Voilà le fameux triangle amoureux. Je soupçonne la trahison de sa meilleure amie d'être encore pire que celle du crétin prétentieux. Les amitiés entre femmes sont souvent profondément ancrées. Bon sang, une double trahison. Pas étonnant qu'elle soit aussi bouleversée. Elle tient le coup, mais tout est là, juste au-dessous de la surface.

— Ce dont vous avez besoin, c'est de l'exorciser, dis-je. Recommencer à zéro.

Je laisserai une autre femme s'occuper de l'exorcisme de meilleure amie. Peut-être ma belle-sœur, Anna. Elle est farouchement loyale à ma mère et mes sœurs. Le pouvoir des femmes, et tout ça. Je ne sais pas ce qui les unit exactement, mais elles sont très proches.

Elle croise mon regard et dit doucement :

— C'est pour ça que je suis venue ici, mais ils m'ont *suivie*.

— Il faut qu'on détruise quelque chose.

Elle se redresse.

— Vraiment ?

— Absolument. OK, oubliez-la. C'est sur lui qu'on doit se concentrer. C'est lui qui vous a brisé le cœur.

Elle pousse un soupir.

— Riley est difficile à oublier. Je la connais depuis plus longtemps, vu qu'on avait onze ans quand elle m'a défendue face à une brute cruelle. Nous étions inséparables, après ça.

Je grimace. Les choses vont de pire en pire.

— Ça a l'air horrible, mais pour l'instant concentrons-nous sur la nécessité d'exorciser votre ex, pour que vous puissiez profiter de votre lune de miel comme de vraies vacances. Qu'est-ce qui vous fait penser à lui ?

Elle lève un doigt vers sa joue.

— Il avait une fossette juste…

— Non.

— Et un épi, ajoute-t-elle en lissant ses cheveux avec une expression nostalgique. Il pointait toujours un peu vers l'arrière.

Seigneur.

— Mis à part sa trahison, qu'est-ce que vous détestiez chez lui ?

Elle me regarde en clignant des yeux.

— Je ne détestais rien chez lui. Je l'aimais.

Elle me parle encore d'amour après ce qu'a fait ce salaud ? Elle n'a clairement pas encore tourné la page, et je suis en colère pour elle.

— Donc il était parfait. Rien ne vous irritait.

Elle regarde vers le ciel, puis dit doucement :

— Il me demandait tout le temps quand j'allais écrire quelque chose de sérieux. Il disait que mes livres étaient futiles.

Elle lève le menton.

— Mes livres sont importants pour moi. En fait, il ne les a jamais lus. Le premier a remporté un prix de premier roman ; le deuxième a été un best-seller. Son livre n'a jamais remporté de prix et il n'en a pas vendu plus de deux cents exemplaires.

Je bondis sur cette information :

— Il était jaloux. Brûlons son livre.

— Oh, je ne brûlerais jamais un livre.

— Je vais mettre la main sur son livre sans aucun doute prétentieux, et on va arracher sa photo d'auteur geek de la quatrième de couverture pour la brûler.

Sa mâchoire s'ouvre en grand, et elle la referme d'un coup sec.

— Le livre s'appelle *Les racines dans les airs*. C'est une histoire qui parle du sentiment de n'avoir aucune racine parce que l'esprit de communauté a disparu chez la nouvelle génération, les banlieusards mobiles allant là où est l'argent.

Crétin prétentieux.

— Laissez-moi deviner, vous avez lu son livre alors qu'il n'a jamais lu les vôtres.

— Oui, c'était très bien écrit.

— Vous l'avez aimé ?

— Eh bien, il y avait quelques bons…

— Est-ce que vous l'avez aimé ? insisté-je.

— Non. Il n'y avait pas vraiment d'histoire, explique-t-elle en agitant les doigts dans le vide. Ça ne faisait que divaguer dans tous les sens. Il y avait trop de phrases sans coupure censées être poétiques. Il y avait beaucoup de personnages, beaucoup de points de vue différents, et ils ne menaient jamais à rien.

— Ah, ah ! Ça me paraît bien futile.

Elle rit, un rire musical et réjoui qui me fait sourire. C'est grâce à moi.

— Des choses futiles très sérieuses et intellos.

Une voix forte et autoritaire résonne alors dans la cour intérieure :

— Te voilà.

Je tourne toute mon attention vers elle et me lève. J'étais censé rejoindre Gabriel pour parler d'un souci relatif à la construction du spa, et j'ai été distrait par les problèmes d'Alice.

— J'étais en chemin.

Il secoue la tête depuis la porte ouverte.

— C'est réglé. N'hésite pas à continuer à flirter comme d'habitude.

— Je n'étais pas… elle était…

Je laisse ma phrase en suspens, parce qu'il est déjà retourné à l'intérieur, m'ignorant.

Je me tourne vers Alice.

— Je dois aller parler à mon frère.

— Bien sûr. Merci de m'avoir prêté l'oreille.

Elle récupère son téléphone et fixe l'écran, cette stupide photo de son ex.

Je ne le supporte pas. Je lui prends le téléphone des mains et me rends dans ses contacts, avant d'entrer mon numéro. Puis je le lui rends.

Elle me regarde, bouche bée.

Je ne sais pas si elle est surprise ou offensée par cet acte présomptueux.

— Pour l'exorcisme, expliqué-je, avant de rentrer à grandes enjambées.

Je prends la direction par où est parti Gabriel, mais il est déjà hors de vue. Je m'arrête. Il ne m'écouterait sûrement pas, de toute façon. Il est convaincu que je ne prends pas les choses au sérieux. Que faudra-t-il pour lui prouver mon engagement ?

3

Lucas

Je change de cap, me dirigeant vers la sortie de secours dans l'intention de rouler jusqu'au site de construction pour regarder moi-même où en sont les choses. Mon téléphone vibre, annonçant un message.

Test. C'est Alice.

J'espère que je n'ai pas causé de problème entre vous et votre frère.

Est-ce que c'était le roi ?

Je fixe l'écran, hésitant sur l'étendue de ce que je peux dire. Je ne suis pas censé discuter des affaires privées avec des étrangers, même si mes tripes me poussent à lui faire confiance et si je sais qu'elle a été contrôlée au préalable si elle séjourne au palais. Je tape une réponse rapide :

Tout va bien. On se parle plus tard.

Quelques minutes plus tard, j'attrape les clefs d'une vieille Renault sur le parking de service du palais, avant de descendre la longue colline sinueuse. Gabriel aurait insisté pour que j'appelle un chauffeur pour qu'il me conduise à destination dans l'une des Mercedes aux vitres teintées, ce qui enverrait aussi un signal indiquant aux gardes de se joindre à moi, mais je n'en ai pas envie.

Le trajet est court jusqu'au site de construction, et je me suis toujours senti en sécurité sur l'île. Les gens, ici, sont habitués à me voir aller et venir, et personne n'a jamais tenté de s'en prendre à moi. J'ai peut-être été victime d'élans d'enthousiasme surexcités, surtout provenant de jeunes femmes, mais ce genre d'attention ne m'a jamais dérangé. J'adore les femmes.

Je me gare sur le terrain rocailleux à côté du spa. La construction a commencé depuis deux mois et devrait être terminée dans six semaines. Malheureusement, nous sommes en retard sur le planning, pas seulement à cause du délai d'attente dans les prises de décision causé par l'attention divisée de Gabriel, mais aussi à cause de retards dus à la météo quant à la livraison de matériaux nécessaires sur l'île et d'une pénurie inattendue de verre flotté, qu'Anna voulait utiliser pour construire une rangée de fenêtres face à la mer.

J'ouvre la porte vitrée du spa et entre, attrapant un casque dans un chariot utilitaire tout en me dirigeant vers la réception. Une équipe est présente, occupée à poser du plâtre. Gabriel et Anna se tiennent près du mur d'eau décoratif. Il me ressemble, mêmes cheveux noirs et des yeux bleu-vert, même gabarit, mais il est toujours rasé de près. Anna est grande, pour une femme, elle ne fait que quelques centimètres de moins que son mètre quatre-vingts. Elle a une crinière de boucles noires ondulées, des yeux bruns et un visage en forme de cœur. Elle est d'une beauté non conventionnelle, ce qui lui va bien, parce qu'elle a aussi une personnalité très peu conventionnelle. Ça a un peu tout chamboulé, ici, quand Gabriel l'a épousée, elle, une roturière américaine, la faisant reine. Ils fixent le mur décoratif où une cascade ruisselante est censée couler continuellement. Il a marché parfaitement, brièvement, avant de se mettre à éclabousser sporadiquement le faux plancher, ce qui finirait par l'endommager, à long terme. Il est désactivé, en ce moment.

— Les techniciens qui ont installé le mur d'eau ne sont pas

disponibles pour venir réparer avant plusieurs semaines, dis-je dès que je les ai rejoints. Je peux en faire installer un autre…

— Le problème vient de la pompe, m'interrompt Gabriel. J'en ai déjà commandé une nouvelle au fabricant. L'un de nos ouvriers l'installera.

— Très bien, dis-je d'un ton égal, m'efforçant de ne pas perdre mon sang froid.

J'avais promis que je m'en occuperais. Il refuse de me céder le contrôle bien qu'il reconnaisse que mes idées sont valables. C'est plus que frustrant.

— Problème résolu, ajouté-je.

Anna me sourit.

— Salut, Lucas. Merci d'être passé vérifier l'état de la situation.

Je ravale la phrase que j'ai vraiment envie de répliquer. J'ai fait bien plus que vérifier l'état des choses, ici. Je vis au palais depuis qu'on a lancé les travaux de construction, début avril, déterminé à contribuer à l'entreprise. Nous sommes maintenant en juin, alors il est clair que je n'irai nulle part. Ce spa et la ligne de cosmétiques associés sont la clef qui permettra de sauver l'économie vacillante de Villroy et de garantir des emplois maintenant les plus jeunes générations sur l'île. Un royaume constitué uniquement des plus vieilles générations s'éteindrait rapidement. Je refuse de laisser une telle chose arriver. Villroy signifie tout pour moi.

Je m'en tiens à un sujet sans risque, l'un des préférés d'Anna.

— Comment vous sentez-vous, toi et le bébé ?

Elle m'adresse un regard rayonnant et passe une main sur son énorme ventre de femme enceinte. Elle est enceinte de sept mois.

— Moi et ma petite fille allons très bien.

— Super.

Gabriel place une main sur son ventre.

— Anna, retournons au palais. Je n'aime pas te voir ici alors qu'il y a encore autant de poussière et de travaux de construction.

Elle sourit et pose une main sur sa mâchoire. Il tourne la

tête et embrasse sa paume, presque avec révérence, avant de la guider à l'extérieur, une main posée au bas de son dos.

Je les suis, avec l'impression tenace d'être la troisième roue du carrosse. C'est aussi ce que je ressens avec eux vis-à-vis de l'entreprise. Ils forment un front uni qui va joyeusement de l'avant sans moi.

— Ça commence vraiment à prendre forme, n'est-ce pas ? demande Anna.

— Oui, enfin, répond Gabriel.

— Le chemin a été long et coûteux, intervins-je. Ces délais de construction ont eu un prix. Est-ce qu'on peut marcher un peu et parler des finances ?

— Bien sûr, répond Anna, poussant Gabriel à émettre un grommellement d'acquiescement.

Il est toujours conciliant avec elle. Voir mon frère passer de sa personnalité d'autrefois – guindée, morose et autoritaire – à cette nouvelle version de lui-même – un mari souriant et dévoué – m'a ouvert les yeux. Je n'aurais jamais cru que l'amour d'une femme pouvait changer à ce point quelqu'un. Cela n'a assurément pas été le cas pour moi durant ma relation la plus sérieuse.

Nous sortons du bâtiment et nous dirigeons vers l'autre bout de la surface de terrain plate face au spa. Il y a du potentiel pour d'autres constructions, ici, peut-être un restaurant, mais c'est en suspens tant que le spa ne nous rapportera pas assez pour se payer lui-même.

Je vais droit au but :

— Donc, je me disais qu'on pourrait lever des fonds pour éliminer un peu la pression sur nos épaules. Toute la famille a généreusement contribué, mais maintenant, c'est en train d'assécher nos finances, et nous devons encore investir dans la manufacture.

— Ce serait bien d'avoir un afflux de capitaux, répond Gabriel, mais nous ne voulons pas nous ouvrir à des intervenants extérieurs. Depuis le début, c'était notre projet. Les Rourke sont à l'origine de la redynamisation de Villroy. Nous devons être personnellement investis.

— Et nous le sommes, dis-je patiemment. Tout le monde sait que nous avons fourni tous les fonds.

— Mis à part la contribution de ma collecte de fonds sous forme de mise aux enchères de célibataire royal, ajoute Anna avec un sourire espiègle. Lucas nous a vraiment bien aidés avec ça. Mes amies ont misé sur toi de manière déchaînée.

Anna a donné le coup d'envoi de tout ça avec la collecte de fonds, principalement pour que les clientes de son salon, riches et avec des relations, se sentent assez investies dans le spa pour y revenir et faire passer le mot à leurs amies. Elle était esthéticienne, avant. Naturellement, j'avais été un célibataire très sollicité, surtout après avoir déboutonné ma chemise et fait le geste de déboutonner mon pantalon.

Je souris.

— J'ai été heureux d'apporter mon aide, comme toujours.

Anna sourit.

— C'était très drôle. Malheureusement, l'argent que nous avons recueilli n'a été suffisant que pour payer la prospection du terrain, la conception du spa et les recherches pour la ligne de cosmétiques. C'est un projet énorme.

Elle se tourne vers Gabriel et ajoute :

— Lucas a raison. On approche du point de rupture, et on doit encore s'attaquer à la manufacture.

Gabriel incline la tête.

— Je ne dis pas qu'il a tort ; je dis que nous ne voulons pas d'intervenants extérieurs.

J'appuie mon idée :

— Je prendrai les commandes. Je me renseignerai auprès des banques pour obtenir un prêt. On finira par le rembourser, et ainsi nous n'aurons pas à céder la moindre part du projet. Les investisseurs extérieurs voudront établir un pourcentage des capitaux.

— Tu penses qu'on pourrait obtenir des taux favorables dans cette économie ? demande Anna.

— J'ai un contact dans une banque française qui pourrait nous être utile, dit Gabriel.

— Parfait. Nomme-moi directeur. Je leur ferai une proposition et j'aurai l'autorité pour l'approuver.

— Anna et moi sommes codirecteurs, dit Gabriel.

Je parviens à rester courtois malgré ma frustration. Ce n'est pas la première fois que nous avons cette conversation.

— Ce n'est pas gravé dans la pierre. Nous devons plus diriger les choses comme une entreprise, et établir des responsabilités et des rôles clairement définis. En ce moment, cela ressemble trop à une entreprise familiale.

— C'*est* une entreprise familiale, rétorque Gabriel.

Le muscle révélateur qui se crispe sur sa mâchoire me fait savoir qu'il est bientôt à bout de patience.

J'insiste :

— Si nous voulons des fonds externes, les choses doivent être professionnelles et transparentes. On doit mettre les points sur les i et les barres sur les t.

— Il n'y a ni i ni t dans Lucas, remarque Anna avec un sourire.

Devant mon expression probablement pleine d'amertume, elle lève une main.

— Je ne dis pas que je ne suis pas d'accord avec toi, mais le fait est que Gabriel et moi sommes engagés l'un à l'autre et envers notre vie ensemble, ce qui inclus cette entreprise. Tu as passé les dix dernières années à voyager. Gabriel dit que ces deux derniers mois sont les plus longs que tu aies passés à Villroy depuis ton enfance.

— Tu doutes de mon engagement envers Villroy ? demandé-je d'un ton sec. J'ai grandi ici ; ma famille est ici. C'est mon foyer, mon héritage, mon patrimoine, exactement comme Gabriel.

La seule différence, c'est que j'ai eu la malchance d'être le troisième fils plutôt que le premier.

— Qu'est-ce qui te retient ici, Lucas ? demande-t-elle sans méchanceté.

— Je veux être aux commandes de ce projet, le marquer de mon empreinte et apporter une vraie contribution au royaume.

— Jusqu'à ce qu'une autre belle femme te fasse tourner la tête, intervient Gabriel. Et alors tu disparaîtras avec une starlette et tu nous oublieras.

Il fait référence à mon ex, Nora, avec qui j'ai brièvement visité certains lieux de tournage.

Je plaque une main sur ma hanche.

— Que faudra-t-il pour te prouver mon engagement ? Un serment de sang ?

— Tu pourrais peut-être te fiancer à une femme du coin, propose Anna avec un clin d'œil. Comme ça, nous saurons que tu n'iras nulle part.

Je ne peux dissimuler ma répulsion à cette idée. Le mariage n'est pas fait pour moi. J'apprécie mon statut de célibataire royal le plus convoité. Ce que je n'apprécie pas, en revanche ? Tout le mélodrame des relations de couple. Mon ex et moi, nous nous sommes éreintés avec nos disputes incessantes, nos ruptures et nos réconciliations. C'était épuisant, douloureux et, finalement, inutile.

Elle rit.

— Ton visage en dit long. De toute façon, je plaisantais. Marie-toi par amour, et pour rien d'autre.

— Je ne compte pas me marier du tout.

— On ne sait jamais, dit-elle d'une voix chantante.

— Moi, je sais.

Gabriel croise les bras.

— Ce n'est qu'une raison de plus pour qu'Anna et moi conservions le contrôle des choses. Si nous allons voir une banque, notre stabilité en tant que couple et dirigeants de ce royaume démontrera notre engagement à l'entreprise sur le long terme.

Je lève les paumes vers le ciel.

— Alors j'imagine que je suis voué à rester en arrière-plan.

— Nous te sommes reconnaissants, dit Anna.

— Oui, bien sûr, ajoute Gabriel. Quand tu es présent et concentré, tu es d'une aide précieuse.

Ce compliment ambigu me reste sur le cœur. J'incline la tête à l'intention de mon roi et de ma reine.

— On se voit plus tard. Je vais au port voir où en sont les tests.

Des tests à petite échelle sont en cours pour la ligne de cosmétiques. Je pars avant que ma colère contre eux n'éclate.

— Merci, Lucas ! lance Anna alors que je m'éloigne. Nous te sommes reconnaissants !

C'est la deuxième fois qu'elle dit ça en l'espace de quelques minutes, ce qui ne fait que démontrer qu'elle sait à quel point je me sens sous-estimé.

À mon retour au palais, je réalise que j'ai été acculé. Si j'abandonne mon rôle ici et que je laisse le projet à Gabriel et Anna, je ne ferai que prouver que Gabriel a raison et que je ne suis pas engagé dans l'entreprise. Si je reste, je serai constamment entravé par le manque de confiance et d'autorité investi en moi. Comment prouver que je suis dévoué à ma vie ici à Villroy ? En étant celui qui ramène de l'argent, peut-être. Mais je n'ai même pas l'autorité suffisante pour signer un prêt. Je suis de retour sur le banc de touche.

Si j'étais vraiment aussi peu attaché à Villroy que l'affirme Gabriel, je serais resté avec Nora. C'est la raison pour laquelle nous avons rompu. Elle voulait que je voyage avec elle indéfiniment de lieu de tournage en lieu de tournage, et après avoir passé plusieurs mois au Canada puis en Californie avec elle, mon foyer me manquait. Bien sûr, je voyage beaucoup, mais Villroy est dans mon sang et je ne l'abandonnerai jamais complètement. Pour personne. Peut-être que ce qu'il y avait entre Nora et moi n'a jamais vraiment été de l'amour. Oui, le sexe était fantastique, mais la moitié du temps, nous nous battions comme chien et chat. J'ai toujours pensé que les disputes prouvaient qu'on s'aimait, il y avait une telle intensité dans nos émotions. Je ne sais peut-être même pas ce qu'est l'amour.

Quelle importance ? Je suis heureux. J'ai tout ce dont j'ai besoin, sauf la foi de mon frère en mes capacités pour diriger ce projet.

Et c'est la seule chose que je veux vraiment.

4

––––––––––

J'ai deux activités de prévues pour demain – une visite matinale du palais avec la gentille domestique Christina, qui m'a aidée à trouver mon chemin plus tôt, et un après-midi à boire le thé avec le roi et la reine dans le salon. Après ça, j'ai plusieurs options pour le restant de mes deux semaines de séjour. Je peux demander à ce que le yacht royal m'emmène en France, rester ici et déguster un pique-nique sur la plage, ou demander un chauffeur ou un vélo pour visiter l'île. C'est une lune de miel très sobre, que je m'attendais à passer principalement au lit avant de, plus tard, décider dans un élan d'optimisme que je la passerai principalement à écrire. La probabilité pour que je réalise cette dernière éventualité est rapidement en train de tomber à zéro.

Je presse une main sur mon estomac qui gargouille. C'est l'heure du dîner et un dîner aux chandelles m'est réservé dans la salle à manger officielle pour ma première soirée sur l'île. La salle à manger officielle n'est utilisée que pour des occasions royales spéciales. Cela fait partie du forfait – un dîner dans la salle à manger officielle, une audience avec le roi et la reine. J'envisage de dîner dans ma chambre, vu ma situation solitaire. *Non. Tu es une dure à cuire, tu te souviens ?* Rester dans ma chambre va à l'encontre de l'objectif que je recherchais en venant ici. Ce séjour est censé dire *je peux très bien m'amuser sans toi.* Même si je ne suis pas vraiment impatiente qu'on me rappelle que je suis en lune de miel non romantique avec un dîner aux chandelles, je dois bien manger. Donc, la question est réglée.

Je sors mon téléphone et envoie un message à Lucas dans un autre élan d'optimisme un peu fou. Pourquoi pas ? Il m'a donné son numéro. Je ne sais pas pourquoi. Peut-être qu'il s'ennuie. Peut-être qu'il a pitié de moi et de ma lune de miel solitaire. Je m'en fiche. Il m'a tendu la main dans un moment de détresse, et maintenant je vais lui tendre la main dans un moment gênant.

Salut. C'est Alice. Ça te dirait de brûler des trucs, pratiquer un exorcisme ou de me rejoindre pour le dîner ?

Sélectionne au minimum deux des choix ci-dessus.

Lucas m'a effectivement encouragée à brûler des trucs en une sorte d'exorcisme de l'esprit maléfique de Mason. Je fixe l'écran un moment, me demandant si j'ai été trop directe. Il est probablement occupé par ses responsabilités royales, ou peut-être qu'il a déjà quitté l'île en jet pour retrouver l'une de ses petites amies sublimes. Je suis sûre qu'il ne manque jamais de compagnie. Et puis zut. Je vais aller à mon dîner aux chandelles et utiliser ça comme recherche pour mon livre. Après tout, il y avait beaucoup de chandelles, à l'époque de la Régence, et je n'en ai pas vu très souvent, personnellement. J'appelle les quartiers des domestiques pour leur faire savoir que je descendrai bientôt dîner.

Puis je m'habille d'une manière appropriée pour cette occasion spéciale. J'avais fait les boutiques pour ma lune de miel, y compris pour m'acheter des vêtements sexy adaptés à une île, des tenues habillées et de la lingerie. Je devrais brûler la lingerie. Je me sens presque diabolique à l'idée de brûler de si jolies choses. D'ailleurs, faire du shopping pour la lune de miel n'était que l'une des nombreuses choses liées au mariage et qui m'ont détournée de l'écriture. J'aimerais dire que j'avais des soupçons au sujet de Riley et Mason et que c'est ce qui m'a empêché d'écrire, mais je n'en avais aucune idée jusqu'à ce qu'il me le dise. Je leur faisais confiance à tous les deux et il n'y avait aucun signe évident. Plus tard, j'ai découvert grâce à l'explication détaillée que m'a fournie si obligeamment Mason sur la façon dont il avait réalisé qu'il était *vraiment* amoureux d'elle, qu'ils passaient leur matinée ensemble avant qu'elle doive aller travailler (elle avait des horaires plus tardifs, étant chef), et tard le soir quand il me disait être à un événement de la faculté. Ils ont aussi passé quelques week-ends ensemble quand je pensais qu'il rendait visite à son frère dans le Wyoming. Bref !

Je. Vais. M'amuser.

Même si je meurs un peu plus intérieurement à chaque rappel de la situation.

Me voilà prête, habillée pour l'occasion de ma nouvelle robe longue bleu clair. Quelqu'un m'a dit un jour que cette teinte de bleu faisait ressortir celui de mes yeux. J'ajuste les jolies petites manches qui dénudent mes épaules et serre lâchement la ceinture à la taille. Il y a un grand décolleté en V à l'avant de la robe, révélant ma poitrine abondante, et un décolleté dans le dos aussi. Sexy et romantique. Je m'assois devant la coiffeuse pour enfiler mes spartiates métalliques dorées à semelles compensées qui me grandissent de deux centimètres. Mes cheveux longs jusqu'aux épaules prennent peu de temps à coiffer, vu que je les porte généralement détachés et qu'ils sont aussi raides que des baguettes. Je passe un peu plus de temps sur mon maquillage, juste pour le plaisir. Eye-liner, mascara, blush, et un rouge à lèvres rouge rosé. Puis j'enfile mes lunettes, les verres agrandissant mes yeux maquillés. Je n'ai jamais réussi à m'habituer aux lentilles de contact.

À l'heure convenue, Christina revient pour m'escorter à la salle à manger formelle. Je ne peux m'empêcher de me demander où dînent les vrais membres de la royauté, ce soir. Je doute qu'ils meurent tous d'envie de manger avec un invité payant.

Une fois arrivée, Christina ouvre la porte de la salle à manger pour moi.

— C'est ici, madame. Profitez bien de votre repas.

Je jette un œil dans la pièce vide illuminée par les bougies et vois une longue table en bois sombre étincelant, où un seul couvert solitaire est disposé, indiquant la seule voie possible vers le gouffre. *Allez, tu dois manger. Sois une dure à cuire.*

— Merci, lui dis-je avant d'entrer.

Je prends mentalement note de certains détails, concentrant mon regard partout sauf vers le couvert solitaire. Il y a un énorme bouquet de fleurs jaunes et blanches au centre de la table. C'est joli. La lumière provenant des candélabres en argent posés de chaque côté du bouquet est très tamisée pour mettre tout le monde sous un éclairage flatteur (s'il y avait qui que ce soit d'autre ici pour m'observer) et créer une atmosphère extrêmement romantique. J'imagine immédiatement une scène de séduction, commençant par un couple qui se nourrit l'un l'autre et terminant avec l'héroïne penchée sur la table, sa robe relevée au centre de son dos alors que le héros la pilonne, les emmenant tous deux jusqu'à des sommets d'extase. Je rougis, ayant soudain très chaud. Mon imagination est douée à ce point.

Bon, c'est rassurant. Je possède encore la touche de l'auteur romantique, même si ce n'est pas vraiment une histoire. Je cherche le long du mur pour allumer la pièce. Il s'avère que je ne peux supporter autant de romantisme en solitaire. Là, c'est mieux. La lumière provenant du chandelier au plafond illumine les lieux. OK, recherche. La pièce est plutôt jolie. Il y a des boiseries et, en y regardant de plus près, cette table est clairement une antiquité. Mes couverts sont raffinés, avec de la porcelaine royale, un service en argent lustré et brillant et une coupe en cristal. Je prends une photo avec mon téléphone et déglutis pour ravaler la boule qui s'est formée dans ma gorge. C'est difficile d'être une dure à cuire.

Je vais peut-être manger et lire sur mon téléphone. J'ai téléchargé un guide de voyage pour Londres. C'est mon prochain arrêt pour une dédicace. Mon éditrice a couvert les billets d'avion jusque là-bas, ce qui m'a permis de m'offrir cette lune de miel. Oui, j'ai payé la lune de miel moi-même, utilisant mon avance pour le livre que je n'ai pas encore écrit.

Mason remboursait encore ses prêts étudiants et il n'avait pas les moyens. C'est en tout cas ce qu'il a dit. J'ai du mal à croire à quoi que ce soit qu'il ait pu me dire, maintenant. Je m'assois, sors mon téléphone, et me fige. J'ai un message vocal de Mason. Je sors le téléphone du mode vibreur pour pouvoir l'entendre la prochaine fois et décliner aussitôt l'appel. Un message apparaît.

Mason : *Où es-tu ? Je voudrais te parler.*

Riley pense que tu es partie en lune de miel toute seule. C'est vrai ?

Ma poitrine se comprime, comme toujours lorsque je les imagine ensemble. Je passe un doigt tremblant sur les messages pour les effacer. Puis j'efface aussi le message vocal, sans même prendre la peine de l'écouter. Il en faut beaucoup pour que je réussisse à m'ouvrir suffisamment à quelqu'un pour lui faire confiance, et il a trahi cette confiance. Tout comme Riley. Le lendemain du jour où Mason a annulé le mariage, Riley s'est pointée à mon appartement, implorant mon pardon et espérant que nous puissions préserver notre amitié. Oui, c'est ça ! Je lui ai dit que je ne voulais plus jamais lui adresser la parole. Sa trahison m'a blessée encore plus profondément que celle de Mason, après douze ans d'amitié. Elle m'a envoyé trois messages après m'avoir suppliée de lui pardonner, en m'enjoignant à l'appeler. Une part tordue de moi-même aime le fait qu'elle se sente coupable. Elle a bien raison, et j'espère que cela persistera comme une plaie infectée. Moi, amère ?

Je me jure que, à partir d'aujourd'hui, je ne fréquenterai plus que des personnes cent pour cent honnêtes. Je ferai signer quelque chose aux gens qui entrent dans ma vie, comme un contrat prénuptial (mais qui inclut l'amitié et les amants), avant que la relation ne soit officielle.

Je laisse tomber ma tête dans ma main. C'est juste triste. Vous voyez un peu à quoi vous m'avez menée, tous les deux ? J'ai besoin d'un contrat d'honnêteté pour avoir la moindre relation !

Un autre message apparaît et mon cœur se met à battre un peu plus vite. Lucas !

Je t'ai dans mes contacts, maintenant, alors tu n'as pas besoin de préciser « c'est Alice » chaque fois. J'ai bien envie de brûler des trucs. Où es-tu ?

Je devrais peut-être sauter le dîner et aller directement brûler des trucs. Je ne la sens pas trop, de toute façon, cette expérience de dîner en solo. Je pourrais toujours récupérer quelque chose à manger plus tard. À cet instant, un domestique entre, un homme âgé avec des cheveux blancs et fins. Il transporte un pichet d'eau avec des rondelles de citron dedans. Je lui souris et envoie un message rapide.

Je suis dans la salle à manger officielle.

Lucas : *Qui d'autre est là ?*

Moi : *Un gentleman assez âgé. Il me verse de l'eau.*

Lucas : *Tu dînes seule avec les domestiques ?*

Cette phrase sonne aussi triste que ce que je ressens. Mes pouces s'activent sur le clavier numérique.

Je songeais à partir. C'était le dîner de lune de miel. Ce n'est rien. Je n'en suis qu'à mon verre d'eau.

Lucas : *Ne bouge pas. Je te rejoins.*

Oh ! Mon estomac fait un saut périlleux. Oh mon Dieu, et si une photo de moi et Lucas était publiée dans la presse à scandale et que Mason et Riley voyaient ça ?

#Dureàcuire #Vousnavezpasréussiàmebriserbandedenazes

Je suis, peut-être, un peu rancunière.

Ah, mince, mon imagination m'échappe encore une fois. Ce n'est pas comme si un prince sublime me courait après. Je l'ai invité à me rejoindre pour le dîner, tout à l'heure. Je ne suis pas attirée par lui au-delà du fait d'apprécier sa gentillesse et ses avant-bras. J'en ai fini avec les hommes, avec les relations, et tout le reste. Bien sûr, je peux admirer sa beauté physique propre à une couverture de romance sans, euh, avoir la moindre attente. Il n'y aura certainement aucun geste direct de mon côté.

UN PRINCE VA ME REJOINDRE POUR LE DÎNER DANS LA SALLE À MANGER OFFICIELLE !

C'est ce que je voudrais envoyer en lettres majuscules criardes à mon ancienne meilleure amie, mais au lieu de ça, la phrase criarde reste dans ma tête. Cela n'amoindrit pas l'excitation de l'événement. En fait, cela empire même les choses, de tout garder enfermé dans ma tête sans nulle part où aller.

Je fais les cent pas dans la pièce, trop nerveuse pour rester assise.

— Madame, voulez-vous que l'on vous serve votre premier plat maintenant ? demande le gentleman âgé.

— En fait, le Prince Lucas va me rejoindre. Est-ce que vous pouvez apporter un autre couvert ?

Il se redresse brusquement.

— Très bien, dit-il avant de se retourner et de partir.

Quelques minutes plus tard, un autre domestique vient disposer des couverts face aux miens. Puis un nouveau domestique arrive et se met au garde-à-vous à proximité, ainsi qu'un homme intimidant vêtu de noir et portant une oreillette sans fil. La sécurité ?

Oh-K. Je souris au domestique au garde-à-vous et il m'adresse un léger hochement de tête. Je souris à l'agent de sécurité aussi, mais son visage reste de marbre.

— Je suis inoffensive, dis-je au type de la sécurité. Je ne tue que des insectes, et je ne fais ça que s'ils entrent dans mon appartement. Je suis juste intimement persuadée qu'ils devraient rester dans leur habitat naturel, et en dehors du mien.

Je bavarde parce que c'est vraiment gênant d'avoir un membre de la sécurité avec moi, comme si je constituais un risque pour le prince.

Moi, un danger ? Je pleure devant les publicités pour de la nourriture pour chien. Tout le monde pleurerait en regardant le chiot grandir, mangeant différents niveaux de nourriture pour chien, et en sachant très bien qu'il va mourir bientôt et que son propriétaire va être si triste. Mon sens de l'empathie est très profond, ce qui faisait de moi un bon écrivain, autrefois.

— Ne vous inquiétez pas, dis-je au garde plutôt que de continuer à trop parler.

— Oui Madame, dit-il tout en restant attentif et sur ses gardes.

Maintenant, il y a deux domestiques au garde-à-vous, le garde, et moi. Embarrassée, je m'assois. J'envisage de sortir mon téléphone, mais cela semble soudain déplacé maintenant que le dîner a pris une tournure plus officielle avec le personnel supplémentaire. Tic-Tac, tic-tac. Il y a beaucoup de gens silencieux dans cette pièce, qui attendent que le prince arrive.

C'est très inconfortable.

Enfin, Lucas fait irruption dans la pièce.

— Je suis là ! s'exclame-t-il joyeusement. Que la fête commence !

Un rire s'échappe de ma gorge.

— Alors c'est une fête maintenant !

Il a pris le temps de bien s'habiller pour le dîner, revêtant une veste noire par-dessus une chemise blanche et un pantalon de tailleur noir, alors je lui pardonne de m'avoir fait attendre de manière gênante avec son personnel et son service de sécurité. Non pas que je puisse à aucun moment me mettre en colère contre un prince au grand cœur comme lui, ayant pris du temps sur son emploi du temps chargé pour me tenir compagnie durant cette période difficile. Cela me laisse espérer que ma lune de miel en solitaire puisse s'améliorer de jour en jour. Je serai bientôt réellement une dure à cuire.

Il s'assoit face à moi, demande un verre au domestique, qui vient planer par-dessus son épaule, puis se tourne vers le garde :

— Arthur, tu peux partir. Je la connais.

Arthur reste impassible.

— Monsieur, elle est arrivée aujourd'hui. Vous ne la connaissez pas.

Lucas reste ferme :

— Sa présence a été approuvée par la reine avant son arrivée, et j'ai déjà passé un peu de temps avec elle. Alice a traversé une épreuve difficile et notre conversation sera de nature délicate. S'il te plaît, accorde-nous un peu d'intimité.

C'est si bien dit. C'est exactement ce que c'était — une épreuve. Je ferai référence à toute la situation Mason-Riley sous le nom de L'Épreuve, à partir de maintenant. C'est une description parfaite et cela englobe joliment le tout pour le moment où je réussirai à laisser cette Épreuve derrière moi. Il est bien plus facile de se détourner d'un objet en lettre majuscule que de se démêler de deux relations compliquées avec de vraies gens.

Arthur incline la tête.

— Je serai juste de l'autre côté de la porte, Votre Altesse.

— Ce n'est pas nécessaire, mais très bien, répond Lucas.

Dès l'instant où le garde disparaît, Lucas se penche sur la table et murmure :

— Désolé pour ça.

— Ce n'est rien du tout. Merci de t'être joint à moi pour le dîner. Je commençais à regretter d'être venue, même si j'avoue que manger dans ma chambre me donnait trop l'impression d'abandonner.

— Tu es une battante. Je t'admire pour ça.

Mes joues deviennent brûlantes.

— Je ne me suis jamais considérée comme une battante jusqu'alors.

Je me suis toujours sentie assez douce, du genre à embrasser la vie dans ce qu'elle a de plus tendre. D'accord, cette tendresse se trouve en grande partie dans mon imagination, mais j'aime passer du temps avec elle. C'est ce point de vue optimiste qui me permet d'écrire des histoires si émotionnellement intenses.

Un coin de sa bouche se soulève.

— Peut-être que *battante* n'est pas le bon mot. Tu es forte. Seule une femme forte oserait partir en lune de miel après ce que tu as traversé.

Je cligne des yeux pour réprimer mes larmes.

— Oui, eh bien, je préférerais ne pas m'attarder là-dessus.

— D'accord.

Mon téléphone sonne et je sursaute. Je rejette rapidement l'appel et mets le téléphone sur vibreur. Mason, encore. Qu'est-ce qu'il peut bien me vouloir ? Fiche-moi la paix ! Un autre message de lui apparaît sur l'écran.

Tu ne pourras pas m'éviter éternellement. S'il te plaît, rappelle-moi. C'est important.

Je serre les dents et croise le regard curieux de Lucas.

— C'est mon ex, il se montre un peu insistant.

— Est-ce qu'il te harcèle ?

— Je ne sais pas ce qu'il veut. Il n'arrête pas de dire qu'il faut qu'on parle. Oh, zut. Tu crois qu'il aurait pu arriver quelque chose ? Il est peut-être à l'hôpital, gravement blessé.

Je ne veux pas être avec lui, mais je ne souhaite pas non plus sa mort. J'ai été profondément amoureuse de lui pendant un an. Ah, voilà pourquoi j'ai besoin d'un contrat d'honnêteté à partir de maintenant. Mon empathie naturelle rend mon cœur trop vulnérable.

— Que sa petite amie s'occupe de lui, dans ce cas, répond Lucas d'une voix un peu tendue.

— C'est vrai, murmuré-je.

Mais et s'il y avait eu un incendie, ou un accident de voiture dévastateur, ou s'il avait attrapé je ne sais quelle maladie hautement infectieuse et que je pouvais manifester des symptômes à n'importe quel moment ? Comme cette maladie transmise par le singe, qui vous dévore le cerveau et vous rend cinglé ! J'ai vu ça dans un film, une fois. Mon imagination peut être diabolique, remplissant les blancs en inventant les pires scénarios.

— Tu n'es plus amoureuse de lui, n'est-ce pas ? demande Lucas.

— Bien sûr que non !

Il secoue la tête.

— Je ne le suis plus. Tu plaisantes ? J'étais juste inquiète, l'espace d'un instant, et maintenant je ne le suis plus.

Il m'adresse un regard sceptique.

— J'ai tourné la page, dis-je d'un ton rayonnant tout en éteignant mon téléphone.

Un domestique s'avance et s'adresse à Lucas à voix basse. Ce dernier répond sur le même ton. Lorsque le domestique part, Lucas explique :

— Je viens de lui dire que nous prendrions ce que le chef avait prévu pour ton dîner. C'est une salade estivale, du homard et un soufflé au chocolat avec une sauce à la cerise. J'espère que ça te convient.

— Parfaitement !

Mon humeur s'améliore. Le dîner a l'air excellent. Mason et Riley ne peuvent pas me contacter tant que mon téléphone est éteint et maintenant que j'ai de la compagnie, je ne me sens plus aussi… eh bien, pathétique.

Quelques minutes plus tard, on nous sert deux flûtes de champagne. Soudain, cela ressemble vraiment à une fête.

Lucas lève son verre pour porter un toast.

— À la joie de brûler des choses.

Je fais tinter mon verre contre le sien.

— Oui !

Je bois une gorgée, les bulles et le goût sucré me rendant franchement joviale.

— Je n'ai pas eu le temps d'aller récupérer le livre de ce crétin prétentieux, alors qu'est-ce qu'on pourrait brûler ?

— Je songeais à ma lingerie. Genre, dommage pour toi, tu n'auras jamais l'occasion de me voir là-dedans ! C'étaient de nouveaux trucs achetés pour la lune de miel.

Il incline la tête.

— Tu es sûre ? Tu pourrais les porter pour un autre homme.

Je balaie cette remarque de la main.

— Aucune chance. J'ai renoncé aux hommes pour toujours.

Il affiche un sourire narquois et boit une gorgée de champagne.

— Quoi ? Tu ne me crois pas ?

— Non.

— C'est vrai.

Je prends une autre gorgée généreuse de champagne.

— Je ne crois plus aux fins heureuses.

Cela me rend si triste que j'engloutis mon reste de champagne. Un domestique s'avance immédiatement pour remplir à nouveau mon verre.

Lucas se laisse aller contre le dossier de sa chaise.

— Tout le monde dit ça après une rupture. Deux semaines plus tard…

— Deux semaines ! C'est ce que tu fais, toi ? Parce que je pensais plutôt en termes d'années.

Il lève mollement la main en l'air.

— D'accord.

Clairement, il ne me croit pas.

— N'as-tu jamais connu une rupture sérieuse ?

— Si, dit-il, avant de donner une tape sur la table. Et la meilleure façon d'oublier quelqu'un, c'est de placer quelqu'un d'autre sous toi. Ou dans ton cas, de placer quelqu'un d'autre sur toi, ou peu importe ce que tu préfères.

Ma mâchoire s'ouvre en grand.

— Je n'arrive pas à croire que tu viens de dire ça.

Il hausse une épaule en un geste insouciant.

— Je suis honnête, c'est tout.

— Espèce de porc, lâché-je, avant de me plaquer une main sur la bouche. Ça m'a échappé.

Il m'adresse un sourire effronté.

— Non, c'est faux. Tu le pensais. Je ne vais pas m'excuser parce que j'aime m'amuser. Mais, eh, si tu veux brûler ta lingerie, on va la brûler.

— Qu'est-ce que tu brûles, toi, après une rupture ?

— Je ne conserve rien, en général, alors il n'y a rien à brûler.

— Rien ? insisté-je. Pas même un tee-shirt oublié ou un mot doux ?

Mason écrivait de la poésie pour moi.

— Oh, Seigneur, elle a des mots doux.

Il se renfonce dans son siège.

— Laisse-moi deviner, c'était de la poésie mal écrite.

— Ce n'était pas si mauvais.

Je déteste l'admettre, mais j'étais enchantée de les recevoir. Cela me semblait extraordinairement romantique, et aucun homme ne m'avait jamais rien écrit d'autre que des messages téléphoniques, avant ça.

— J'espère que tu les as brûlés.

Je refrène un sourire. C'est si agréable d'avoir un si fervent supporter à mes côtés.

— Pas loin. Je les ai passés à la déchiqueteuse. Ce sont des confettis, maintenant.

— Dommage que tu ne les aies pas apportés, on aurait pu les jeter aussi dans le feu.

— C'est dommage, oui.

Le premier plat arrive, une salade pour nous deux avec des calamars frais au-dessus. Même pas frits. Je peux voir les petites ventouses des tentacules. Dégoûtant.

Lucas s'attaque au sien avec appétit.

Je repousse les tentacules de côté avec ma fourchette et m'efforce de ne pas les regarder.

— Qu'est-ce qui ne va pas ? demande-t-il. Tu n'aimes pas le calamar ?

— C'est juste qu'il a l'air tellement vivant et caoutchouteux.

Il soulève un tentacule, l'agite en l'air, puis le fourre dans sa bouche, mâchouillant avec un sourire diabolique.

Je grimace.

— Beurk.

— Essaie d'en goûter un, dit-il.

Il se penche sur la table, attrape l'un de mes tentacules avec sa fourchette et me le tend, le faisant remuer comme s'il était vivant.

Je ferme résolument les lèvres et détourne la tête.

Il aboie un rire.

— Tu rates quelque chose. Il est frais et délicieux. Les fruits de mer constituent notre principale source d'exportation.

Je garde les yeux fixés sur ma laitue.

— Oui, eh bien, je vais continuer à exporter mes tentacules du côté le plus éloigné de mon assiette.

Il rit.

— Alors, parle-moi un peu de ce que tu écris. Tu as parlé d'histoire située à l'époque de la Régence. C'est quand, ça ?

Je reste momentanément sans voix. Les hommes ne veulent jamais m'écouter parler de mon travail. Je finis par me reprendre et réponds :

— La période de la Régence en Angleterre a duré de 1811

à 1820, et c'était une époque merveilleuse pour la classe supé-rieure, ce qu'ils appellent le *bon ton*. C'est sur eux que j'écris, les ducs, les vicomtes et ce genre de choses. Bref, à cette époque les événements mondains étaient très courants – les bals et les thés sont mes préférés – et la mode était à son apogée, il y avait beaucoup de robes et de tenues habillées.

Je pousse un soupir heureux et ajoute :

— C'était une époque plus élégante.

— Tu aurais dû aller séjourner dans un château en Angle-terre, remarque-t-il. Qu'est-ce qui t'a donné envie de passer du temps ici ?

Mes joues deviennent brûlantes et je m'efforce d'adopter un ton décontracté et désinvolte :

— J'ai une séance de dédicaces à Londres dans deux semaines, et ce n'est pas si loin d'ici. Il m'a semblé logique de combiner les deux séjours, parce que mon éditrice a payé les billets de train, ce qui a rendu ma venue possible.

Il m'étudie un instant.

— Je trouve toujours ça bizarre que tu aies eu envie de séjourner ici et pas en Angleterre, vu ce que tu écris. Comment as-tu entendu parler de nous ?

J'envisage de répondre que j'ai lu un article sur Villroy dans un magazine de mariage, ce qui est vrai, mais ma fasci-nation pour cette île a commencé bien avant ça. Dans tous les cas, l'article sur les mariages qui se sont tenus ici ne renvoyait pas vraiment l'image d'une destination de rêve. Il racontait un cafouillage hilarant pendant deux mariages prévus en même temps, dont l'un incluait des « furries », des gens déguisés en animaux. C'est probablement un sujet sensible. Je décide de dire la vérité, même si cela me fait un peu ressem-bler à une perverse, et c'est exactement la raison pour laquelle je suis gênée d'admettre pourquoi je suis ici. Mais je l'avoue tout de même, parce que l'honnêteté est une chose importante.

— Je suis allée à Yale avec ta sœur, Silvia.

— Vraiment ? Vous étiez amies ?

Je repose ma fourchette.

— Non. Elle avait un an de plus que moi et, tu sais, c'est

une princesse. Elle était bien au-dessus, tu sais ? dis-je en levant une main au-dessus de ma tête.

— C'est là que je suis aussi ? demande-t-il d'un ton moqueur.

— Tu l'as été, mais très brièvement.

— Ah !

Je souris.

— Bref, je la voyais sur le campus, tout le monde savait qui elle était, et j'admets que je suis devenue fascinée par Villroy. J'ai fait des recherches sur l'île et je me suis dit que ce serait un endroit intéressant à visiter. J'espère que je ne donne pas trop l'impression d'être une perverse qui espionne Silvia. Je ne m'attendais pas à la voir ici. De toute façon, j'ai entendu dire qu'elle avait épousé Cade et qu'elle s'était installée aux États-Unis.

Un domestique s'avance et récupère l'assiette de salade de Lucas. Je hoche la tête et il prend aussi la mienne.

— C'est vrai, répond Lucas au sujet de Silvia. Alors, qu'est-ce que tu as appris au sujet de Villroy ?

— Des tonnes de trucs, en fait. Je suis une mordue d'histoire. J'ai tout lu à propos des différentes personnes ayant revendiqué l'île, ainsi que sur votre mode de vie traditionnel basé sur la pêche, qui est encore d'actualité, mais qui est en train de s'éteindre. C'est pour ça que Villroy bifurque vers de nouvelles entreprises.

Ses épaules se redressent alors qu'il dit, avec une fierté évidente :

— La famille légitime est au pouvoir depuis deux siècles. Les Rourke sont des descendants de la tribu viking originelle.

— Les Déchaînés.

Je ne peux m'empêcher de sourire. Quel excellent nom pour une tribu de renégats !

— C'est pour ça que toi et tes frères êtes connus pour être un peu déchaînés ?

Il incline la tête.

— Un peu ? Je suis complètement déchaîné.

Je ris.

— Tu es encore du genre voyageur célibataire laissant une

traînée de cœurs brisés derrière lui. J'ai vu ta photo partout. Ça doit être épuisant de maintenir ce genre de réputation déchaînée.

Il étudie son verre, son expression plus sombre, et je crains d'avoir dit ce qu'il ne fallait pas. *Oh non.* Je me sens horrible, après qu'il s'est montré si gentil.

— Lucas, je plaisantais. Je suis sûre que tu fais un travail important ici aussi. Tu as dit que tu aidais à mettre en œuvre le nouveau projet d'entreprise, n'est-ce pas ?

Il laisse échapper un soupir et croise mon regard.

— J'essaie.

Un domestique revient, portant un plateau avec deux bols. Une soupe de melon froide est posée devant moi. J'imagine que c'est un rince-bouche. J'en prends une cuillère et apprécie la saveur légère. Je lève les yeux et remarque que Lucas ne mange pas.

— Qu'est-ce qui ne va pas ? L'entreprise ne se porte pas bien ?

Il se frotte la nuque.

— C'est frustrant, c'est tout. Je suppose que mes manières de célibataire globe-trotter me retombent dessus. On ne me donne pas accès à l'autorité ou aux responsabilités que je voudrais parce que *certains* pensent que je ne suis pas assez dévoué à l'entreprise pour qu'on me la confie.

Je devine qui sont les *certains*. Seuls le roi et la reine sont au-dessus de lui et la presse a beaucoup parlé de leur engagement actif dans la nouvelle entreprise.

— Et comment pourrais-tu prouver ton dévouement ?

— Je ne sais pas, avec du temps ? Cela fait déjà deux mois, mais d'ici à ce que je prouve mon engagement, il n'y aura plus rien à faire. Je veux juste apporter ma contribution, pour apposer ma marque sur les choses.

Il secoue la tête, les lèvres pincées.

— Oublie que j'ai dit tout ça. Je ne suis pas censé parler des affaires privées.

Je fais un geste ample de la main.

— Considère que c'est oublié.

— Merci.

Il prend une cuillère de soupe.

— Qu'est-ce que tu as prévu d'autre ? Tu fais quelque chose, demain ?

L'espace d'un bref instant, je pense qu'il veut faire quelque chose avec moi, et je ressens un petit frisson d'excitation à l'idée d'être son amie et sa confidente, c'est totalement le rôle qu'il a joué pour moi, mais je réalise ensuite qu'il ne fait que changer de sujet.

— Je vais visiter le palais, et dans l'après-midi je prends le thé avec le roi et la reine.

Il se raidit.

— Vraiment ? Je ne savais pas que des invités avaient une audience avec le roi et la reine.

— Oui, c'est l'un des avantages à séjourner ici. Juste une rencontre.

Il marmonne un juron entre ses dents.

— Ne leur répète pas un seul mot de ce que je viens de te dire, alors.

— Je te jure que je ne dirai rien.

Il grimace, regrettant probablement de s'être confié à moi.

— Tout va bien, vraiment. Je serai probablement trop nerveuse pour leur dire plus de deux mots.

Un coin de sa bouche se relève lentement en un sourire en coin. Je suis certaine qu'il aurait pu s'en tirer après avoir volé la dernière miche de pain d'une vieille femme, avec ce sourire ~~mignon~~ super sexy. (C'est le risque quand on est auteur, on édite ses propres pensées.) Cet homme irradie l'assurance sexuelle.

— Tu n'as aucun problème pour échanger plus de deux mots avec moi, remarque-t-il d'une voix onctueuse.

Je rougis violemment.

— C'est vrai, probablement parce que tu es venu à mon secours aujourd'hui, à plus d'une occasion déprimante.

Je repousse ce souvenir morose, déterminée à profiter du moment présent.

— En temps normal, je suis une irréductible introvertie. Riley était la seule…

Je m'interromps, une boule d'émotion se coinçant dans ma

gorge. Riley était la seule à rire à mes blagues marmonnées doucement que personne d'autre n'entendait. Je prends une gorgée d'eau avant de dire :

— Je suppose que tu m'as mise à l'aise avec ta gentillesse.

Il m'adresse un sourire impertinent.

— C'est pour ça que tout le monde dit que je suis charmant.

— Et tellement modeste, aussi.

Je suis vraiment en train de sourire, un authentique sourire ravi. Après L'Épreuve, la lune de miel en solitaire, la panne d'inspiration, Lucas a redonné vie à mon sourire.

— Je n'ai jamais été accusé de ce péché.

Je me penche en avant.

— De quels péchés es-tu coupable, alors ?

— Je ne m'embête pas à ressentir de la culpabilité.

Je hausse les sourcils, attendant une réponse.

Il sourit et se penche en avant à son tour :

— Ils sont trop nombreux pour être comptés. Je suis irré-cupérable.

Je ris.

— Je crois que j'aimerais bien être irrécupérable, moi aussi. Ça a l'air amusant.

Il lève une paume en l'air.

— Je suis content d'avoir eu une aussi bonne influence sur toi.

Lucas

Le dîner avec Alice était plus détendu que ce à quoi je m'attendais. Je pensais qu'elle serait dans un triste état, comme elle l'était quand je l'ai vue plus tôt, mais elle est résiliente et forte. Je ne peux m'empêcher d'admirer ça, surtout après avoir appris l'étendue de la trahison qu'elle a subie. Son fiancé et sa meilleure amie couchant ensemble ? Cela ressemble à l'un de ces films larmoyants que mon ex adorait.

Elle pleurait tout le temps devant ces personnages inventés. Alice le vit réellement. Et elle le surmonte plutôt bien, je pense, même si je n'ai pu m'empêcher de remarquer que son ex était encore en contact avec elle, et qu'elle semblait envisager de maintenir cette connexion. À sa place, je ne regarderais jamais plus en arrière. J'ai toujours été quelqu'un de réaliste. Alice est une romantique. Elle l'est forcément, pour écrire des histoires d'amour.

Je suis en train d'attendre dans le salon de la suite des invités pendant qu'Alice rassemble la lingerie qu'elle veut brûler. J'ai des allumettes dans ma poche, ainsi que les clefs du coffre de stockage, où nous rangeons le foyer portatif et divers outils. Cette suite était censée représenter ce que les invités s'imaginent être la vie royale, et elle est extrêmement exagérée, avec une peinture murale fantastique, des colonnes scintillantes, des chérubins et même des appliques murales censées ressembler à des bougies. Ma propre suite est simple et élégante – des fauteuils en cuir dans le salon, des meubles antiques en acajou dans la chambre, rien de capricieux ou de doré.

Elle revient avec un grand sac à main en faux cuir passé à l'épaule.

— OK, tout est là. Est-ce qu'on va les brûler dans une cheminée ou quelque part à l'extérieur ?

— On va faire un feu sur la plage. Il y a un foyer extérieur en métal, qu'on utilise pour certaines occasions.

— Cool. Je dois prendre une veste ?

J'examine sa robe, qui expose ses épaules nues et lisses ainsi que le renflement fantastique de son décolleté, et songe qu'il serait bien dommage de couvrir ça. Non, je ne suis pas sur le point de séduire une femme vulnérable qui vient de se faire larguer par son fiancé. Je ne suis pas complètement débauché, et c'est le genre de situation propice au type de mélodrame que j'évite comme la peste. J'aime la regarder, c'est tout. Beaucoup. Contrairement aux femmes avec qui je sors généralement, qui s'entraînent avec des coachs personnels pour conserver un corps tonique et svelte, Alice est généreuse, voluptueuse. Épanouie, c'est le mot qui semble convenir. Épanouie, tout en courbes, très féminine, au parfum de fleurs.

Je porte une veste par-dessus ma chemise blanche, vu qu'on doit venir en tenue correcte pour dîner dans la salle à manger officielle.

— Je te donnerai ma veste si tu as froid.

Ses joues se colorent de rose.

— Quel geste princier !

Je lève les paumes en l'air.

— Tu t'attendais à autre chose ?

Des étincelles crépitent dans ses yeux bleus à travers ses lunettes œil-de-chat alors qu'elle sourit. Je ressens un frisson de triomphe chaque fois que je la fais sourire, sachant les difficultés qu'elle rencontre en ce moment.

— Tu es à la hauteur de toute la publicité autour des princes, déclare-t-elle.

Je lui adresse une révérence solennelle avant de faire un geste vers la porte.

— Pouvons-nous y aller ?

— Nous pouvons.

Elle me dépasse en vacillant un peu. Je la rattrape par le coude pour l'aider à garder l'équilibre. Elle lève les yeux vers moi, les yeux brillants et la voix un peu voilée.

— Merci. Je ne suis pas habituée à ces talons.

Il y a quelque chose d'unique dans ses yeux, quelque chose que je ne vois pas souvent, une vulnérabilité délicate tapie derrière cette force et cette résilience. J'éprouve une envie des plus étranges de la protéger de la dureté de la vie. Un genre d'instinct primaire et enfoui d'homme des cavernes. D'où est-ce que ça sort ?

Elle adresse un regard appuyé à ma main, qui la tient toujours par le coude, sauf que je ne sais comment, mes doigts se sont aventurés plus loin, jusqu'à toucher sa peau douce comme du satin.

Je secoue la tête, revenant à la réalité, et la lâche.

— En route.

Dès que nous quittons la pièce, Arthur, le garde du palais, nous suit depuis l'endroit où il attendait dans le couloir. Il ne fait confiance à personne. C'est son travail, je sais, mais ce qu'Alice et moi sommes sur le point de faire est une expérience cathartique. Elle n'arrivera pas à se mettre en colère et à se lâcher s'il y a des témoins.

— Juste une minute, dis-je à Alice.

Je me tourne vers Arthur :

— C'est officiellement la fin de ton service, lui dis-je. C'est un ordre.

Il incline la tête et s'en va.

Je rejoins Alice un instant plus tard. Elle m'adresse un regard en coin alors que nous traversons le couloir.

— Il n'y a que nous deux, alors, hein ?

— Je me suis dit que tu apprécierais sûrement d'avoir un peu d'intimité.

Elle regarde droit devant elle.

— Bien sûr. La lingerie.

— Pas à cause de ce qu'on brûle. À cause de l'aspect cathartique. Tu auras peut-être envie de pleurer, ou de hurler de rage, ou de danser sur les cendres, je ne sais pas. Je voulais te donner la liberté de faire ce que tu as besoin de faire.

Elle s'arrête et me dévisage, hébétée.

— Quoi ?

Elle ferme la bouche et penche la tête.

— Tu es étonnamment au diapason avec les besoins émotionnels d'une femme.

Je sens le bout de mes oreilles me brûler et je me remets à marcher. Est-ce qu'elle vient de dire que j'étais quelqu'un de sensible ? Tout ce qu'il y a de viril en moi proteste.

— J'ai *beaucoup* d'expérience avec les femmes.

— Et j'ai beaucoup d'expérience avec les hommes.

Je manque de trébucher.

— Vraiment ?

— De quoi ça a l'air, sortant de ma bouche ?

— Choquant.

— Sortant de ta bouche, ça ressemble à de la frime.

— Touché.

— Ce n'est pas ta faute, dit-elle d'un ton détaché alors que nous descendons l'escalier. C'est une double échelle de valeurs. Les hommes peuvent jouer les séducteurs. Les femmes sont censées être plus exigeantes. Mais avec qui les hommes jouent-ils les séducteurs si les femmes sont exigeantes ?

Fasciné, je ne peux m'empêcher de demander :

— Tu as vraiment beaucoup d'expérience ?

Elle pousse un soupir agacé et roule des yeux.

— Quoi ?

— Quelle importance ? demande-t-elle d'un ton agressif.

Je hausse une épaule.

— Je ne sais pas. Tu sembles jeune. Tu as dit avoir un an de moins que Sylvia, alors j'étais curieux.

Elle balaie mes remarques d'un geste de la main.

— Toi d'abord. Tu as quoi, trente ans, et…

— J'ai vingt-neuf ans, rétorqué-je. Je viens de les avoir la semaine dernière.

— Oooh, sujet sensible. On se raccroche à ses vingt ans, hein ?

— Non. Je m'en fiche. C'est juste une question de précision.

—Hum, hum.

— C'est vrai, insisté-je, même si je perçois moi-même le ton défensif de ma voix.

Je vieillis, et le fait est que je le ressens. Je n'ai plus autant envie de voyager. Et maintenant que j'ai l'occasion de contribuer au royaume, j'ai envie de me poser ici, à Villroy, et d'apposer ma marque. Mais tout ce que voient les gens, c'est la personne que j'étais – le type qui voyage et qui fait la fête.

— Alors tu as été avec une centaine de femmes, à peu près ? demande-t-elle.

— Je n'ai jamais compté.

— Tu as perdu le fil ?

— Je ne suis pas un si mauvais gars, remarqué-je, ouvrant la marche et me dirigeant vers la cour. Oui, j'ai apprécié la compagnie d'un certain nombre de femmes. Oui, j'ai de l'expérience. C'est devenu sérieux, une fois, je suis donc capable d'avoir une vraie relation.

Je me passe une main dans les cheveux.

— Et pourquoi est-ce qu'on parle de ça, de toute façon ?

— Oh, oh, il est susceptible, dit-elle en me pointant du doigt avec un petit sourire entendu. Tu es une fripouille, mon cher.

J'aboie un rire.

— D'accord. Et toi, tu es quoi ?

— Une vieille fille heureuse de l'être.

— Nous venons d'être transportés dans l'Angleterre de la Régence, je ne sais trop comment.

— C'est là que je vis la plupart du temps, répond-elle gaiement.

— Est-ce que ça veut dire que tu n'as pas tant d'expérience que ça avec les hommes ?

— Je connais les hommes, fais-moi confiance.

— Oh, vraiment ? Qu'est-ce que tu connais ?

Je m'attends à ce qu'elle déclare que tous les hommes sont des porcs, moi y compris. Elle m'a bien appelé comme ça au dîner, mais elle me surprend à nouveau.

— Je sais comment ils pensent, dit-elle en se tapotant la tempe. Demande à n'importe lequel de mes lecteurs. Je parviens à capturer de manière crédible le point de vue masculin.

Je m'arrête.

— Attends. Tu es en train de me dire que ton expérience avec les hommes n'est rien de plus qu'un exercice intellectuel ?

— Non ! réplique-t-elle, ses joues devenant rose vif.

Est-elle embarrassée par son manque d'expérience ? Il serait facile de remédier à cela. N'importe quel homme aurait envie d'elle, et ce n'est pas très difficile de persuader un homme de coucher avec une femme sexy.

Un gentleman aurait laissé tomber. Je suis vraiment une fripouille.

— Eh bien, tu viens de me conseiller de poser la question à tes lecteurs.

Elle sort un morceau de tissu en dentelles de son sac à main.

— Est-ce qu'une femme inexpérimentée posséderait ça ?

Ma bouche devient sèche. C'est une nuisette en dentelles et en résille, avec des demi-bonnets qui rehausseraient probablement sa poitrine abondante. Elle est transparente à tant d'endroits, et mon imagination la remplit de peau douce et lisse, visualise la courbe de sa hanche, et plus bas. De petites sangles pendent du bas de la nuisette, censées s'attacher à des bas montant jusqu'aux cuisses, probablement blanc transparent. Je vois tout ça de manière bien trop saisissante. De la sueur apparaît sur mon front.

Elle fourre à nouveau la nuisette dans son sac.

— C'est bien ce que je pensais, dit-elle d'un ton suffisant.

Je continue de marcher, m'efforçant de penser à n'importe quoi sauf à cette lingerie sexy. Je ne peux pas donner suite à l'attirance que je ressens. Je commence à en lister les raisons dans ma tête :

C'est une femme vulnérable qui a besoin d'une épaule sur laquelle pleurer.

Elle est une invitée temporaire ici.

Elle vient tout juste de renoncer aux hommes.

Son ex n'est pas tout à fait hors-jeu.

Même en sachant tout ça, mon sexe se dresse, attentif. Bon sang. Je suis vraiment irrécupérable.

$$5$$

Alice

Je suis Lucas à travers la cour intérieure du palais, appréciant le chatouillement de l'herbe sous mes pieds.

— Attends. Je vais retirer mes sandales.

Je vacille alors que j'essaie de rester en équilibre sur un pied et il me retient fermement par l'avant-bras, me stabilisant. Une sensation de chaleur s'étend depuis l'endroit où ses mains larges sont en contact avec mon bras nu. Je l'ignore. Une réaction biologique à la peau contre la peau, peut-être une réaction chimique. Je ne sais pas. Je ne suis pas scientifique. Pourquoi cette stupide sandale ne veut-elle pas s'en aller ? La sangle est trop serrée. Je dois la défaire. Je me passe un savon sévère, me rappelant que je suis ici pour panser mes plaies, pas pour remarquer des réactions chimiques envers des gens qui ne font que m'aider. Je pousse un grognement de frustration alors que mes doigts tâtonnent pour libérer mon pied.

— Besoin d'aide ? demande-t-il.

— Non, ça ira, dis-je entre mes dents serrées.

La dernière chose que je veux, c'est sentir ses mains sur

une autre partie de mon corps. Il y a une limite à la chaleur que je peux ignorer.

— Laisse-moi faire, dit-il. C'est la sangle, n'est-ce pas ?

— C'est bon.

Enfin, mon pied est libre. L'autre, maintenant. *Allez !* Ça ne devrait pas être si difficile. Mes joues deviennent brûlantes, sauf que maintenant c'est parce que j'ai désespérément besoin de mettre de l'écart entre nous. Il sent incroyablement bon. Et cela n'a *pas* d'importance. Il n'y a aucune chance pour que quelqu'un comme lui – un prince sublime qui sort avec des mannequins et des stars de cinéma – soit un jour intéressé par une fille ordinaire et ringarde comme moi. Et je ne cherche pas à commencer quelque chose, de toute façon. Je traîne tant de casseroles qu'elles traversent l'Atlantique et tous les États-Unis jusqu'en Oregon. Tellement de foutues casseroles que cela broierait n'importe quel homme à proximité. Et je suis sûre que Lucas a ses propres casseroles. Tout le monde en a, et je ne peux pas faire face à tout ça. Je ne peux vraiment pas.

Par bonheur, la sandale coopère et je me retrouve pieds nus dans l'herbe. Je reprends notre marche, gardant la bouche close pour ne pas bafouiller quelque chose d'inapproprié qui révélerait mes pensées actuelles. Lucas reste silencieux aussi. Je ne peux m'empêcher d'imaginer ce qu'il pourrait être en train de penser. C'est le risque, quand on est un auteur : on invente des dialogues, parlés ou internes, pour les gens qui nous entourent.

Lucas (pensées secrètes) : *Cette femme est un désastre ambulant. Elle est tellement perturbée par L'Épreuve qu'elle n'arrive même pas à retirer sa propre sandale.*

La Alice pleine de confiance (répliquant par télépathie) : *Essaie un peu de retirer une sandale pendant que l'homme le plus sexy que tu as jamais vu te touche le bras (substitue l'homme à une femme, pour toi) et que soudain le sexe post-rupture te semble être une idée fantastique.*

Alice (d'une voix stupéfaite et pleine de désir alors qu'il se penche en avant pour l'embrasser) : *Que fais-tu ?*

Je serre les dents. *Arrête un peu cette folie !*

Mon Dieu, j'ai l'esprit dérangé. Tout ça parce qu'il a posé

sa main sur mon bras. Je dois revenir à la réalité. Je *suis* un désastre ambulant, et Lucas ne serait pas intéressé par moi, même si je ne l'étais pas. Allô ! C'est le célibataire royal le plus convoité du monde. Il pourrait avoir n'importe qui, et sa préférence, comme le sait toute personne l'ayant déjà vu dans un tabloïd, à la télévision, dans les magazines ou sur Internet, va toujours aux femmes glamours.

Parfois, il se diversifie en passant des actrices super sexy aux mannequins super sexy, mais il ne s'intéresse *pas* aux auteures rondes et intellos.

Le sexe post-rupture. *C'est ça, Alice, comme si tu le ferais.* Je n'ai jamais été du genre à avoir des aventures sans lendemain. En tout cas, pas volontairement. Cela en devenait une quand le mec s'empressait de claquer la porte. J'étouffe un soupir. Mes aspirations romantiques ont rarement été satisfaites.

Quelques minutes plus tard, nous avons dépassé la cour intérieure et nous dirigeons vers les jardins à la française. Ils sont tellement à couper le souffle que j'arrête d'essayer de me dissuader d'être attirée par Lucas. Les jardins sont encadrés de haies de buis courant en ligne droite et d'arbres taillés, certains parfaitement ronds et d'autres ayant une forme ondulée. Quatre longues terrasses de pente herbeuse mènent à la plage. La lune est presque pleine et confère un éclat romantique au paysage. Dommage que je sois ici pour brûler la romance. Priorités de dure à cuire.

— Il faut absolument que je revienne ici en plein jour, lui dis-je. C'est magnifique.

— Tu devrais, oui. Le personnel fait beaucoup d'efforts pour entretenir les jardins. Évidemment, quand nous étions enfants, nous n'apprécions pas trop ça. Nous voulions un labyrinthe de buissons à la place.

Je ris.

— Ce serait amusant aussi.

J'aperçois devant nous une fontaine en marbre avec des poissons crachant de l'eau en arcs croisés.

— Jolie fontaine !

— L'une des rares touches de fantaisie de ma mère. Elle l'a

ajoutée quand elle est arrivée à Villroy, en tant que nouvelle mariée.

— Je l'adore. Elle a quelque chose d'espiègle. Est-ce qu'elle est comme ça ?

— Oooh, non. Pas du tout. Même si, pour sa défense, elle a été reine et mère de sept enfants, cinq d'entre eux ayant été des garçons turbulents. Mes sœurs suivaient les règles de manière beaucoup plus convenable.

— Peut-être que maintenant que vous avez tous grandi, elle pourra retrouver ce côté espiègle en elle.

Il m'adresse un regard en coin.

— Tu es une optimiste, hein ?

— Évidemment. Il le faut. Mes histoires se terminent toujours bien. Je veux dire, à l'époque où j'en écrivais. Maintenant…

— Tu recommenceras à écrire. Tu as juste besoin de te libérer des saletés qui encrassent la machine.

Je hoche la tête.

— J'espère sincèrement que tu as raison.

— Bien sûr que j'ai raison. Tu finiras par apprendre que j'ai toujours raison.

— Si modeste, encore une fois.

Son sourire en coin si séduisant apparaît sur ses lèvres et c'est difficile de lui reprocher la moindre arrogance sortant de sa bouche.

— Je crains que la modestie ne soit pas dans ma nature. Si tu avais rencontré mes frères, tu comprendrais. Nous sommes pareils à ce niveau-là.

— Demain, je rencontrerai Gabriel.

— Ah. Il est l'exception à la règle s'agissant de cette charmante chose que nous possédons tous. Il est très sérieux.

Son expression se renfrogne considérablement, les sourcils froncés et les lèvres formant une ligne fine.

— Même s'il s'est considérablement adouci depuis qu'il est marié à Anna.

— J'imagine que le fait d'avoir le poids de tout un royaume sur les épaules rendrait n'importe qui sérieux. C'est une lourde responsabilité.

Il fronce les sourcils.

— Ce qui est une raison de plus pour qu'il me délègue les responsabilités de l'entreprise, rétorque-t-il d'un ton cassant.

Je cligne des yeux, momentanément stupéfaite par son ton dur, si inattendu de la part d'un type aussi décontracté.

Il se retourne et marmonne tout en s'éloignant :

— Je vais chercher le foyer portable.

Je continue d'avancer jusqu'à atteindre la plage, mes pieds s'enfonçant dans le sable doux et soyeux. Quelque chose se détend au fond de moi. C'est presque comme si j'avais fait tout ce chemin rien que pour cet instant. Du sable doux entre mes doigts de pied, le son apaisant des vagues, la lueur de la lune au-dessus de ma tête. J'ai l'impression d'être dans une de mes histoires, sauf que c'est réel. Je continue d'avancer, attirée par les mouvements hypnotiques de la mer. Le sable devient mouillé, plus frais, et je continue d'avancer, laissant les vaguelettes recouvrir mes pieds et sentant la force du courant lorsqu'elles reculent. Un profond sentiment de plénitude m'emplit. Toutes mes pensées, ce bavardage intérieur constant, se tait, et pour la première fois en une semaine, je me sens vraiment en paix.

Quelques minutes relaxantes plus tard, Lucas m'appelle derrière moi.

— J'ai le foyer.

Je me retourne et le vois tenir entre ses mains un bol en métal qui ressemble à un bouclier viking.

— Ça a l'air lourd.

— C'est de l'acier trempé. Bien sûr que c'est lourd.

— Je n'ai pas besoin de brûler la lingerie.

Il se fige.

— Non ?

— Non, rien que le fait de venir ici, près de l'eau, m'a beaucoup aidée.

Il soulève le foyer plus haut devant lui, exposant la force impressionnante du haut de son corps.

— Qu'est-ce que je suis censé brûler, alors ?

— Range le foyer et vient devant les vagues avec moi. C'est tellement apaisant.

Il grommelle et retourne vers le coffre de stockage, un vieux truc en métal en partie dissimulé derrière une petite clôture blanche et une dune.

Je range mes lunettes dans mon sac à main et pose mes affaires sur le sable sec avant de retourner vers la mer. Je suis myope, alors toute la scène revêt une lueur feutrée. C'est une plage privée et nous sommes seuls. Je lève les yeux et admire les étoiles, me sentant submergée par cet état rêveur que je ressentais avant que tout mon monde s'écroule sur moi. Je passe beaucoup de temps dans ma tête, et normalement, tout y est paisible. Au bout de quelques instants, je m'aventure plus loin dans l'eau, appréciant la sensation des vagues s'écrasant contre mes chevilles. Je me retourne et vois un Lucas flou retirer sa veste, puis ses chaussures et ses chaussettes, qu'il dispose en une pile soignée sur le sable, avant de retrousser les pans de son pantalon.

Il me rejoint un moment plus tard, et grimace lorsque ses pieds touchent l'eau.

— C'est froid ! Qu'est-ce que tu fais là-dedans jusqu'aux chevilles ?

— C'est rafraîchissant !

Il fait volte-face.

— Je retourne sur le sable.

Je rassemble un peu d'eau et l'éclabousse dans le dos. Il pousse un cri aigu et je me mets à rire. Il se retourne, récupère une énorme poignée d'eau et m'éclabousse en plein visage. Je toussote, le goût du sel dans la bouche, repousse mes cheveux de mon visage et l'éclabousse un grand coup en utilisant à la fois mes mains et mes pieds et en donnant des coups dans l'eau. Il riposte et nous entrons dans une guerre d'éclaboussure ouverte. Je n'arrive plus à m'arrêter de rire.

Il s'écarte d'un bond.

— OK ! Cessez le feu ! Je suis trempé !

Je baisse les yeux pour m'examiner. Ma robe colle à mon corps, presque transparente.

— Moi aussi !

Il fixe ma robe, s'attardant sur mes seins, comme le font

tous les hommes, avant de relever vivement les yeux vers mon visage.

— Tu as une mauvaise influence, dit-il d'une voix rauque.

— Eh bien, merci. C'est une première pour moi.

— Allez. Sors de l'eau.

Il me fait signe de le rejoindre, reculant d'un pas, mais je ne suis pas certaine de pouvoir lui faire confiance pour ne pas m'éclabousser si je me rapproche. Je le suspecte d'être un petit sournois.

Je lève la paume, le tenant à distance pendant que je le contourne pour revenir vers le sable. Une légère brise me rafraîchit et je frissonne.

Lucas récupère sa veste, la secoue puis la place sur mes épaules. Ce geste me surprend, même s'il avait déjà proposé de le faire un peu plus tôt. C'est juste que nous sommes tous les deux trempés, et j'imagine qu'il a tout aussi froid que moi.

— Merci, dis-je doucement, bouleversée par ce geste magnifiquement romantique.

Oubliez ça. Je voulais dire un geste magnifiquement *affectueux comme le serait un merveilleux ami.*

Son regard plonge dans le mien, soudain sérieux.

— Tu es différente sans tes lunettes, remarque-t-il d'une voix bourrue.

— Merci ?

Je ne sais pas trop si « différente » veut dire que j'ai l'air jolie ou bizarre. J'ai toujours pensé que mes lunettes étaient mignonnes.

— On devrait rentrer, dit-il en se détournant.

Il récupère ses affaires et me tend mon sac à main.

J'enfile mes lunettes et le suis vers le palais, détendue et heureuse. Je n'aurais jamais cru ressentir quoi que ce soit d'approchant durant ce séjour. Je comptais me montrer forte, faire mon travail et en tirer le meilleur parti. Je ressens une envie soudaine de le serrer dans mes bras pour avoir rendu mon expérience ici tellement plus supportable. Mais je ne peux pas. On ne se connaît pas assez bien pour ça, et je sais que ce n'est pas convenable de toucher un membre de la royauté sans qu'il ait amorcé le geste, même si c'est censé être un geste affectueux.

Il se tourne vers moi.

— Tu es sûre de ne pas vouloir te mettre en colère et détruire des trucs ?

Je secoue la tête.

— Je ne sais pas si c'est la mer, l'île ou…

Je n'ai pas envie de dire « toi » parce que cela donnerait l'impression que je suis intéressée par lui, ce qui n'est pas le cas. Je lui suis *reconnaissante*.

— Ou quoi ? demande-t-il.

Je souris, sincèrement heureuse d'avoir pu profiter de sa compagnie aujourd'hui.

— Ou ta gentillesse, mais je me sens très détendue. Comme si j'avais réussi à me séparer d'une partie de cette colère à laquelle je me raccrochais. Crois-moi, j'ai eu mon lot de larmes et de rage chez moi, à peu près vingt-quatre heures sur vingt-quatre, mais maintenant, je ne sais pas, quelque chose a changé en moi.

Je m'arrête, soudain sérieuse, parce que je me sens proche de lui.

— Si tu pouvais simplement me jurer de ne jamais me mentir, d'être honnête à cent pour cent en toutes circonstances, alors nous pourrions être officiellement amis.

Il penche la tête de côté.

— Je dois prêter serment pour être ton ami ? La veste ne suffit pas ? Je suis gelé jusqu'aux os, en ce moment.

Il croise les bras et fait semblant de frissonner.

Je ris un peu.

— Je sais que ça paraît dingue, mais j'ai vécu un *enfer*. Et j'ai besoin d'une assurance. Est-ce que je peux te faire confiance ? Es-tu un homme d'honneur ?

Mes héros de fiction sont des hommes d'honneur, mais j'en ai rencontré très peu dans la vraie vie.

Il prend une expression sérieuse, les yeux fixés résolument sur moi.

— Je le jure sur ma vie, Alice, je suis un homme d'honneur.

Je laisse échapper un soupir de soulagement.

— Merci. Et je promets de toujours être honnête avec toi en retour. Je suis si contente que tu sois mon ami. J'en ai vraiment besoin en ce moment.

Il fait une révérence formelle.

— Cela fait partie de mes fonctions en tant que prince.

Je tente une révérence dans ma robe trempée.

— Je vous suis très obligée, Votre Altesse.

Nos yeux se rivent l'un à l'autre et je me redresse, l'air miroitant entre nous et se chargeant d'une attention nouvelle. Ma respiration se bloque dans ma gorge, mes genoux flageolent soudain. C'est élémentaire – une rencontre entre un homme et une femme, à un niveau primitif. Un frisson brûlant me parcourt. J'écris sur ces moments. Je n'en ai jamais connu dans ma vie.

Il secoue la tête, clignant plusieurs fois des yeux avant de dire :

— Tu as froid. Rentrons.

6

Alice

Le lendemain après-midi, ma domestique, Christina, m'escorte jusqu'au salon pour le thé avec le roi et la reine. Je n'arrête pas de me dire que ce ne sont que des gens normaux, jeunes, en plus, ce n'est pas comme s'ils risquaient d'être austères et exagérément convenables, mais je n'arrive pas à me débarrasser de ma nervosité. Je sais que je dois incliner la tête, faire la révérence et les appeler Votre Majesté ou Vos Majestés pour parler aux deux en même temps. À part ça, je suis complètement perdue. Je suis vraiment nulle pour faire la conversation. J'ai *tellement* envie que ce moment ne soit pas embarrassant. J'étais impatiente que celui-ci arrive quand je pensais encore que je serais là avec vous-savez-qui, avant L'Épreuve. Je m'en sors mieux au niveau de la conversation quand j'ai un peu de soutien.

La porte se ferme derrière moi et je me retrouve seule dans le salon. C'est une pièce lumineuse avec un mur de fenêtres ainsi qu'une table en bois brillante et des chaises en bois à l'air anciennes munies de sièges rembourrés en velours rouge sombre. Au centre de la table se trouve une grande coupe de fruits remplie de vrais fruits, pas des faux trucs que les gens utilisent comme décoration. Un petit coin salon, avec quatre chaises à hauts dossiers rembourrés et une table ronde. Je ne sais pas trop si je suis censée m'asseoir à la grande table ou dans le coin salon.

J'essuie mes mains moites sur mes hanches et m'avance vers la fenêtre, admirant le paysage lointain de falaises escarpées et de criques de plages de sable. Je décide que rester debout est ma meilleure option et le moyen le plus simple de faire une révérence convenable. Je lisse les plis de ma robe trapèze bleu marine. Elle est très jolie, avec un corsage simple à manches courtes, sanglé à la taille, et il y a des poches. Maintenant, je sais quoi faire de mes mains. Je l'ai agrémentée d'un collier épais bleu et doré, et je porte mes nouvelles chaussures à talons compensés noirs, avec des fleurs brodées dessus.

Je plonge les mains dans mes poches et parcours lentement la pièce, faisant tout mon possible pour rester calme. Quelques instants plus tard, la porte s'ouvre brusquement et mon cœur se met à battre plus fort, mais c'est juste un domestique poussant un chariot avec le service à thé vers le petit coin salon.

— Bonjour.

Il me jette un regard.

— Bonjour, madame. La reine sera bientôt là. Bonne journée.

Je penche la tête.

— Bien. D'accord. Merci.

Je me gratte le cou et ajoute :

— Bonne journée à vous aussi.

Il part après avoir incliné la tête.

J'attends, les yeux fixés sur le plateau de sandwiches, de mini quiches et de tartes aux fruits à l'air délicieux. Mon estomac gargouille et je pose la main dessus, lui ordonnant de la boucler.

La porte s'ouvre à nouveau et un domestique entonne :

— Sa Majesté, la Reine Anna.

Je la dévisage, temporairement éblouie par la reine. Elle est si belle ! Elle ressemble à une déesse de la fertilité avec ses longs cheveux noirs bouclés qui tombent sur ses épaules nues et sa robe en tricot bleu marine sans manche qui enveloppe son ventre rond de femme enceinte. Elle tient un grand sac à main en cuir blanc.

— Je suis si contente de vous rencontrer, Alice ! s'exclame-t-elle.

Je reporte mon attention sur elle, incline la tête et fais une révérence.

— Votre Majesté.

Elle s'arrête devant moi, un éclat brillant dans ses yeux bruns.

— Il n'y aura que nous deux, aujourd'hui. Appelez-moi Anna, s'il vous plaît. Gabriel avait une affaire urgente à régler, et je ne voulais pas retarder notre visite. Vous avez faim ? Je meurs de faim.

— Oui.

Je la suis vers le coin salon et prends la chaise face à elle. C'est une chaise fermement rembourrée, et cela me fait m'asseoir un peu plus droit.

Elle verse le thé. Tellement de choses me viennent à l'esprit – ne serait-ce pas à un domestique de faire ça ? Est-ce que je devrais le faire ? Nous avons toutes les deux des robes bleu marine ! Comment se passe votre grossesse ? Rien ne veut sortir de ma bouche. Je suis sans voix.

— Du sucre ? demande-t-elle.

— Oui, s'il vous plaît.

Je suis contente de pouvoir à nouveau parler et j'enchaîne :

— Voudriez-vous que ce soit plutôt moi qui vous serve ?

Elle rit tout en utilisant des pincettes en argent pour faire tomber un cube de sucre brun clair dans mon thé.

— Je tiens à faire les choses de manière informelle, aujourd'hui. Les domestiques et les gardes restent à l'extérieur du salon. Nous sommes toutes deux des jeunes femmes américaines, alors je me suis dit que nous pourrions simplement passer du temps ensemble comme je le faisais avec mes amies, chez moi.

Elle fait un geste vers la nourriture :

— Servez-vous.

J'obéis, prenant un minuscule sandwich aux concombres et une tarte aux myrtilles brillante, tout en m'émerveillant du fait que la reine de Villroy veuille passer du temps avec moi. Je prends une gorgée de thé et cherche un sujet informel, américain et amical à aborder. Le baseball ? Les tartes aux pommes ? Le quatre juillet ?

Elle se penche en avant, une étincelle brillant dans ses yeux bruns.

— Je dois vous avouer quelque chose. Je suis une fan.

— De quoi ?

— De vous ! J'ai lu *Le Défi du Duc* et *La Victoire du Comte*.

Mes lèvres s'arrondissent de surprise. La reine de Villroy lit mes histoires ? C'est alors qu'elle me stupéfie encore plus en sortant les livres de son sac à main et en me tendant un stylo.

— Vous pourriez les dédicacer ?

— Bien sûr !

Je lui prends le stylo et les livres et fais une dédicace comme si elle n'était qu'une lectrice ordinaire, et pas un membre de la royauté. La première dédicace, pour *Le Défi du Duc*, est un joyeux « Anna, je vous défie d'aller plus loin que ce que la politesse impose ! » et le deuxième « La victoire sourit aux audacieux ! ». Je signe mon nom au bas de la page d'une écriture pleine de fioritures.

Elle reprend les livres et le stylo, souriant alors qu'elle lit les dédicaces, avant de ranger soigneusement le tout dans son sac à main.

— Merci ! Quand pourra-t-on lire l'histoire de William ? Êtes-vous en train de l'écrire en ce moment ?

C'est le troisième livre de la trilogie. William est un duc, un ami des deux autres héros.

— C'était le plan.

Je jette directement mon dévolu sur la tarte aux myrtilles, j'ai besoin d'un apport en sucre, et je prends une énorme bouchée.

— C'était ?

Je mâche et j'avale.

— Je trouve difficile de me remettre à écrire des histoires d'amour heureuses après L'Épreuve que j'ai traversée.

Elle comprend immédiatement.

– Je vous admire beaucoup d'avoir fait ce voyage seule. Je suis sûre que vous vous remettrez bientôt à écrire. Vous avez simplement besoin d'un peu d'inspiration, n'est-ce pas ?

Je hoche la tête.

— En fait, j'ai trouvé une idée, hier, la première depuis des mois, mais mon éditrice l'a détestée.

Elle plisse le nez.

— Désolée. C'était quoi ?

— Un triangle amoureux dans lequel les hommes finissaient anéantis. Elle a dit que j'étais trop amère.

Je hausse une épaule et ajoute :

— J'imagine que c'est vrai.

Ses yeux sont emplis de compassion.

— N'importe qui aurait besoin de temps pour s'en remettre après s'être attendue à se marier, pour finalement ne pas le faire.

— Oui, eh bien, je dois rendre trois chapitres avant la semaine prochaine, un premier jet complet dans deux semaines, et je n'ai rien. J'ai déjà dépassé le prolongement de délai que j'avais demandé pour avoir le temps de préparer mon mariage.

Je pousse un soupir.

— En gros, je fais face à l'éventualité de mettre fin à ma carrière, de décevoir mes fidèles lectrices et de rentrer chez moi après avoir complètement échoué, la queue entre les jambes.

Elle rit, me surprenant.

— C'est si dramatique. Pas étonnant que vous soyez un écrivain.

— Anna, je ne suis pas dramatique. C'est le moment où ça passe ou ça casse. Pire encore, je suis complètement inemployable. Je n'ai qu'un diplôme universitaire d'histoire et aucune compétence professionnelle.

— Alice, vous êtes une auteure de best-seller qui a remporté des prix ! Tout ce qu'il vous faut, c'est trouver une source d'inspiration. Villroy ou le palais déclencheront peut-être quelque chose chez vous.

Ses compliments enthousiastes me rassurent. Parfois, la voix dans ma tête est trop bruyante, me hurlant des prédictions apocalyptiques qui rendent difficile d'aller de l'avant.

Je me surprends à sourire.

— En fait, Villroy a eu un effet positif sur moi. Hier, Lucas et moi sommes allés sur la plage et…

— Une seconde. Lucas Rourke ?

— Euh, oui.

— Comment avez-vous rencontré Lucas ?

Elle mord dans un sandwich au jambon, les yeux étincelant comme si j'étais sur le point de lui raconter un potin intéressant.

Je sirote mon thé, me souvenant de ce moment affreux où j'ai rencontré Lucas, puis de la magnifique manière dont j'ai terminé la journée avec lui.

— Hier, j'étais dans la cour intérieure en train de parler haut et fort avec mon éditrice, tentant de la convaincre que mon idée de triangle amoureux pouvait marcher, et il m'a rejoint, pensant que j'étais personnellement bouleversée à propos d'un triangle amoureux, ce qui, ironiquement, est le cas. C'est pour ça que mon fiancé et moi avons rompu. Un triangle amoureux avec ma meilleure amie, ce que, j'imagine, j'ai recréé inconsciemment dans cette affreuse idée d'histoire. Bref, Lucas s'est montré très gentil, il est juste resté assis à m'écouter. Il est sensible aux sentiments des femmes.

Ses yeux s'écarquillent.

— Lucas ?

Elle fait un geste vers sa mâchoire et ajoute :

— Celui avec la barbe ?

— Oui. Lucas Rourke.

— Il est sensible ?

— Très.

Je mords dans mon sandwich au concombre, me rappelant toutes les manières dont il a été sensible à ma détresse. Il a vraiment été merveilleux et sans Riley pour me confier, je n'ai pas eu beaucoup de soutien. Oh, mes parents se sont indignés pour moi, mais la vérité, c'est que mon cercle social est restreint. Mis à part quelques auteurs locaux que je rencontre pour parler boutique, je passais la plus grande partie de mon temps avec Riley et Mason. Maintenant, ils sont ensemble, et je suis seule. Mes ongles s'enfoncent dans mes paumes, et je me force à me détendre. Cette histoire est derrière moi, maintenant. L'Épreuve a été épouvantable, et maintenant je suis en sécurité de l'autre côté de l'obstacle.

Anna prend une gorgée de thé tout en m'observant par-dessus le bord de sa tasse.

— Donc, il vous a parlé, et ensuite ?

Je m'égaie, songeant à nouveau à Lucas.

— Il m'a donné son numéro pour qu'on puisse se retrouver plus tard et brûler une photo de mon ex, ou n'importe quel souvenir que j'aurais envie de brûler. Vous savez, un genre d'adieu, pour le faire sortir de ma tête. Je n'avais que ma lingerie de lune de miel sous la main, ce qui, bien sûr, me rappelait ce pour quoi j'étais censée l'utiliser, alors cela m'a semblé être une bonne chose à brûler.

Je me penche en avant.

— Vous vous demandez peut-être pourquoi j'ai emporté la lingerie avec moi, et la réponse, c'est qu'elle est belle et que je me suis dit que je voudrais peut-être la porter pour moi-même. Bref, une fois sur la plage, hier soir, avec le sable doux et les vagues apaisantes, sous un ciel étoilé éclairé par la lune, j'ai senti un tel sentiment de plénitude me submerger que je n'éprouvais plus le besoin de brûler quoi que ce soit, finalement. La présence de Lucas à mes côtés a fait toute la différence.

Je souris, me souvenant du serment qu'il m'a adressé.

— C'est un homme d'honneur.

Elle cligne des yeux.

— C'était plutôt poétique. Est-ce qu'il, euh…

— Quoi ?

— C'est un séducteur.

— Oh, il est bien plus profond que ça ! Il est gentil, sensible et compréhensif. En un jour, il m'a aidé à renverser les choses, et je me sens déjà beaucoup mieux. Même si le fait d'avoir eu une bonne nuit de sommeil a peut-être aidé aussi.

Elle m'adresse un sourire rayonnant.

— Je suis contente de l'entendre.

— Il est très engagé envers le nouveau projet d'entreprise de Villroy. J'espère que vous le savez.

Je tiens ma langue sur le reste de ce que m'a dit Lucas, à propos de ses frustrations envers Anna et Gabriel vis-à-vis de sa place dans l'entreprise. Bon sang, je crains d'en avoir déjà trop dit.

— Oubliez que je vous ai parlé de l'entreprise, s'il vous plaît. Sachez simplement qu'il est bien plus qu'un célibataire charmant qui aime voyager. Il est profond et prend son travail très au sérieux.

Anna dissimule un sourire derrière sa tasse de thé.

— Quoi ?

— On dirait que vous craquez pour lui.

J'émets un reniflement.

— J'ai renoncé aux hommes.

Elle incline la tête avec un sourire.

— Ça peut changer.

J'occupe mes mains en replaçant ma serviette en tissu sur mes genoux, ce que j'avais complètement oublié de faire tant j'étais nerveuse de rencontrer la reine.

— Je ne me fais pas d'illusions quant à la probabilité pour qu'un sublime prince s'intéresse à moi.

Et je suis un désastre ambulant. Je garde ce détail pour moi.

— Qu'est-ce qu'on pourrait ne pas aimer chez vous ? Vous êtes intelligente, intéressante et une femme accomplie.

— Je suis loin de correspondre à l'idéal masculin en ce qui concerne le physique, et je suis une intello, en plus.

Devant son regard sceptique, je murmure :

— Il sort avec des stars de cinéma.

Elle agite une main en l'air.

— Aucune de ses stars de cinéma n'est restée bien longtemps. Et quelle importance si vous n'êtes pas aussi belle qu'une star de cinéma ? Combien d'entre nous le sont ? Vous avez beaucoup de choses en votre faveur. Je vous trouve superbe.

— Merci, parvins-je à articuler malgré la boule dans ma gorge.

Il m'a fallu beaucoup de travail pour en arriver au niveau d'assurance que j'ai acquis aujourd'hui, après les brimades des autres filles au collège, qui me traitaient de salope et qui répandaient de méchantes rumeurs à mon sujet juste parce que ma poitrine opulente a poussé plus tôt. Je suis devenue ce genre de personne qui mange lorsqu'elle est stressée, ce qui n'a fait qu'empirer les choses au lycée, où les belles filles populaires me traitaient de grosse et de boulotte. Riley a fait ce qu'elle a pu pour m'aider à faire face, mais c'était difficile de tout ignorer. Je sais que mon niveau d'assurance a encore besoin d'être travaillé. J'y arriverai, un jour.

Nous mangeons dans un silence amical pendant quelques instants, avant qu'elle ne dise :

— J'aime bien Lucas. Il a toujours été chaleureux et amusant, mais par le passé, il s'est montré inconstant, partant au pied levé et faisant le tour du monde pour retrouver ses amis et des femmes. Le fêtard globe-trotter, vous voyez ? L'opinion que Gabriel a de lui est teintée par le passé, ce qui le rend sceptique à l'idée de lui confier les rênes de l'entreprise. Maintenant que j'ai entendu votre point de vue sur lui, je réalise que je dois me faire mes propres conclusions à son sujet, et à propos de l'homme qu'il est aujourd'hui. Je veux lui laisser sa chance.

Elle tapote ses ongles rouge écarlate ornés de strass (à moins qu'il ne s'agisse de vrais diamants ?) contre ses lèvres rouges.

— Lucas devrait peut-être prendre les commandes du rendez-vous avec la banque.

— Je suis sûre qu'il s'en sortira très bien, peu importe ce que vous lui confiez.

Elle m'adresse un sourire rusé.

— Il vous a fait une sacrée impression, en un seul jour.

Mes joues rougissent et j'enfourne le reste de tarte aux myrtilles dans ma bouche pour ne pas avoir à répondre.

Elle se penche en avant et murmure :

— Je viens d'avoir une idée complètement folle.

Je mâche et avale rapidement, avant de me pencher à mon tour.

— Quoi ?

— Avant de dire non, réfléchissez-y.

Je me redresse lentement, tout en moi en alerte maximale.

— Votre idée complètement folle me concerne ?

— Oui. Vous avez besoin d'une histoire, n'est-ce pas ?

— Oui, dis-je lentement.

— Et Lucas a besoin d'avoir l'air réellement dévoué à notre cause.

Je suis assise tout au bord de mon siège.

— Et ?

Elle lève les mains en l'air et lance :

— De fausses fiançailles ! C'est un sujet de romance parfait. Vous faites semblant d'être sa fiancée, allez à ses rendez-vous avec lui, et cela donnera l'impression qu'il s'est calmé. Tout le monde connaît sa réputation de célibataire gros fêtard et globe-trotter. Vous le ferez ressembler à ce qu'il veut que les gens voient en lui – un homme respectable, solide et engagé. Honnêtement, j'aimerais bien le voir comme ça, moi aussi.

Ma respiration s'accélère.

— S'il vous plaît, n'utilisez pas le mot engagement.

Moi et l'engagement, nous ne sommes plus amis.

— D'accord, ça le fait ressembler à quelqu'un qui a les pieds sur terre. Quelqu'un sur qui vous pouvez compter pour mener les choses à bien. C'est une idée parfaite pour faire d'une pierre deux coups.

— Est-ce que je suis la destinataire des coups ?

Elle rit.

— Non, idiote, vous êtes l'auteure qui vit son histoire. Ensuite, tout ce que vous aurez à faire, c'est l'écrire. Je suis brillante ! Je viens juste d'écrire votre prochain livre pour vous ! N'oubliez pas de me citer dans les remerciements. Ooh ! Vous pourriez peut-être me dédier le livre. On ne m'a jamais dédié de livre.

Elle encadre un titre imaginaire entre ses doigts.

— « De fausses fiançailles à la romance royale ». Ne me remerciez pas.

Elle prend une mini quiche et la mâchonne avec une expression fière et satisfaite sur le visage.

Je reste parfaitement sans voix pendant toute une minute.

— Mais c'est un mensonge, lâché-je, finalement.

Elle écarte cette remarque d'un geste de la main.

— C'est une invention créative pour la bonne cause. Personne ne s'en portera plus mal, et des fiançailles sont annulées tout le temps.

Elle hausse les sourcils, ses yeux bruns étincelants.

— Vous pourriez aller à des événements royaux avec Lucas, aussi, pas seulement à des rendez-vous guindés avec des banquiers. Comme un bal, ou un dîner officiel de bienfaisance. Ensuite, tout ira dans votre histoire, vous n'aurez qu'à faire correspondre votre description à l'époque de la Régence. C'est parfait !

Une invention créative. Je fais ça tout le temps, en tant qu'écrivain. Soudain, je vois les choses très clairement. Moi comme héroïne, Lucas dans le rôle du duc évitant les attentions pénibles de toutes les jeunes filles de bon ton qui meurent d'envie de le prendre dans leurs filets. Je pourrais être la préceptrice de sa pupille, puis, avec l'aide de sa tante veuve, je serais transformée en une belle de bon ton. Je suis sa fausse fiancée, ce qui lui donne l'occasion de souffler un peu, et il fera semblant d'être entiché de moi, enfin d'elle. Ils font semblant pour la société – ils vont aux bals et aux thés officiels, se courtisent dans les salons. Tout cela uniquement parce que l'héroïne a ses propres raisons – elle veut désespérément conserver son foyer familial à la campagne. Le duc lui fournira l'argent dont elle a besoin pour le garder en échange de leur petite comédie. Tout est là. Le début et le milieu, je n'ai plus qu'à trouver la fin. Elle finira peut-être avec le duc, ou ils trouveront peut-être tous les deux quelqu'un d'autre, ressortant grandis de cette brève connexion et de ce qu'ils se sont appris l'un à l'autre.

Je croise le regard d'Anna et la compréhension passe entre nous. Ça pourrait marcher.

À cet instant, la porte s'ouvre brusquement et le sujet de notre discussion entre. Je pousse un petit cri, bondissant presque sur mes pieds, les joues brûlantes.

— J'ai raté quelque chose ? demande Lucas en se dirigeant vers nous.

— Salut, Lucas ! lance joyeusement Anna. Nous étions justement en train de parler de toi. Assieds-toi.

7

———

Lucas

Je m'assois entre les deux femmes et regarde autour de moi.

— Où est Gabriel ?

Anna sourit, un drôle d'éclat dans les yeux, comme si elle savait quelque chose que j'ignore. Qu'est-ce que ça veut dire ?

— Il n'a pas pu venir.

Alice est très occupée à découper une tarte aux cerises en quartiers parfaits. Ses joues et son cou sont rose vif. Qu'a-t-elle raconté sur moi ? Je lui en ai dit plus que je n'aurais dû hier soir, à propos de mes frustrations envers Gabriel et Anna, raison pour laquelle je suis ici maintenant. Pour limiter les dégâts.

Anna me sert une tasse de thé, avec toujours ce même éclat secret dans les yeux.

Je ne supporte plus cette attente.

— Qu'étiez-vous en train de dire sur moi ?

— Alice avait *beaucoup* de choses à dire, répond Anna.

Alice relève vivement la tête. Il y a un peu de garniture à la cerise au coin de sa lèvre, et sa langue rose sort rapidement pour la lécher. Je suis incapable de détourner les yeux.

— Je n'ai pas dit *tant* de choses que ça, proteste-t-elle.

— Oh si, réplique gaiement Anna. Ne soyez pas timide. Répétez votre brillante idée à Lucas.

La mâchoire d'Alice s'ouvre en grand. Anna lui adresse un regard entendu tout en penchant la tête vers moi.

— Quelle brillante idée ? demandé-je en voyant que personne ne semble vouloir m'expliquer. Alice ?

Elle porte une main à sa gorge.

— Je… j'ai mentionné le fait que tu as été très gentil avec moi.

Elle laisse tomber sa main et prend sa tasse de thé, qu'elle lève vers moi.

— Et je me sens déjà un peu mieux.

Elle boit une gorgée de thé.

— Oh.

Je me détends et recule contre le dossier de ma chaise, étendant les jambes.

— Ce n'est pas tout, dit Anna d'une voix traînante, l'air de beaucoup s'amuser.

Je la regarde en plissant les yeux.

— Quelle que soit la chose qui te ravit à ce point, contente-toi de le dire.

Elle boit une gorgée de thé, ses yeux étincelant joyeusement.

— Alice a eu la brillante idée d'annoncer de fausses fiançailles avec toi.

Alice secoue vigoureusement la tête. Ce doit être une autre des idées extravagantes d'Anna. La dernière – la mise aux enchères de célibataires royaux – était énorme.

Je me tourne vers Anna.

— De quoi diable parles-tu ?

Anna prend une expression rayonnante.

— C'est parfait. Pour elle, cela lui donnera l'inspiration pour une histoire qu'elle n'arrive pas à écrire – les fausses fiançailles font fureur – et pour toi, cela ajoutera une touche de respect et de légitimité quand tu iras à ton rendez-vous avec les banquiers.

Mon esprit reste bloqué sur la dernière partie de sa phrase. Mon rendez-vous avec les banquiers ? Elle me confie la tâche de lever des fonds.

— En tant que directeur ?

Je veux l'autorité et le pouvoir qui vont avec le titre, mais je veux aussi que mon nom soit vu comme celui qui a fait en sorte que Villroy aille de l'avant. J'ai des idées pour de futures extensions.

— Je te nommerai directeur financier, pour l'instant. Je m'efforcerai de t'obtenir l'autre titre pour plus tard. Je pense que lorsque le bébé sera né, les priorités de Gabriel changeront, et il sera plus disposé à déléguer.

Elle passe une main sur son ventre et sourit en le regardant.

Je suis partagé. Bien sûr, j'ai envie de saisir cette opportunité, mais pourquoi aurais-je besoin d'une fiancée ? Clairement, Anna ne croit pas que je puisse m'en sortir seul. Je jette un œil à Alice. Ses yeux bleus sont écarquillés et pleins d'espoir, sa lèvre inférieure serrée entre ses dents. Bon sang. Elle a besoin de ces fausses fiançailles pour son histoire, et je ne peux me résoudre à la décevoir après tout ce qu'elle a traversé.

Je tends la main à Anna.

— Marché conclu.

Elle me serre fermement la main, l'air extrêmement satisfaite.

Je le suis moins, mais je me dis que la fin justifie les moyens. J'ai vraiment envie d'être vu comme le genre d'homme qui est plus que sa réputation. Je veux avoir de la substance. La société nous dicte que le mariage évoque la respectabilité. Je n'ai pas établi les règles ; je ne fais que jouer le jeu.

Et ce n'est pas comme si j'acceptais une vraie relation. J'ai juré à Alice que j'étais un homme d'honneur, ce qui signifie que je ne dépasserai pas les limites avec elle, peu importe à quel point je suis tenté. Et puis, il est clair qu'elle est encore attachée à son ex. Et elle est la pire personne pour avoir une relation avec moi… elle a le cœur tendre, elle est vulnérable et elle est exagérément romantique. Mon réalisme rigide ne passerait pas bien avec elle, et je fais de mon mieux pour éviter les mélodrames et de m'empêtrer dans des relations compliquées. Malgré tout, nous pouvons être amis.

J'adresse un petit sourire à Alice, et elle me sourit timidement en retour. Mon torse se bombe de fierté. La faire sourire me donne chaque fois l'impression d'avoir remporté une victoire, sachant dans quel état elle était quand elle est arrivée. Je peux sentir les yeux d'Anna sur moi, mais je ne détourne pas le regard du doux sourire d'Alice.

— Prêt à jouer le jeu de la fiancée avec moi ? demandé-je.

— Oui, répond-elle doucement.

— Bien.

Elle prend une profonde inspiration, sa poitrine se soulevant nettement dans sa robe ajustée. Je me concentre sur mon thé et détourne le regard.

— Est-ce qu'on pourra danser ensemble ? demande-t-elle.

Je recrache presque mon thé. Je ne m'attendais pas à ça. Des paroles grivoises de la part de la douce Alice ? Est-ce qu'elle me fait des propositions ?

— Ça me convient très bien, parviens-je à répondre.

— Génial ! s'exclame-t-elle. Ça m'aidera beaucoup à raconter mon histoire.

Ses histoires doivent être plus érotiques que je ne le pensais. Je n'aurais peut-être pas à lutter contre mon attirance, finalement. Ça pourrait vraiment être *amusant*.

Je lui adresse mon sourire en coin sexy.

— Elle parle des bals officiels, Prince Charmant, intervient Anna.

Je lui adresse un regard revêche, dissimulant ma déception.

— Je le savais.

Je me tourne vers Alice, qui rougit.

Elle se penche en avant et murmure :

— Tu croyais que je parlais d'un truc cochon ?

— Mon esprit suit toujours la voix cochonne éculée, dis-je

tout en me détournant en douceur de la tentation. Il n'y aura pas de bal officiel où danser. Plus probablement un dîner. Est-ce que c'est rédhibitoire ?

— Est-ce qu'il pourrait y avoir un bal ? insiste-t-elle. J'aimerais vraiment beaucoup qu'il y ait un bal royal.

Et soudain, j'ai envie de rendre cela possible pour elle. Elle m'apporte son aide en se présentant comme ma fiancée pour des raisons professionnelles, et j'ai envie d'apporter ma contribution en l'aidant avec son histoire.

— Je peux me renseigner. Il y a peut-être un bal dans un autre royaume.

— Excellent, dit Alice, l'air extrêmement heureuse. Vu que c'est pour mon histoire, qui doit obligatoirement être romantique, tu voudras bien jouer le jeu et te comporter en prince au maximum ?

Anna me donne un coup de pied sous la table et je lui glisse un regard sombre avant de me tourner à nouveau vers Alice.

— C'est quoi, un comportement de prince ? T'offrir des fleurs, par exemple ?

Elle secoue la tête.

— Tu sais, comme le baise-main.

Elle illustre ses mots en levant le dos de sa main et en l'embrassant, les yeux rivés sur les miens. Mes terminaisons nerveuses se mettent en éveil lorsque ses lèvres se plissent de manière sensuelle. Elle laisse retomber sa main.

— Et aussi les révérences courtoises, le fait de laisser tomber ta cape sur une flaque pour que je la traverse. Ce genre de choses.

— Euh… ma cape ? Je ne porte pas de cape.

Je suis censé m'habiller comme un vestige de l'Angleterre de la Régence ? J'ai peur de poser la question.

Elle soupire avec agacement.

— Si je dois t'apprendre comment être un authentique prince romantique, ça ne marchera pas du tout, dit-elle en secouant la tête. Il manque sérieusement quelque chose dans ton éducation de prince.

Je refrène un sourire.

— Tu devrais peut-être voir ça avec ma mère, l'ancienne reine.

— Oh ! Jamais je ne…

Elle rougit et jette un œil à Anna qui semble regarder un documentaire fascinant appelé Comment Lucas est complètement nul en tant que fiancé de l'époque de la Régence. Pour ma défense, n'importe qui le serait.

Je fais un geste vers la porte.

— Allons la voir tout de suite.

Alice se penche si près que je perçois son odeur fleurie.

— *Lucas*. S'il te plaît. Tu me mets dans l'embarras devant la reine.

Anna me tend un livre. La couverture représente un homme en costume noir, le bras passé autour des épaules d'une femme en robe rouge. Le titre *Le Défi du Duc* est écrit en lettres élégantes. C'est le livre d'Alice.

— Lis ça, dit-elle. Ça t'apprendra tout ce que tu as besoin de savoir pour sortir le grand jeu. Et ne t'avise pas de corner les pages ou de plier la tranche. C'est mon précieux exemplaire dédicacé.

Le livre me paraît bien trop romantique et féminin. Je sens les yeux d'Alice rivés sur moi. Puis je me souviens qu'elle m'a dit que son idiot d'ex avait critiqué son livre et ne l'avait jamais lu. Et c'est une auteure de best-seller récompensée par un prix. C'est écrit sur la couverture. Un homme d'honneur peut assurément faire mieux que son ex et lire ce foutu bouquin. Tant que mes frères ne me surprennent pas avec ça dans les mains.

Je prends le livre.

— Merci. Je suis sûr que ce sera une lecture intéressante.

Alice m'adresse un doux sourire et mon cœur bat un peu plus fort.

Anna me secoue l'épaule.

— D'ailleurs, ta mère est en route pour les États-Unis, alors tu es tiré d'affaire avec cette histoire de manque d'éducation princière.

Elle sourit et ajoute :

— Ta mère va rendre visite à Sylvia, et ensuite elle va étudier un spa pour les patients atteints de cancer et les gens en convalescence, pour voir si on pourrait ajouter le service massage de convalescence à notre spa. C'est le genre de chose dont ton père et le mien auraient pu bénéficier.

Nous avons tous les deux perdu nos pères à cause du cancer.

Je prends une gorgée de thé pour apaiser ma gorge serrée.

— Ce serait une excellente extension.

Anna demeure silencieuse un moment, les yeux brillants. Son deuil est plus récent. Mike était son père adoptif, et elle prenait soin de lui avec dévotion. Elle boit son thé et repose sa tasse.

— Nous ferons cela en leur honneur à tous les deux.

— Je suis d'accord, dis-je.

Elle se tourne vers Alice, changeant de sujet.

— Alors, vous avez des idées pour votre histoire ?

Alice garde les yeux levés au plafond un long moment avant de répondre :

— Nous avons déjà rencontré le héros aux cheveux d'un noir d'encre et aux yeux bleus étincelants. Et l'héroïne aura de longues boucles dorées, des yeux verts pétillants et un teint pâle avec une touche de rose pâle. Diana est la préceptrice de sa pupille.

Anna se penche et me murmure :

— Elle m'a l'air britannique.

— Chut, ne l'interromps pas, rétorqué-je. Elle a dit qu'elle était bloquée depuis un moment.

Anna parle malgré tout, n'en faisant qu'à sa tête, comme toujours.

— Alice, tu ne trouves pas que les yeux bleu-vert de Lucas sont superbes ?

Les deux femmes me dévisagent, et j'essaie de ne pas cligner des yeux. Eh oui, mes yeux sont superbes. Les femmes font tout le temps des remarques à leur sujet. J'attends impatiemment qu'Alice le reconnaisse, mais elle continue de me fixer en silence.

Anna continue tout en me regardant dans les yeux.

— On sait que les yeux de William sont bleus, mais ne pourraient-ils pas être bleu-vert, de près ? J'ai toujours été émerveillée par les yeux de Gabriel. C'est un trait de famille. Ils sont de la même couleur qu'est la mer, ici.

Alice détourne lentement les yeux des miens et dit à Anna :

— Ils sont assurément frappants, mais je n'écris pas un mémoire. Il faut que ce soit une histoire originale d'Alice Segal, se passant dans l'univers de mes précédents livres et librement inspiré du concept de fausses fiançailles.

Anna me regarde et articule « britannique », avant de dire à voix haute :

— Très bien. Mieux vaut se mettre au travail, alors.

Alice se lève brusquement.

— Vous avez raison. Merci pour tout, Anna. Je vais vraiment vous dédier ce livre.

Anna sourit.

— Excellent.

— Et moi, je compte pour du beurre ? demandé-je d'un ton faussement blessé. Le fiancé n'a même pas droit à un geste de remerciement ?

Alice est déjà à mi-chemin de la porte en marmonnant toute seule. Je quitte Anna, inclinant légèrement la tête dans sa direction avant de rattraper Alice.

— Quand dois-tu rendre ce livre original d'Alice Segal ? lance Anna juste au moment où nous atteignons la porte.

Alice s'arrête, ses épaules s'affaissant.

— Je dois rendre le premier jet dans deux semaines. Le manuscrit final dans six semaines.

Anna agite la main en l'air comme si elle exauçait un souhait.

— Dans ce cas, je t'accorde expressément la suite des invités durant les six prochaines semaines, gratuitement.

Mon regard croise celui d'Alice. L'air semble soudain aspiré hors de la pièce alors qu'une première note de panique m'emplit. Je détourne les yeux. *Six semaines.*

C'est assez long pour qu'un attachement se crée.

Je veux dire, pas pour moi. Je n'aurais aucun problème. Je ne m'attache jamais. Plus depuis... c'est pour Alice que je m'inquiète. Elle vient de traverser une rupture brutale. Je peux déjà voir le mélodrame qui s'ensuivrait si elle s'attachait à moi, et je ne veux *pas* imaginer ça. Je dois lui faire comprendre clairement que nous jouons un jeu. C'est la seule façon pour que les choses restent légères.

— Merci ! s'exclame Alice à l'attention d'Anna.

Elle s'éloigne ensuite en murmurant « c'est une bonne chose que je n'ai jamais pris de chat. »

Un chat ? Elle veut peut-être dire qu'il n'y a personne pour nourrir son chat imaginaire chez elle, si elle reste ici six semaines. Son esprit fonctionne d'une manière inhabituelle et fascinante.

Je me tourne à nouveau lentement vers Anna, ressentant pour la première fois une pointe de suspicion. Et s'il ne s'agissait pas d'un acte explicite pour tester mes capacités à diriger l'entreprise, mais plutôt d'une tentative pour jouer les entremetteuses ?

Elle m'adresse un sourire rusé.

— Tu ferais mieux de te dépêcher de trouver une bague de fiançailles.

J'ouvre la bouche, avant de la refermer. Mieux vaut ne pas cracher dans la soupe, ou dans ce cas précis, sur la proposition d'une reine non conventionnelle utilisant des moyens mystérieux pour accomplir les choses. Je suis directeur financier. C'est un pas dans la bonne direction et c'est tout ce qui compte.

~

Alice

Mon esprit est pris dans un tourbillon avec la préceptrice et le duc, Diana et William, durant leur première rencontre. Elle — respectueuse, dissimulant une beauté dont la plupart ne se douteraient pas sous des vêtements ternes et un capuchon. Lui – fringant, rarement conscient de la présence de sa préceptrice lorsqu'elle prend soin de sa pupille, une petite fille de sept ans que certaines rumeurs affirment être sa fille illégitime, mais qui est en réalité l'enfant de son cousin décédé. Il se fiche de ce que pense la société, mais il approche de l'âge où il doit concevoir un héritier. Et il trouve le marché du mariage de la saison londonienne insupportable.

Je m'arrête devant un cul-de-sac inattendu dans le palais, où je pensais que se trouvait l'escalier. Mince. Je pensais que c'était gauche, long couloir, droite, droite vers l'escalier. Où suis-je ? Ils devraient mettre des panneaux. Bien sûr, au moment où j'ai désespérément besoin de retrouver mon ordinateur portable pour mettre tout ça par écrit, je ne trouve aucun domestique dans le coin pour m'aider. Je pourrais dicter mes pensées sur mon téléphone, mais je sais que plus de choses surgiront avec mes doigts sur le clavier, si seulement je peux rejoindre mon ordinateur et laisser couler l'inspiration. J'ai peut-être même déjà le premier chapitre.

Je sors mon téléphone et envoie un message à Lucas.

Je suis perdue et j'ai besoin de retourner dans ma chambre illico.

Un instant plus tard, une sonnerie annonce une réponse. *Où es-tu ?*

Je ne sais pas ! Si je le savais, je ne serais pas perdue. J'ai pris à gauche, puis à droite et encore à droite.

Je regarde autour de moi avant d'envoyer un autre message. *Il y a un bouclier de guerrier viking accroché au mur. Je suis dans un cul-de-sac. Toujours au premier étage.*

Ne bouge pas.

J'ouvre l'application de notes sur mon téléphone et tape quelques phrases aussi vite que je peux pour le premier chapitre.

— Je t'ai trouvée ! lance Lucas. Tu es dans l'aile ouest, et tu dois aller dans l'aile est.

— OK, allons-y.

Il me tend son bras dans un geste galant qui bloque momentanément mon cerveau. Je le fixe, sa chemise grise se tendant sur un biceps bien rond, assez près pour être touché. Il veut que je le touche. Ses yeux bleu-vert croisent les miens – ils sont *vraiment* superbes – et une esquisse de sourire passe sur ses lèvres.

— Tu voulais que je sorte le grand jeu, n'est-ce pas ? En tant qu'inspiration pour ton duc.

Il joue le jeu des fausses fiançailles de la Régence pour moi !

Je baisse les cils, une vague de chaleur me parcourant.

— Oui, merci.

Je place ma main sur son avant-bras, sentant instantanément la chaleur de sa peau à travers le tissu doux de sa chemise alors qu'il me guide hors du cul-de-sac. Ma bouche s'assèche, mon esprit complètement en bouillie. Je vis mon histoire et c'est surréaliste. C'est un jeu. Je ne dois pas l'oublier.

Il marche d'un air assuré et régalien, ressemblant encore plus à un fiancé princier.

— Je vous en prie, Mlle Segal.

Même sa voix est plus sèche et convenable, rappelant celle du duc dans mon esprit.

— Merci, Votre Altesse.

Je suis ensuite si excitée que je sors du personnage.

— Tout ça a déjà mis mon cerveau en branle ! J'ai le début et le milieu.

Même si je suis rapidement en train de perdre les pédales, au vu de ta proximité, ajoutai-je silencieusement.

— C'est une bonne nouvelle, Mlle Segal.

— Je vous en prie, appelez-moi Alice.

— Seulement si vous m'appelez par mon nom.

— Oui, bien sûr, Lucas, murmuré-je, avant de devenir silencieuse.

J'ai une conscience aiguë de sa proximité, de son bras chaud, de son parfum, comme des épices et du savon. C'est ce que sentira le duc dans mon histoire.

— Alors, Alice, comment cela va-t-il se terminer ?

— Bien, dis-je d'un ton absent. Mes histoires se terminent toujours bien.

Mais comment, exactement ? Je ne sais pas.

— Je parlais de nos fiançailles. Pas de la fiction.

— Je ne sais pas. Qu'est-ce que tu en penses ?

— Nous avons découvert que nous n'étions pas compatibles.

— Il doit y avoir une meilleure raison que ça. Je préférerais vraiment que ce ne soit pas à cause d'une autre femme. Mes lectrices savent déjà que j'ai annulé mon mariage parce que mon fiancé m'avait trompée.

Il hausse les sourcils.

— Tu en as parlé à tes lectrices ?

— J'ai partagé les détails du mariage sur les réseaux sociaux pendant des mois. C'était romantique et cela me correspondait en tant qu'auteure. J'ai dû expliquer pourquoi il avait été annulé.

— Ça ne fera pas mauvaise impression que tu te retrouves fiancée si vite ?

— Je n'en parlerai à personne. J'ai dit à mes lectrices que je faisais une pause sur les réseaux sociaux le temps de panser mes blessures. Mais tu as raison, objectivement, sachant qui tu es – le Prince Lucas Rourke, le célibataire royal le plus convoité – la nouvelle finira par se répandre, alors nous devrions savoir comment nos fiançailles se terminent, pour maîtriser le message.

Il prend un air pensif.

— Tu pourrais recevoir une offre d'emploi à l'étranger, et je ne voudrais pas me déraciner, vu que ma place est ici. Ça m'est arrivé dans la vraie vie, par le passé, ce n'est qu'un exemple de plus de la profondeur de mon enracinement à Villroy.

— Ça marche complètement, sauf que j'échangerai les rôles, en parlant d'un appel à l'aventure. Un nouveau projet professionnel en Amérique, qui est assez lucratif. Après la guerre de 1812 en Amérique, il y a eu un énorme élan du côté de la manufacture américaine et de la construction d'un système de transport.

— Ah, Mlle Segal, il semblerait que nous soyons de retour à l'époque de la Régence.

— Je dois vraiment mettre la main sur mon ordinateur portable.

Je m'écarte et retire mes talons, me préparant à courir.

— Je vois l'escalier devant nous, ensuite il suffit de tourner deux fois à gauche, c'est ça ?

— Tu abandonnes ton nouveau fiancé si rapidement ? demande-t-il d'une voix moqueuse.

— J'ai besoin d'écrire. Merci pour ton aide. Je vais y aller en courant.

— Non.

— Non ?

Il m'adresse son sourire en biais si sexy.

— Tu dois savoir que les femmes ne courent pas pour *s'éloigner* de moi. Elles courent *vers* moi. Je suis irrésistiblement charmant.

J'hésite. Il y a quelque chose, dans ses petits sarcasmes charmants, qui me plaît.

— Donc, pour en revenir à notre sujet précédent, continue-t-il, les fiançailles prennent fin quand tu dois retourner aux États-Unis pour raisons professionnelles. Peut-être que ton prochain livre pourrait être en partie situé en Amérique et que tu as besoin de t'immerger dans tes recherches.

— Un livre répété-je, l'adrénaline courant dans mes veines.

Je dois me mettre au travail.

— Parfait. Je dois y aller !

Je fais un pas et me retrouve bloquée, le visage juste devant son torse. Il m'empêche de passer !

— Lucas !

Une étincelle amusée danse dans ses yeux.

— Alice !

Je le contourne en courant et nous faisons la course dans le palais. J'arrive à peine à reprendre mon souffle, euphorique.

— Et voilà, dit-il, légèrement essoufflé, quand nous atteignons finalement ma chambre. Techniquement, nous avons couru ensemble, ma réputation exemplaire avec les femmes tient donc toujours – aucune femme n'a jamais couru pour s'éloigner de moi.

Je pose une main sur ma poitrine se soulevant avec force, complètement à bout de souffle.

— Tu es prêt à aller loin pour conserver cette réputation.

Je marque une pause le temps de reprendre mon souffle, puis continue :

— Waouh ! Ça a fait circuler mon sang, et mon cerveau est à nouveau lancé.

Il me prend la main et la lève vers ses lèvres, me couvant de ses yeux bleu-vert. Mon cœur cogne dans ma poitrine. Cette scène ira dans mon livre ! Mais il n'embrasse pas ma main, au lieu de ça, il tient nos mains levées, paume contre paume, étudiant nos doigts, avant de caresser mon annulaire sur toute la longueur dans un geste étrangement érotique.

— C'était quoi, ça ? soufflé-je.

— J'évalue ton tour de doigt pour te trouver une bague de fiançailles à ta taille, explique-t-il d'une voix onctueuse. Nous devons conserver les apparences.

Je me tapote la poitrine.

— Eh bien, mon cœur palpite, c'était un geste très princier que tu viens d'esquisser pour moi. Merci pour l'inspiration. Laisse-moi rendre les choses plus faciles pour toi. Mon tour de doigt est de six, je le sais parce que je l'ai fait mesurer récemment après avoir perdu du poids pour ma robe de mariage et…

Je m'interromps. C'était l'idée de Mason que je perde du poids pour être jolie sur les photos de mariage. Il a abordé le sujet le lendemain de sa demande en mariage. Le sous-entendu, que je n'étais pas jolie en ce moment, m'a propulsée dans un cercle honteux de diète sévère et d'ingestion de chocolat dont je commence seulement maintenant à me défaire. Cela me dégrise aussitôt. Je me suis tellement transformée pour faire plaisir à Mason que je ne savais presque plus qui j'étais. Pas étonnant que je me sois retrouvée incapable d'écrire. Ce n'était pas seulement parce que j'étais occupée par les préparations de mariage. Je me suis perdue.

— Alice ?

Je soupire brusquement.

— Tu n'as pas besoin de m'acheter une bague.

— Bien sûr que si. Toutes les fiancées ont besoin d'une bague.

Je secoue la tête, et il hoche la sienne. C'est un homme habitué à avoir ce qu'il veut, un prince charmant et sublime qui a des tas de femmes à ses pieds. Même en sachant cela, je cède :

— Bon, alors ne dépense pas trop d'argent. Je veux dire, et si ta vraie fiancée n'avait pas un tour de doigt de six ?

— Laisse-moi m'inquiéter de ça. Tu veux une bague de l'époque de la Régence ?

Mon cœur se serre.

— C'est si attentionné de ta part. En fait, il n'était pas répandu de porter une bague de fiançailles, à cette époque, même si parfois l'homme portait une bague de promesse faite avec une mèche de cheveux de sa bien-aimée.

Il grimace.

— Je passe mon tour pour la bague en cheveux.

Je soulève une boucle de cheveux et l'agite vers lui.

— Tu es sûr ? Ils sont beaux et doux.

— Vraiment ?

Une note de tension passe entre nous alors que ses yeux sont rivés aux miens. Ma respiration s'accélère.

— Oui.

A-t-il envie de jouer avec mes cheveux ? J'adore ça.

Il détourne les yeux et marmonne :

— Je vais devoir te croire sur parole.

Il plonge les mains dans ses poches et recule d'un pas.

— Bonne chance pour l'écriture.

— Merci.

Je le regarde se retourner et s'éloigner d'une démarche raide. C'est étrange, la façon dont il est soudain devenu si tendu, après les moments décontractés que nous avons passés ensemble. Ce n'est pas bon. Nous devons avoir l'air à l'aise l'un avec l'autre pour constituer un couple crédible.

— Attends ! lancé-je, avant d'accourir pour le rattraper.

Il se retourne et sourit.

— Je t'avais bien dit que les femmes couraient vers moi.

Je ris, heureuse de voir qu'il est à nouveau lui-même détendu et charmeur.

— J'ai l'impression que l'atmosphère est devenue un peu bizarre, il y a un instant, quand j'ai proposé de te laisser toucher mes cheveux, ce qui n'est absolument *pas* nécessaire pour un faux fiancé, mais les gens vont s'attendre à voir une intimité confortable entre nous.

Il se raidit et détourne le regard.

— Qu'est-ce que tu veux dire, exactement ?

Je ne sais pas d'où ça sort, mais d'une certaine manière, c'est parfaitement logique. Nous devons dépasser toute gêne pour être crédibles.

— On devrait s'entraîner à s'embrasser pour que ça ait l'air naturel, tu ne crois pas ?

Il se racle la gorge.

— Je… eh bien, ça paraît…

Son regard se porte partout autour de moi, sans jamais vraiment croiser le mien.

Je réprime un soupir. Cela ne se passe pas comme je l'espérais. Il n'est pas du tout tenté par moi.

Je réduis la distance pour le baiser, décidant qu'il faut juste foncer.

— Tu veux que ce soit crédible, n'est-ce pas ? Contente-toi de m'embrasser.

— Sur les lèvres ?

Je pousse un soupir irrité.

— À quel autre endroit voudrais-tu m'embrasser ? Attends. Ne réponds pas. Tu vois ce que je veux dire. Quel est le problème ? Tu n'as pas envie d'embrasser ta fiancée ?

Il déglutit visiblement.

— Non, je veux dire oui, bien sûr, on devrait s'entraîner.

Je ferme les yeux et attends patiemment.

Rien.

J'entrouvre un œil. Il est parvenu à se raidir encore plus, les bras plaqués contre ses flancs et son regard perdu quelque part derrière mon oreille.

— Lucas ! sifflé-je.

Il se penche et dépose un bisou sur mes lèvres. Et avant

que j'aie pu transformer ça en un baiser un peu plus réel, il pose ses mains sur mes épaules, me fait me retourner et me donne une légère poussée vers ma chambre.

— Va écrire.

Je rentre rapidement dans ma chambre, les joues brûlantes, aussi déçue qu'embarrassée. Je vais devoir me reposer sur mon imagination pour ajouter les bons moments.

8

Lucas

Je suis dans mon bureau, le lendemain après-midi, en train d'examiner les finances de l'entreprise en préparation du rendez-vous avec les banquiers, quand quelqu'un frappe à la porte.

— Entrez.

Gabriel entre à grands pas et s'arrête devant mon bureau.

— De fausses fiançailles. Audacieux, mais mal avisé.

Je ferme l'ordinateur portable et réprime un soupir.

Il me vient à l'esprit qu'Anna s'est peut-être opportunément bien gardé de révéler sa responsabilité dans cette idée. Elle s'en tient probablement à son histoire selon laquelle c'était l'idée d'Alice, et Gabriel pense sûrement que j'ai décidé de jouer le jeu parce que j'ai écouté ma queue, comme d'habitude. Mais je ne vais pas pointer Anna du doigt. Je ne ferai rien qui puisse provoquer des tensions entre elle et Gabriel.

Je me passe une main dans les cheveux.

— Écoute, ce n'est pas si grave. J'ai examiné ça sous tous les angles et il n'y a littéralement pas de mauvais côté.

Il secoue la tête.

— Je comprends que tu aies envie de passer du temps

avec Alice, mais ce n'est pas la bonne solution. Ça va trop loin. Le mensonge sera découvert et ensuite plus personne ne nous fera confiance.

Il laisse échapper un soupir, avant de continuer :

— Nous avons enfin réussi à arranger les choses après qu'Emma a fui son propre mariage et que son pitoyable ex a dit à tous ceux qui voulaient bien l'écouter que notre famille était truffée de menteurs et d'escrocs dénués d'honneur. Tu ne vas faire que raviver ces flammes. Et la rumeur se répandra. La réputation de notre famille sera ruinée au-delà du réparable. Aucune banque n'acceptera de nous rencontrer une fois la tromperie révélée.

Emma est notre petite sœur, et elle avait raison de fuir son mariage.

— Ce ne sera pas révélé. Tu surréagis. Cela n'a rien à voir avec ce qui est arrivé à Emma. C'est un petit mensonge inoffensif.

Il crispe les mâchoires.

— Tu as raison, cela n'a rien à voir avec le jour où Emma a fui parce qu'elle avait peur. C'est pire. Tu veux duper les gens délibérément. Je te demande de tout arrêter. Trouve un autre moyen de passer du temps avec Alice.

Comment pourrais-je laisser tomber Alice en annulant notre projet de fiançailles alors qu'elle est si folle de joie après l'inspiration que cela lui a procurée ? Tout ça pour apaiser les inquiétudes infondées de mon frère ? Non, je refuse.

— Cela ne pourra que nous aider avec les banquiers, dis-je. Je ressemblerai moins à un fêtard, j'aurais l'air plus sérieux et engagé, ce que je suis, d'ailleurs, complètement engagé envers cette entreprise. J'ai juste besoin de présenter une nouvelle image.

— Lucas, si tu vas au bout de cette idée, le seul recours que nous aurons, dans le cas inévitable où cela se transformerait en cauchemar de relations publiques, sera de nous dissocier de toi et de ta malhonnêteté. Tu ne pourrais plus jamais avoir rien à faire avec notre entreprise. Aucun de nous n'a envie de ça.

Je bouillonne en silence, rendu furieux par cette menace

de couper définitivement les ponts avec moi, mais ne me faisant pas assez confiance pour prendre la parole.

Il se retourne et se dirige vers la porte, s'arrêtant alors qu'il a la main sur la poignée.

— Je comprends l'attrait qu'elle peut avoir. Anna est plutôt folle d'elle. Mais ne mélange pas le travail et le plaisir. Je suis sûr que tu présenteras très bien devant les banquiers même si tu es seul, avec toute l'expérience que tu as en tant qu'investisseur providentiel.

— Merci.

J'apprécie cette marque de confiance même si je ne suis pas d'accord pour laisser tomber les fausses fiançailles. Améliorer mon image en donnant l'air d'un homme dévoué ne pourra que m'aider.

Gabriel sort de la pièce.

Je fixe le bureau. Suis-je prêt à risquer ma place dans l'entreprise pour m'en tenir aux fausses fiançailles ? Oui. Je veux que ce prêt bancaire soit effectué aussi vite que possible avec moi comme directeur financier. Après ça, j'aurais suffisamment prouvé ma valeur pour atteindre mon objectif ultime de devenir directeur de l'entreprise. Même Gabriel me voit encore comme un fêtard globe-trotter. C'est pour cette raison qu'il refuse de m'accorder la moindre autorité. La fin justifie les moyens. Et je ne peux pas laisser tomber Alice.

Ce que Gabriel ne sait pas ne peut pas lui faire de mal.

J'ai dîné avec Alice hier soir, à sa demande, même si j'étais réticent au début. Mon attirance pour elle grandit chaque fois que je la vois, et je ne veux pas trop me rapprocher d'elle. J'admets que j'ai accepté le dîner par obligation, pour qu'on puisse s'échanger les choses qu'un couple fiancé devrait savoir l'un sur l'autre. Elle est partie précipitamment après pour avancer un peu plus sur son histoire tant attendue. Mon ego en a un peu pris un coup en voyant qu'elle préférait rejoindre son ordinateur portable plutôt que de prolonger notre temps passé ensemble, mais cela vaut probablement mieux.

Sa bonne humeur naturelle a rendu facile d'accepter de dîner à nouveau avec elle ce soir. La conversation est détendue et, tant qu'il reste un peu de distance entre nous, les moments que nous partageons ensemble sont bon enfant. Je la regarde plonger sa cuillère dans sa mousse au chocolat avec une expression enthousiaste. Elle adore le chocolat plus que tout. Je peux m'en passer.

Demain soir, vendredi, je rencontre l'ami de Gabriel, le banquier Jules Marchand et sa femme Céleste pour un dîner à Paris. Gabriel les connaît à travers le circuit des dîners de charité. Durant notre brève conversation téléphonique, j'ai dit à Jules que j'amènerai ma fiancée, une célèbre auteure, et il s'est avéré que sa femme est une grande fan. Ces fausses fiançailles fonctionnent encore mieux que je le pensais, et je suis content de m'y être tenu. Alice constituera un avantage pour moi durant le dîner, alors en retour, j'ai fait en sorte que nous puissions passer le week-end à faire un peu de tourisme. Elle n'est jamais allée à Paris.

Je n'ai pas dit à Anna que je comptais toujours amener Alice au rendez-vous, ne voulant pas semer la discorde entre elle et Gabriel. Je n'ai pas non plus dit à Alice que Gabriel m'avait demandé de ne pas jouer au faux fiancé avec elle. Ce n'est qu'un rendez-vous. D'ici à ce que qui que ce soit remarque qu'Alice et moi sommes partis ensemble, le marché sera conclu.

Je prends une gorgée de brandy, songeant à ce qu'il se passe dans le cerveau créatif d'Alice. J'ai lu son livre, *Le Défi du Duc*, la nuit après l'avoir récupéré, dans une tentative pour m'empêcher de penser à notre baiser d'entraînement. Je me suis refréné avec ce baiser, m'efforçant de garder mes distances, mais je n'ai pas manqué de remarquer à quel point ses lèvres étaient douces, son odeur sexy et ses joues roses. En tout cas, l'histoire était intelligente, drôle, pleine d'émotion et extrêmement érotique. Son duc a beau avoir un comportement très formel, ce n'est clairement pas un empoté au lit. Même s'il débitait effectivement de beaux discours qu'aucun homme ne débiterait jamais en plein élan passionnel. Je ne peux en conclure qu'une chose : Alice n'a jamais éprouvé d'élan passionnel. À quoi peut-on s'attendre, sachant qu'elle sort avec des hommes comme son ex-geek ?

Ce ne sont pas mes affaires.

Mais bon sang, parfois, ce sont mes affaires. Son ex continue de lui laisser des messages vocaux et de lui envoyer des messages pour la supplier de lui parler. Elle dit qu'il veut probablement s'excuser. Comme si cela pouvait rattraper ce qu'il a fait. *Romps avec lui et tourne la page !* C'est un bon rappel que je n'ai pas besoin de me compliquer la vie en m'enlisant dans son mélodrame. J'ai assez de problèmes de mon côté, à essayer d'obtenir la place qui me revient dans l'entreprise.

Peu de temps plus tard, j'escorte Alice jusqu'à sa chambre, gardant sa main nichée dans le creux de mon coude, ce qui, comme je m'en suis rendu compte, est le seul moyen de l'empêcher de courir jusqu'à son ordinateur. Hier soir, quand elle s'est précipitée en courant, elle a presque heurté notre plus vieux domestique. Albert s'est retenu à ses bras pour garder l'équilibre, avant de prétendre que c'était lui qui l'aidait.

— Je vous tiens, madame, avait-il entonné.

Mon esprit se tourne vers le dîner de rendez-vous de demain. Je devrais passer à nouveau en revue les chiffres, ce soir, pour être sûr de les avoir bien mémorisés.

Alice se tourne vers moi.

— Tu es très nerveux pour demain soir, ou juste un peu nerveux ?

C'est drôle, la façon dont elle peut sentir ce genre de choses. Elle est incroyablement au diapason avec moi. La plupart des gens ne voient que mon sourire décontracté et désinvolte et croient qu'il n'y a rien de plus profond à voir.

— Qu'est-ce qui devrait me rendre nerveux ? Le fait de devoir convaincre le banquier, de faire semblant d'être fiancé à une femme que j'ai rencontrée il y a trois jours, ou de prouver ma valeur à Gabriel ?

Elle m'adresse un sourire léger.

— Oh, tu es très nerveux.

Elle s'arrête de marcher et lève les yeux vers moi, plongeant son regard dans le mien. J'ai soudain l'impression qu'elle peut voir le véritable moi, sous mes oripeaux de prince charmant.

— Écoute, toi et moi sommes parfaitement crédibles en tant que couple. Nous savons tout ce qu'il y a d'important à savoir, et j'ai la bague.

Elle lève sa main, exhibant le rubis rouge entouré d'un anneau de diamants. Elle vient de la chambre forte royale. Alice n'a aucune idée de sa valeur ni du fait qu'il s'agisse de la bague de ma grand-mère. Je lui ai dit que je l'avais fait livrer en express par un bijoutier en ligne et que le rubis était imparfait, raison pour laquelle je l'avais eu au rabais. C'était la seule façon de la convaincre de la porter.

Elle est distraite par la bague, la tournant d'un côté et de l'autre.

— Il doit falloir un microscope pour voir les imperfections de ce rubis. Il semble parfait à mes yeux. Je n'arrive pas à croire que tu aies pu l'avoir au rabais. Quelle bonne affaire !

Je murmure évasivement.

Elle croise à nouveau mon regard, l'air de se rappeler de quoi elle parlait.

— Tu es un homme d'affaires du tonnerre, dit-elle d'un ton farouche. Tu as la situation en main. Tu as pris toutes les précautions, et tout se passera très bien. Alors, imagine-nous simplement célébrant ta réussite avec du champagne après coup, d'accord ?

Elle sourit et mon cœur se met à battre plus fort. Son sourire me fait toujours cet effet. Avant, j'éprouvais du triomphe en le voyant émerger ; maintenant, je vois ça comme un cadeau.

Je plonge le regard dans ses yeux bleus brillants, momentanément hébété. Ce n'est pas seulement son sourire. C'est le fait qu'elle puisse voir au-delà de la réputation de gros fêtard que j'ai entretenue. Elle *croit* en moi. Cela signifie beaucoup à mes yeux, surtout en ce moment, alors que je travaille si dur pour faire mes preuves dans l'entreprise familiale.

Je détourne le regard.

— Merci de ta confiance.

Je me remets à marcher vers sa suite, plaçant sa main au creux de mon bras.

— Les choses sont loin d'être assurées, et Gabriel est un tout autre problème. Je ne sais pas ce qui pourra enfin faire en sorte qu'il voie ce dont je suis capable.

— Peut-être que c'est le genre de type qui ne croit que ce qu'il voit. Alors tu vas le lui montrer. Tu vas y arriver, champion !

Elle ôte sa main de mon coude et me donne un petit coup de poing dans le biceps. À un moment ou un autre, elle est devenue parfaitement à l'aise avec moi. Les membres de la royauté sont intouchables pour la plupart des gens.

— Je dois t'avertir, dit-elle, que je ne suis pas très douée pour faire la conversation. Je vais me contenter de te suivre et de sourire à l'arrière-plan comme ta fiancée.

— Tu es en train de me dire que je vais devoir faire tout le travail tout seul, plaisanté-je.

Elle claque des doigts dans ma direction.

— Vite, quel est mon plat préféré ?

— Tout ce qui est chocolaté. Quel est le nom de mes frères et sœurs ?

— Oooh, je sais ! Par ordre d'âge : Gabriel, Phillip, ensuite toi, Oscar, Emma, Adrian et Silvia. Adrian et Silvia sont jumeaux. Les fils plus jeunes sont plus décontractés que l'héritier et le réserviste, parce que vous avez été élevé dans une perspective différente...

— Et parce que nous sommes naturellement fantastiques.

— Oui, bien sûr, répond-elle avec désinvolture.

Il me vient alors à l'esprit qu'elle me trouve peut-être vraiment fantastique. Elle n'a pas encore rencontré Oscar et Adrian. Quelque chose remue en moi, une vague de chaleur irradiant dans ma poitrine alors qu'elle récite des faits au hasard sur ma famille.

— Emma a épousé Jackson Walker.

Elle marque une pause et ajoute :

— Il y a beaucoup de gens prestigieux dans ta famille.

— Juste Jackson. C'est une légende du rock. Dommage

que tu l'aies manqué. Lui et Emma sont partis en lune de miel la veille du jour de ton arrivée.

— La poisse. Mais il n'est pas le seul à être prestigieux. Vous l'êtes tous. Tu sais, le côté royal.

— Je suppose qu'on peut voir ça comme ça, même si, quand tu le vis… ça y ressemble peut-être moins.

Elle secoue la tête.

— Si tu le dis.

Je ne m'étends pas plus à propos des mauvais côtés – le manque d'intimité, l'ombre constante des gardes, les paparazzi trop zélés. Ce n'est pas une vie désagréable. Mais ce n'est pas non plus prestigieux tout le temps.

— Voyons, quoi d'autre ? demande-t-elle, avant de continuer avant que j'aie pu répondre : Phillip est l'ambassadeur des Nations Unies pour l'eau potable.

Elle prend un air songeur, les sourcils froncés et les lèvres plissées.

— Les jumeaux doivent se sentir seuls. Adrian n'est pas allé à Yale avec Silvia, et maintenant il vit ici alors qu'elle est aux États-Unis. Les jumeaux ont un lien spécial, non ?

Son esprit rebondit dans tous les sens. Ce n'est jamais ennuyeux de parler avec elle.

— Ils étaient proches, enfants. Mais ils sont adultes, maintenant. Revenons-en à nous, comment nous sommes-nous rencontrés ?

Elle lève un doigt en l'air.

— Par des amis communs. J'étais invitée à dîner à la maison de campagne de mon agent, dans le Connecticut, et tu étais là parce que tu es allé à l'université avec son mari.

— Frank Wexler, complété-je avec le nom de mon ami supposé. Dans quelle université avons-nous étudié ?

— Oxford parce que tu es un petit malin, et tu n'as reçu aucun traitement de faveur juste parce que tu es un membre de la royauté.

Je souris.

— Tu peux laisser ce détail-là de côté. Je ne veux pas donner l'impression de me vanter.

Je ne lui ai dit ça que parce que je ne voulais pas qu'elle

pense que j'étais passé à Oxford en touriste. Elle est incroya-blement intelligente et elle accorde beaucoup d'importance à l'éducation.

Elle me donne un coup d'épaule dans le bras.

— Je peux bien me vanter de toi. Je suis ta fiancée. Tu as fait des études de PPE, ce qui correspond à philosophie, poli-tique et économie, tout ça en un seul diplôme.

— Et tu as étudié l'histoire à Yale, et écris ton premier livre alors que tu étais encore étudiante là-bas, parce que cela te détendait.

Elle affiche un air rayonnant.

— Correct. D'où est-ce que je viens ?

— Portland, dans l'Oregon.

— C'est là que je vis aujourd'hui. J'ai grandi à…

— Gresham, dans l'Oregon.

— Excellent !

— Nous sommes ensemble depuis trois mois. C'était suffisant.

Ses yeux bleus étincellent derrière ses lunettes.

— Tu as *complètement* craqué pour moi. Tu es tombé tête la première à mes pieds. Durant notre premier rendez-vous, tu m'as dit que tu allais m'épouser.

Je balance la tête de droite à gauche en me mordant la langue. On a beaucoup discuté sur ce point, mais finalement, je l'ai laissée avoir ce qu'elle voulait, parce qu'elle trouvait l'idée si romantique.

— Eh bien, pas besoin d'insister là-dessus, d'accord ? Contentons-nous de dire qu'on est tombés amoureux l'un de l'autre.

— Ensuite, tu as passé un mois à me convaincre de t'épou-ser, avec de nombreux gestes romantiques, parce que tu étais si désespérément entiché de moi.

Elle adore ce mot, *entiché*. Pour moi, cela me donne l'air d'un idiot sentimental, mais à ses yeux, c'est un mot idyllique et plein d'amour.

— Une fois, tu as pris l'avion jusqu'à Portland pour mon anniversaire, rien que pour me faire mon gâteau préféré au double caramel, alors que tu devais repartir dès le lendemain pour un rendez-vous important avec les prestataires que tu supervises personnellement et quotidiennement au Spa de L'Île de la Volupté.

Je souris. Elle est douée, entremêlant mon dévouement envers elle et envers le projet.

— Ton anniversaire est le premier mai. Et tu étais aussi entichée de moi, sinon tu n'aurais pas accepté ma demande en mariage.

— Oui, répond-elle d'un ton rêveur. Ton anniversaire est le premier juin. Tu as vingt-neuf ans et tu les portes bien. Ce n'est pas mignon qu'on soit tous les deux nés un premier du mois ? Ça doit avoir une signification astrologique. L'astrologie était très populaire durant la Régence…

Je l'interromps, parce que cela peut prendre très longtemps, quand elle parle de la Régence.

— On dirait le destin. Et le mariage est prévu pour… ?

— Le mariage ne se tiendra pas avant juin, parce qu'un mariage royal requiert beaucoup de préparation.

Je souris.

— Oui. Je pense qu'on maîtrise parfaitement cette histoire de couple.

Son téléphone sonne et elle rougit d'un air coupable. Je lui ai dit plusieurs fois de le bloquer.

— Je ferais mieux de vérifier, au cas où ce serait mes parents.

Elle sort son téléphone de son petit sac à main et sourit.

— C'est mon éditrice. Elle prend probablement juste des nouvelles à propos des trois chapitres que je lui dois. J'y suis presque.

Elle appuie sur le bouton, lance un bonjour joyeux, puis devient silencieuse et écoute.

Je songe à me rendre dans mon bureau pour passer à nouveau en revue les chiffres, quand elle me prend vivement le bras, m'empêchant de bouger.

— Oui, je comprends, dit-elle d'une voix tendue. Je le ferai. Merci, Quinn. Je promets de t'envoyer ça.

Elle marque une nouvelle pause, avant de conclure :

— D'accord, au revoir.

— Qu'est-ce qui ne va pas ?

Elle range son téléphone et pousse un soupir.

— Mon éditeur à New York veut que je vienne pour un rendez-vous. Quinn dit qu'ils veulent annuler le contrat à cause des retards. Elle m'a demandé d'envoyer six chapitres d'ici demain, et elle va essayer de les retenir aussi longtemps qu'elle peut. J'ai presque trois chapitres, que j'espérais finir demain.

Elle se mord la lèvre inférieure.

— Je suis désolée, Lucas. Je ne sais pas si je pourrais venir à ton dîner à Paris demain soir.

Je la dévisage, alarmé.

— Qu'est-ce que tu veux dire ? C'était tout l'intérêt de ces fausses fiançailles. J'ai déjà dit à Jules que je t'amenais avec moi. Céleste est impatiente de te rencontrer. Elle est fan de tes œuvres.

Elle grimace.

— Je vais perdre mon travail si je ne mets pas quelque chose de potable dans les mains de mon éditeur demain. J'ai besoin de temps.

Mon estomac se serre. Je n'avais pas réalisé à quel point j'avais besoin d'elle au dîner avant cet instant. Pas seulement parce que c'est une auteure célèbre ou pour améliorer mon image, j'ai besoin d'elle parce que c'est elle, en tant que source de soutien.

— Reste éveillée tard ce soir et finis le boulot.

— Je vais essayer, mais je me connais. Même dans mes meilleurs jours, il y a une limite à la vitesse à laquelle je peux écrire.

Je crispe la mâchoire.

— On avait un marché.

Je déteste avoir à ce point besoin d'elle.

— Je vais vraiment essayer, je te le promets. Je pourrais te rejoindre là-bas. Tu pourras partir plus tôt et renvoyer le jet pour moi. Tu as dit que c'était un trajet court, n'est-ce pas ? Et le dîner n'a lieu qu'à vingt heures.

— Très bien, marmonné-je. Je te rejoindrai là-bas à vingt heures. À moins que tu n'aies terminé avant.

Elle hoche la tête une fois et fonce vers sa suite.

Je me retourne et m'éloigne en m'obligeant à me calmer, mais c'est impossible. Ce rendez-vous est trop important. Je l'ai intégrée à mes plans, et elle ne peut pas tout faire foirer maintenant.

9

———

Lucas

Le jet entame sa descente et mon estomac tombe dans mes chaussettes au même rythme. Encore cette foutue nervosité. Je suis bien préparé pour mon dîner de rendez-vous. Si tout va bien, je serai probablement invité à un rendez-vous plus formel à la banque la semaine prochaine. Le seul problème, c'est qu'Alice n'est pas avec moi.

Je suis allé prendre des nouvelles dans sa suite à midi et elle était complètement paniquée, épuisée et désolée. Elle s'était empressée de se précipiter à nouveau sur son ordinateur tout en disant par-dessus son épaule :

— Je te jure que j'essaierai de te rejoindre !

Elle en est au chapitre quatre et n'en est pas encore satisfaite. Je comprends l'urgence qu'elle ressent – son travail est en jeu –, mais je ne peux m'empêcher de regretter d'avoir accepté ces fausses fiançailles, parce que maintenant je suis bien plus empêtré là-dedans que je n'en ai envie. J'ai besoin d'elle et, même si j'aurais voulu qu'il en soit autrement, j'ai *envie* d'elle. Plus que de raison. C'est horrible. Je n'ai jamais été à ce point bouleversé par une femme. Ce sont les femmes qui le sont par moi.

Lorsque j'arrive au restaurant peu après vingt heures, je suis tendu comme un ressort. Je lui envoie un dernier message. Elle a éteint son téléphone pour travailler, et j'espère qu'elle a fini ses chapitres, rallumé le téléphone, et qu'elle est en chemin pour me rejoindre. Pas de réponse. Bon sang.

Quelques minutes plus tard, un homme d'environ trente ans aux cheveux brun foncé avec une raie sur le côté s'approche de moi en souriant, me saluant en français avant de me présenter sa femme, Céleste. Je réponds chaleureusement en français.

Ils poussent tous deux une exclamation approbatrice.

— Je vous reconnaîtrais n'importe où, dit Jules. Mis à part la barbe, vous ressemblez tellement à Gabriel.

Je me force à sourire.

— Moi et mes frères nous ressemblons tous beaucoup.

— C'est troublant, murmure Céleste, avant de regarder autour de nous. Alice est-elle ici ? J'ai apporté certains de ses livres pour qu'elle les dédicace.

Elle me montre un sac cabas rempli d'au moins une douzaine de bouquins.

— Quand j'ai dit à mes amies que j'allais dîner avec elle ce soir, elles m'ont demandé de lui faire signer leurs livres aussi. Vous pensez que ça la dérangera ?

— Je suis sûre qu'elle serait ravie de le faire. Elle va être un peu en retard à cause d'un impératif de travail.

Céleste sourit avec enthousiasme.

— C'est pour son prochain roman ?

— Oui.

— Devrions-nous l'attendre ? demande Jules.

— Je vais la contacter encore une fois.

Je tape un message avec des gestes irrités, lui demandant à nouveau si elle est en chemin. Pas de réponse. A-t-elle oublié de rallumer son téléphone, ou est-elle encore en train d'écrire ? Elle me rend fou !

Je laisse échapper un soupir.

— Je pense que cela va prendre un moment. Entrons.

Je fais un signe au maître d'hôtel et, peu de temps plus tard, nous sommes escortés dans une salle privée au fond du restaurant, où une table d'angle est mise pour nous. Les trois autres tables de la pièce sont vides. Mes deux gardes restent postés juste à l'extérieur de la pièce.

Le dîner se passe tranquillement, nous parlons de tout sauf des affaires ; cela viendra à la fin du repas. Je fais de mon mieux pour participer à la conversation tout en restant en alerte et en cherchant Alice du regard.

Deux heures plus tard, le dîner est terminé, les assiettes ont disparu, et toujours pas d'Alice en vue. Je ne prends même pas la peine de lui envoyer un message, embarrassé à l'idée que ma fiancée m'ait posé un lapin.

Le fromage est servi. Pas d'Alice.

Le dessert arrive. J'ai même commandé un soufflé au chocolat, espérant que cela l'attire de manière cosmique. Qu'est-ce qui ne va pas chez moi, bon sang ? Ce n'est pas mon genre, de faire une telle fixation sur une femme.

Jules entre finalement dans le vif du sujet. Je me force à me concentrer sur ses questions. Je ne peux pas tout gâcher parce que je pense à Alice. Après une longue conversation, il semble intéressé, mais il ne m'a pas proposé de rendez-vous plus formel pour officialiser les choses. J'essaie de décider à quel point je devrais insister pour atteindre la prochaine étape quand Céleste lève une main et lance d'un ton enthousiaste :

— Bonjour, Alice ! Par ici !

Je m'effondre presque de soulagement et me lève pour accueillir ma fiancée extrêmement en retard.

~

Alice

J'ai réussi ! Rien de mieux qu'un délai impossible pour que les mots coulent tout seuls. Mes doigts volaient sur le clavier, laissant des coquilles partout, mais peu importe, parce que j'ai éprouvé ce sentiment qui me manquait depuis si long-temps, ce flot de créativité profond. La bonne nouvelle, c'est que Quinn vient de m'envoyer un message pour me dire qu'elle avait adoré les chapitres que je lui avais envoyés et qu'elle était sûre que mon contrat tiendrait tant que je rendais le premier jet avant la semaine prochaine. Me revoilà, bébé ! Elle a changé mon titre, par contre. Je l'avais appelé *L'arrangement du duc*, et elle l'a transformé en *La fripouille et la préceptrice*. L'équipe marketing a adoré son titre, c'était donc décidé. Je suppose que le duc est une fripouille, vu la façon dont il utilise la préceptrice comme bouclier contre les femmes de bon ton les plus convoitées. Et il lui a déjà volé plusieurs baisers. Quelque chose me dit qu'il deviendra de plus en plus une fripouille à mesure que l'histoire avance.

Je suis épuisée, mais heureuse, et on dirait que je suis arrivée à temps pour le dessert, mon repas favori. Je laisse ma valise et mon ordinateur avec le garde royal qui m'a accueillie, et vois Lucas en train de se diriger vers moi dans son costume gris sombre. Il n'a pas l'air content. Oh, oh. J'espère que son rendez-vous ne s'est pas trop mal passé.

— Bonjour ! lancé-je gaiement. J'ai réussi. Désolée d'être en retard.

Il se penche et m'embrasse sur la joue, jouant le jeu du fiancé.

— Je t'ai envoyé des messages.

— Je les ai vus dans le jet. Je t'ai répondu, mais tu étais probablement occupé avec ton dîner.

Je baisse la voix.

— Comment ça se passe ?

Il me prend la main et me guide vers la table sans un mot. Est-ce qu'il est en colère parce que je suis en retard ? Je me suis dépêchée toute la journée juste pour pouvoir être là.

Nous arrivons à la table et Lucas place une main au bas de mon dos, me déconcentrant par ce contact. Il m'a très peu touchée, et j'ai terriblement conscience de la chaleur et de la pression de sa main à travers le tissu fin de ma robe.

— Voici ma fiancée, Alice. Alice, voici Jules et sa charmante femme, Céleste.

— Bonjour, c'est un plaisir de vous rencontrer tous les deux, dis-je.

Ils me saluent tous deux chaleureusement. Lucas tire une

chaise pour moi, un geste très princier, avant de s'asseoir à côté de moi. Jusqu'ici, j'apprécie énormément de jouer au couple fiancé. C'est comme vivre une romance sans toutes ces angoisses émotionnelles compliquées que l'on ressent dans la vraie vie. Entre ça et le fait d'avoir retrouvé le goût de l'écriture, je me sens tellement mieux.

Céleste me sourit.

— Nous remarquions plus tôt que Lucas ressemble énormément à Gabriel. Mis à part la barbe, ils sont comme des jumeaux.

Je hoche la tête.

— Pas tout à fait des jumeaux. Le front de Lucas n'est pas aussi proéminent, son nez est légèrement plus étroit et il est indubitablement le plus beau des deux.

Oui, j'ai fait une petite recherche en ligne sur les Rourke, m'émerveillant de la forte ressemblance entre les frères Rourke, tous les cinq possédants des cheveux brun foncé épais, des pommettes anguleuses, une mâchoire carrée et des lèvres pleines. Les yeux bleu-vert sont aussi un trait de famille, mis à part pour Adrian, qui a les yeux noisette.

Lucas affiche un grand sourire.

— Elle parle comme une fiancée complètement entichée de moi, hein ?

Il n'est pas en colère contre moi. Je crois.

Je pointe le pouce vers lui.

— Lui aussi. Il m'a demandé de l'épouser dès notre premier rendez-vous !

Céleste et Jules rient. Je jette un œil à Lucas, qui a un petit sourire piteux sur les lèvres.

— Je lui avais dit de ne pas parler de ça, dit-il avec un clin d'œil.

— Ah, l'amour naissant, dit Céleste. Voulez-vous qu'on vous commande quelque chose, Alice ?

— Non, merci. J'ai déjà mangé au palais pour me donner assez d'énergie pour finir mes chapitres.

Lucas glisse son dessert vers moi.

— Je t'ai commandé un soufflé au chocolat. Il est encore chaud.

— Merci ! Quelle jolie récompense après mon travail de la journée !

Je plonge ma cuillère dans le chocolat chaud et divin.

Lucas se tourne vers Jules et parle dans un français parfait, me surprenant. Il a un accent unique en anglais, plus convenable et formel que le mien, avec une légère inflexion. Maintenant, je réalise qu'il s'agit d'une inflexion française, et qu'il doit être bilingue. Je me reprends rapidement et reporte mon attention sur mon dessert. C'est le genre de chose qu'un fiancé saurait. Céleste se mêle également à la conversation. Je n'ai aucune idée de ce qu'ils disent. Je crains d'être partie pour passer un long moment à plaquer un faux sourire sur mon visage, complètement paumée.

Une fois que les assiettes à dessert ont été débarrassées, le serveur verse du cognac dans nos verres. Jules et Lucas parlent toujours en français. Cela semble plus sérieux, maintenant.

Je bois une gorgée de cognac. Waouh, c'est fort.

Céleste se penche vers moi par-dessus la table.

— Pendant que les hommes parlent affaires, je dois vous avouer que je suis une grande fan de vos livres.

— Oh, merci ! Cela me fait très plaisir d'entendre ça.

Surtout si c'est en anglais !

— Cela vous dérangerait-il de dédicacer votre livre pour moi ?

— Pas du tout ! Laissez-moi voir si j'ai un stylo, dis-je en fouillant dans mon sac. Ils semblent toujours tomber tout au fond. Ah, ah !

Oh, je connais bien un mot français :

— *Voilà* ! me corrigé-je tout en levant un stylo d'un air triomphant, avant d'écarquiller les yeux, stupéfaite.

Trois piles de la traduction française du *Défi du Duc* sont posées devant Céleste.

— Si vous pouviez aussi signer le livre de quelques-unes de mes amies, fait-elle avec espoir.

— Avec plaisir, dis-je en tendant la main vers la première pile. La dédicace sera en anglais, mais je sais comment dire *bonne lecture* !

— Merveilleux ! s'exclame-t-elle.

Elle passe ensuite les prochaines minutes à me dire à qui dédicacer les livres. Il y a une tonne de Marie dans son cercle d'amies.

Une fois que j'ai terminé, elle me remercie avec effusion tout en rangeant soigneusement les livres dans son sac.

C'est si agréable d'être félicitée après avoir passé toute la nuit et toute la journée à écrire comme une dingue.

— Pas de problème ! Je suis toujours heureuse de rencontrer une lectrice, et de dédicacer.

Elle se penche en avant.

— Vous devez être si occupée, à écrire votre histoire tout en planifiant votre mariage, non ?

Je manque de lâcher que le mariage a été annulé, avant de réaliser qu'elle parle de mon mariage avec Lucas. Il croise mon regard et je bafouille en prononçant les mots que je suis censée dire :

— Oui, euh, cela demande beaucoup de préparation, en effet. La chapelle du palais doit être préparée et, vous savez, les fleurs, la nourriture et les invitations. Vous êtes invitée, bien sûr, et, eh bien, ça va prendre du temps.

Elle sourit.

— J'attends ça avec impatience.

Lucas continue sa conversation d'affaires en français, j'imagine donc que je n'ai pas foiré mon explication pour le mariage retardé. Je demande à Céleste ce qu'elle fait dans la vie, et il s'avère qu'elle est avocate.

— Un banquier et une avocate. Cela ressemble à un ménage très sérieux, lâché-je.

Elle rit.

— Nos fils empêchent les choses de devenir trop sérieuses.

Elle sort son téléphone de son sac à main et me montre une paire de petits garçons aux cheveux noirs et arborant le même sourire malicieux.

— Ils doivent vous faire courir dans tous les sens.

Elle sourit en regardant la photo, avant de ranger son téléphone.

— Ça, c'est sûr.

Nous discutons un peu plus, et quand nous nous saluons tous, je ne sais pas trop si les choses se sont bien passées pour Lucas, parce que son expression est impénétrable. Je m'excuse pour passer aux toilettes, informant Lucas que je le rejoindrai à la réception.

Quand je reviens, il ne reste que Lucas et ses deux gardes musclés. Je ne les ai jamais vus, et je ne connais pas leurs noms. Je les appelle secrètement Hercule (celui au cou épais) et Thor (le blond).

— J'imagine que Céleste et Jules devaient aller retrouver leurs enfants, dis-je.

— Oui, dit-il d'une voix tendue.

Je baisse la voix.

— Ça ne s'est pas bien passé, ce soir ?

— Lucas ! s'écrie alors une voix féminine. Qu'est-ce que tu fais ici, beau gosse ?

Je me retourne et vois une jeune femme brune grande et mince aux pommettes effilées et portant ce qui est sans aucun doute une robe de designer rose moulante et sans manche avec des talons aiguilles noirs. En bref, c'est une anti-Alice. Nous sommes toutes les deux en rose – je porte ma robe rose à pois –, mais le résultat est totalement différent. Elle a un accent américain et ressemble à un mannequin.

— Bella, murmure-t-il chaleureusement.

Elle le serre étroitement dans ses bras, dépose un baiser sur sa joue, puis reste plus près de lui que je ne le suis. Elle baisse la voix en un ronronnement sexy :

— Combien de temps est-ce que tu restes en ville ?

Les lèvres de Lucas s'étirent lentement en un sourire charmeur.

— Pas longtemps. Laisse-moi deviner, tu es ici pour un défilé de mode.

Je suis du papier peint.

— Presque ! C'est une séance photo pour un magazine.

Elle parcourt la réception du regard.

— J'ai rendez-vous ici avec mon agent pour prendre un verre.

Elle glisse ses ongles roses manucurés le long de son cou.

— Je suis au Ritz. Passe me voir, ce soir.

— Bonjour ! lancé-je.

Le papier peint sait parler !

Lucas sursaute comme s'il avait oublié que j'existais. Les yeux d'une couleur verte peu naturelle de Bella – ce sont clairement des lentilles – s'arrondissent alors qu'elle me remarque pour la première fois.

— Qui êtes-vous ?

Lucas prend enfin en compte ma présence.

— Euh, oui, j'allais justement t'expliquer que je suis accompagné, ce soir.

Il ne dit pas que je suis sa fiancée, ne prononce même pas mon nom. Cela ne devrait pas me blesser autant.

Piquée dans mon amour-propre, je fournis l'information que Lucas, trop estomaqué par le beau mannequin, a négligé de communiquer :

— Je suis Alice, sa fiancée.

Elle éclate de rire.

— C'est ça ! Qui êtes-vous vraiment ? Son assistante ?

Elle se tourne vers Lucas, souriant comme si c'était une excellente blague.

Maintenant, j'aimerais pouvoir *m'enfoncer* dans le papier peint.

Lucas se hérisse.

— Pourquoi est-ce si difficile à croire ? Tu me crois incapable de m'engager dans une relation sérieuse ?

Il est offusqué à l'idée que cela soit une insulte envers lui-même, ratant complètement le plus évident – elle pense que nous ne jouons pas dans la même cour.

Elle m'adresse un regard en coin, le dédain clairement visible sur son visage parfait.

— Elle n'est pas ton type habituel.

— J'avais peut-être envie de changement, réplique-t-il.

Ce qui n'est pas du tout un compliment. Il ne fait que reconnaître que je ne joue pas dans sa cour. Soudain, ma robe me semble démodée, tout chez moi me paraît gauche, ringard et gros. La honte me submerge, toutes les railleries des brutes qui me harcelaient rebondissant dans ma tête. *Non ! Sors de cette spirale de honte ! Sois une dure à cuire !*

Je retrouve l'usage de ma voix.

— Il passe le week-end avec moi, et le reste de sa vie aussi, en fait, alors tu ferais mieux de partir, Becca.

— C'est Bella, rétorque-t-elle en rejetant ses cheveux par-dessus son épaule.

— Peu importe.

Je prends le bras de Lucas et m'appuie contre lui comme s'il était vraiment à moi. Même si je suis trop énervée contre lui à cet instant pour vraiment ressentir de l'affection, j'ai surtout envie qu'elle s'en aille.

Elle se rapproche tout près de Lucas.

— Chambre deux cent cinq, si tu as envie de mieux, dit-elle avant de sortir du bar.

Je laisse échapper un soupir tremblant. Elle est devenue toutes les brutes que j'ai pu connaître et à qui je n'ai jamais réussi à faire face. Je *suis* une dure à cuire.

Lucas baisse les yeux vers moi.

— Alors tu as des griffes, finalement.

— Tu es un homme de Neandertal, qui réfléchit avec sa petite tête.

— Qu'est-ce que j'ai fait ?

Il semble sincèrement perplexe.

— Tu ne te souvenais même pas de mon nom devant cette fille parfaite à tous les niveaux, dis-je entre mes dents.

Il m'adresse un sourire narquois.

— Tu as l'air jalouse.

Je relâche son bras et m'écarte un peu de lui.

— Je ne suis pas jalouse. Ce sont les bases de la politesse. Tu ne m'as même pas présentée.

— J'étais surpris de la voir.

— Clairement, tu t'es retrouvé affecté d'aveuglement de mannequin.

Il rit, ce qui ne fait que m'énerver encore plus.

— C'est quoi, un aveuglement de mannequin ?

Je pince les lèvres.

— Tu ne peux rien voir d'autre que le mannequin en face

de toi. C'est un vrai problème, chez le cerveau masculin. Vous vous concentrez sur une chose et soudain, plus aucune femme n'existe.

— Oh, Alice, tu es si mignonne quand tu es jalouse.

— Je ne suis pas mignonne. Et je ne suis pas jalouse non plus, alors arrête de dire ça.

Je ne veux pas que les gens nous regardent et pensent qu'il pourrait faire mieux, même si nous faisons semblant. C'est insultant.

— Je ne suis jamais sorti avec Bella, tu sais.

— Eh bien, elle a clairement envie d'être avec toi.

Je suis hargneuse, et je m'en fiche. Il a ignoré les bases de la politesse, la première règle de décence, et maintenant il se comporte comme si c'était *moi* qui avais un problème.

Je bouillonne en silence. J'ai détesté me sentir invisible.

— Partons d'ici, d'accord ? dit-il en se dirigeant vers la porte.

— Ça me va.

Les gardes nous encadrent et nous poussent dans une limousine qui attend devant. Une fois que nous sommes installés sur le siège arrière de la limousine, j'arrange ma robe rose à pois sur mes jambes, la lissant correctement. Mon cerveau me murmure un mantra irrité : *quel rustre, quel rustre !*

Thor est assis face à nous, le chaperon parfait pour le faux couple. Hercules est sur le siège passager avec le chauffeur. Lucas sort son téléphone et envoie un message rapide, probablement pour faire son rapport à Anna et Gabriel au sujet du dîner de rendez-vous. Finalement, il range son téléphone, laisse échapper un soupir bas et étire ses jambes.

— Alors, comment s'est passé le rendez-vous ? demandé-je dans une tentative pour dépasser mon irritation.

Le rendez-vous d'affaires était la raison principale pour nos fausses fiançailles, après tout.

Il presse les lèvres en une ligne fine.

— Bien. Il se serait mieux passé si tu avais été là.

— J'*étais* là, dis-je entre mes dents.

— De justesse.

Il y a une note tendue dans sa voix qui me met encore plus à cran.

— Tu es en colère contre moi parce que j'étais en retard ? J'ai fait du mieux que je pouvais dans une situation impossible et devine quoi, M. Charmant ? Je suis en colère contre *toi* pour m'avoir traitée comme si j'étais complètement invisible pendant que cette femme se collait à toi. Et tu n'as même pas pris ma défense quand elle m'a insultée !

Il se frotte la nuque.

— Et voilà, on se dispute comme un vrai couple fiancé. Je me retrouve avec toutes les galères et aucun des bénéfices.

Je rejette la tête en arrière.

— Excuse-moi ? Je pensais m'en être assez bien sortie avec ma discussion avec Céleste, ce qui n'est pas une chose facile pour moi avec quelqu'un que je viens de rencontrer. Flash info, je suis une introvertie. Et j'ai pris le temps de signer un milliard de livres, chacun d'eux avec une dédicace différente, pour qu'elle et ses amies se sentent spéciales. Alors, ne me dis pas que tu ne récupères aucun bénéfice !

Il arque un sourcil.

J'émets un hoquet, comprenant enfin. Il parle d'un autre genre de bénéfices.

— Pff. Les hommes sont des porcs. Des porcs ignorants.

Il m'étudie un long moment.

— Tu préfères les hommes de fiction aux vrais, hein ?

Oui ! Je croise les bras.

— Parfois, oui.

Un silence s'installe. Un silence inconfortable et gênant.

Finalement, Lucas reprend la parole :

— J'ai dépassé les bornes. Tu as fait du mieux que tu pouvais pour venir ici. Merci.

— De rien, dis-je aussi aimablement que possible, sachant qu'il n'a pas reconnu le truc du papier peint invisible.

— Tu es encore en colère ?

— Non.

Je suis extrêmement irritée, mais pas en colère.

Il laisse échapper un soupir.

— Oublie Bella. Je serais déjà sorti avec elle, maintenant, si j'avais envie d'elle. Nous allons souvent aux mêmes fêtes.

Je croise sagement les jambes.

— Quelle bonne nouvelle !

Il émet un petit rire et replace une mèche de cheveux derrière mon oreille.

— Ne sois pas jalouse.

— Je ne le suis pas.

— Eh, le rendez-vous s'est bien passé. Jules m'a demandé de lui amener les documents lundi matin à la banque. Je pense que c'est bon.

— Vraiment ?

Il m'adresse un sourire si large que je ne peux m'empêcher de lui sourire en retour.

— Oui. Et même si tu n'étais pas là aussi tôt que je l'aurais voulu, c'est ta foi en moi qui m'a donné de la force, alors, merci pour ça aussi.

— De rien !

Je sais à quel point il avait envie de ça. Je suis si heureuse pour lui que j'ai envie de tendre les bras pour l'enlacer. Je me retiens à la dernière minute et me contente de lever les mains en l'air. Nous ne jouons pas le jeu des fiançailles ici, dans l'intimité de la limousine, je ne suis donc pas censée le toucher.

— Youpi ! Quels ont été ses mots exacts ?

Il me pince le menton.

— Ils étaient en français, mais il a sous-entendu que c'était probablement possible.

— C'est super. Je suis si contente pour toi.

Et c'est la vérité. Bella m'a fait me hérisser, mais pour être honnête, c'est surtout la réaction de Lucas face à elle qui a déclenché mes propres angoisses. Je n'aurais pas dû être aussi énervée. Lucas est mon ami.

Je me détends, appuyant ma tête contre l'appui-tête.

— Tu m'as stupéfaite quand tu t'es mis à parler en français. Je ne savais pas que tu le parlais.

— Toute notre famille est bilingue parce que le pouvoir en place doit être à l'écoute de son peuple. Beaucoup des habitants de l'île parlent à la fois l'anglais et le français, vu que l'Angleterre a contrôlé l'île, et plus récemment la France. En plus, la France est toute proche.

— L'anglais est-il ta langue maternelle ? Tu le parles très bien.

Il hoche la tête.

— Ma mère nous parlait en anglais parce qu'elle avait appris le français plus tard dans sa vie, quand elle a épousé mon père, et qu'elle n'est pas à l'aise dans cette langue. Mon père parlait anglais pour participer à la conversation. Moi et mes frères et sœurs avons eu des tuteurs français dès notre plus jeune âge et nous visitions fréquemment la France pour nous entraîner à faire la conversation.

— C'est une langue romantique. Je devrais peut-être baser ma prochaine trilogie là-bas.

— Il semble donc que nos fiançailles aient porté leurs fruits pour nous deux.

— Toute une salade de fruits, blagué-je.

Il émet un petit rire.

— *Bon appétit* !

— Je connais celui-là ! Je vais l'ajouter à mon vocabulaire français. Regarde-moi, je diversifie déjà mon menu.

Il sourit.

— *Éclair et croissant* ?

— Oui, et *quiche*.

Il me prend la main, la porte à ses lèvres et dépose un baiser léger sur mes jointures.

— *C'est magnifique.*

Ma respiration se fait saccadée. Est-ce qu'on est de retour dans le jeu, ou est-ce que c'est réel ? Je masque rapidement mon trouble sous un air décontracté que je suis loin de ressentir.

— J'adore quand tu sors le grand jeu princier. Moi qui pensais qu'il y avait des lacunes dans ton éducation de prince.

Ses lèvres se relèvent en un sourire en biais.

— J'ai appris d'autres petits trucs dans *Le Défi du Duc*.

Il a lu mon histoire !

Mon esprit passe rapidement en revue cette histoire,

même si je l'ai écrite il y a un petit moment. Le duc était extrêmement chevaleresque et, pour gagner un pari, il a fait la cour à une jeune femme connue pour faire toujours tapisserie. Sauf qu'il est tombé amoureux d'elle et qu'il s'est mis en quatre pour essayer de la convaincre qu'il l'aimait vraiment après qu'elle avait découvert qu'il avait participé au pari. Il a fallu beaucoup ramper à ses pieds en adoration avant les baisers volés et, finalement, la passion. Je pousse un soupir rêveur en me souvenant d'Hugh.

— Alice, où étais-tu ?

— Avec Hugh, dis-je avec un soupir. C'est mon fantasme.

— Il est inspiré de quelqu'un ?

— Bien sûr ! raillé-je. Je l'ai inventé à partir de tout ce dont les hommes manquent. Hugh a une place spéciale dans mon cœur. J'ai passé beaucoup de temps avec lui à l'université après certaines expériences tout sauf satisfaisantes. Disons simplement que les hommes avec qui je suis sortie avant de trouver Hugh étaient plus des garçons que des hommes. Immatures. Et vraiment insensibles.

— Ah. Je pense que c'est le cas de la plupart des coucheries, à l'université.

Je me redresse sur mon siège.

— Eh bien, c'est justement ça, le problème. Je pensais qu'il s'agissait de relations au bout de quelques rendez-vous, ou qu'au moins il y avait du potentiel pour une relation, mais une fois qu'on avait couché ensemble, je n'entendais plus jamais parler d'eux. En fait, ils partaient aussitôt après en marmonnant une excuse. Je suppose que mes attentes étaient trop élevées…

— Tu mérites mieux, dit-il. Tu mérites d'être mieux traitée que ça.

Je m'adoucis, me sentant à nouveau très proche de lui.

— Merci, Lucas. C'est gentil à toi de dire ça. Tu étais comme ça, à l'université ?

— Je l'étais, répond-il d'un ton un peu penaud. Peut-être que si j'avais rencontré la bonne personne, je ne l'aurais pas été.

Je regarde par la fenêtre, déçue pour je ne sais quelle raison, même si je connais sa réputation.

— Je suppose que tu ne pouvais pas t'en empêcher, étant un homme.

— Nous savons être matures, dit-il.

Je lui adresse un regard.

— C'est vraiment dommage que les femmes soient matures au moins dix ans avant les hommes. Je suppose que c'est pour ça que j'appréciais Mason. Il avait neuf ans de plus que moi et semblait avoir la tête sur les épaules.

Il se hérisse.

— Pas de commentaire.

Il s'irrite quand je parle de Mason, mais je m'attendais à l'épouser il y a seulement une semaine. Ce n'est pas comme si Mason n'existait plus pour moi. J'ignore ses messages et ses appels où il insiste pour me parler. Je ne veux plus rien avoir à faire avec lui, mais une part de moi est curieuse. Il a peut-être réalisé qu'il avait fait une erreur, et il veut s'excuser et me supplier de revenir. Ce serait sympa de l'entendre s'excuser, même si la réponse était, *hors de question, va au diable et emmène mon ancienne meilleure amie avec toi.* Je ne suis pas amère du tout. Ah, ah. En fait, je me sens beaucoup mieux maintenant que j'ai retrouvé la magie de l'écriture. En grande partie grâce à Lucas et ses efforts pour me remonter le moral. Mis à part la querelle de ce soir, j'ai vraiment apprécié sa compagnie.

Lorsque nous arrivons à l'hôtel, Lucas m'aide à sortir de la limousine, puis garde ma main dans la sienne alors que nous marchons. J'imagine que maintenant que nous sommes en public, nous jouons le jeu. J'aime ça, plus que je le devrais. Je souhaiterais presque pouvoir tomber amoureuse de Lucas. Il est vraiment merveilleux et sublime et, eh bien, c'est Lucas. Mais je ne suis pas prête à ouvrir à nouveau mon cœur.

Il s'arrête brusquement devant une petite flaque et s'applique à retirer une cape imaginaire pour la déposer devant moi, en faisant tout un foin.

— Gente dame.

J'éclate de rire.

— Pas mal ! Ça ira dans mon livre.

Il sourit, me prend la main et me fait contourner largement la flaque. Je complète la scène dans mon esprit, substituant une grande calèche ducale à la limousine dont nous venons de sortir. L'hôtel de luxe est le domaine du duc. Je prétends que Thor est notre chaperon, la tante veuve du duc. Même moi, je ne peux m'imaginer l'immense Hercule au cou épais en tante, même si Thor n'est pas en reste niveau muscles. Lucas s'est révélé une source d'inspiration infinie. J'ai à peine besoin d'ajuster ses paroles pour leur donner une teinte plus romantique. Le timbre profond de sa voix est complètement en accord avec celle du duc, lui aussi.

Peu de temps après, nous sommes tous enregistrés à l'hôtel et les gardes nous escortent jusqu'à l'ascenseur privé menant à la suite penthouse. Dès que la porte se referme derrière nous, les gardes s'en vont, se dirigeant vers leur chambre à l'étage inférieur.

Lucas appuie sur le bouton pour monter.

Je déglutis, extrêmement consciente de sa présence à côté de moi, dans son costume gris foncé parfaitement ajusté à sa stature large et musclée. Mon imagination se fait coquine et plonge dans une scène de séduction au beau milieu de la nuit, me donnant chaud et me faisant rougir.

Réfléchis bien, Alice. Il a réservé une suite avec deux lits, ce qui veut dire qu'il n'y a aucune raison de s'attendre à quoi que ce soit d'un tant soit peu physique. Couchée, *mon imagination érotique hyperactive !* Je ne joue pas dans la même cour que lui, ce qu'il a reconnu ce soir, et même si c'était le cas, je refuse de m'impliquer avec quelqu'un ayant sa réputation, surtout si tôt après qu'on a anéanti mon cœur. Je ne suis probablement même pas capable de laisser qui que ce soit entrer dans mon cœur noirci. Et, même si c'était plus pratique vu mon attirance grandissante pour mon faux fiancé ici présent, je n'ai jamais été du genre à avoir une aventure d'un soir. Je sais que ce n'est pas dans ma nature. Pas même pour un type aussi fun que Lucas, qui s'est excusé pour son faux pas, qui me fait rire et qui a vraiment pris le temps de lire

mon livre, avant d'imiter le héros par des gestes chevale-
resques.

Je me détourne avec désinvolture de la tentation. Je ne
tenterai rien avec lui. Je n'ai qu'à repenser à ce qu'il s'est passé
il y a trois jours, quand j'ai suggéré un baiser d'entraînement.
Il était si raide et gêné que j'ai eu l'impression d'être une
débauchée pour avoir suggéré une telle chose. C'était tellement embarrassant. Et il m'a juste embrassée sur la joue ce
soir, devant Jules et Céleste. Clairement, mon esprit fait des
heures supplémentaires en mode romance. Je pousse un
soupir. Maintenant que je suis immergée dans ma nouvelle
histoire, je ne pense qu'au sexe. C'est l'une des scènes que je
préfère écrire. J'aime bien placer une bonne grosse scène sexy
à la fin, pleine d'amour et de passion et tellement
satisfaisante.

Je croise le regard de Lucas dans le mur en miroir de l'ascenseur. Son regard me consume. Ma respiration se bloque.
Les cheveux se hérissent sur ma nuque et toutes les terminaisons nerveuses de mon corps prennent vie.

Je détourne les yeux, mon pouls s'accélérant et ma respiration devenant précipitée. Ce n'est *pas* mon imagination, cette
fois. Il a envie de moi.

10

Alice

— Tu es fatiguée ? demande-t-il, rompant le silence de l'ascenseur et la tension sexuelle qui s'était installée.

Ne te fais pas griller. Ne couche pas avec le célibataire royal le plus convoité du monde.

Je hoche vigoureusement la tête et fais semblant de bâiller.

— Ça a été une sacrée journée, et ce cognac m'a vraiment détendue.

Il se frotte la nuque tout en m'adressant un regard en coin.

— Je vais peut-être rester debout encore un peu.

— Bien sûr. Comme tu veux.

Le silence s'installe à nouveau, et il est plus qu'un peu inconfortable. C'est carrément gênant, maintenant, comme si j'avais dit ce qu'il ne fallait pas. Il s'attend peut-être à ce que je tombe à ses pieds comme toutes les autres femmes de cette planète.

— Qu'est-ce que tu vas faire ? demandé-je, jouant le jeu de la conversation amicale et décontractée.

En ce qui me concerne, je vais directement au lit, et j'y reste. Seule.

— Je vais probablement regarder un peu la télé. Voir s'il y a un film en cours.

— Quel genre de film ?

— Le genre qu'ils passent dans les chambres d'hôtel françaises, réplique-t-il un peu sèchement. Je ne sais pas.

Je me raidis au ton de sa voix.

— C'était juste une question. Bon sang, je me fiche de ce que tu regardes.

— Désolé, marmonne-t-il.

Les portes de l'ascenseur s'ouvrent et il me fait signe de passer en premier. J'attrape ma valise à roulettes, mais il m'arrête :

— Je m'en occupe.

— Merci, murmuré-je, avant de m'avancer vers la porte.

Il utilise sa carte magnétique et me tient la porte ouverte. Un autre beau geste chevaleresque. La suite a été allumée pour nous, et je m'avance dans un salon spacieux et décoré dans un style moderne avec un canapé, une télévision à écran plat et des tapis à motif géométrique. Plus loin dans la pièce, je remarque une petite cuisine. Des portes à deux battants situées de chaque côté du salon donnent vers les chambres. Parfait. Je ne remarquerai probablement même pas sa présence, vu que nous dormons à des côtés opposés de la suite.

Je me tourne vers lui, m'apprêtant à lui dire bonne nuit, quand il part jeter un œil à la chambre la plus proche, avant de traverser jusqu'à la deuxième.

— Je prendrai celle que tu ne veux pas, lance-t-il. Je ne suis pas difficile.

Il revient, me prend ma valise et la dépose dans la chambre la plus éloignée. D'accord, j'imagine que ce sera la mienne. Je le rejoins dans ma chambre et admire l'énorme lit king-size, dans des tons blancs et recouvert d'oreillers moelleux en abondance.

Sa mâchoire est crispée et la tension est bien visible dans ses épaules.

— Je t'ai donné celle qui avait la meilleure vue.

J'admets me sentir un peu heureuse à l'idée qu'il me désire (en tout cas, je pense que c'est ce qu'il se passe). Il se contient, et cela l'irrite, parce que c'est un homme habitué à avoir ce qu'il veut quand il en a envie. S'il se refrène, c'est très princier de sa part. Mais je me trompe peut-être. Je ne sais pas vraiment comment expliquer notre baiser d'entraînement raide comme un piquet, s'il a vraiment envie de moi. Peut-être qu'il a fini par m'apprécier ? Peut-être qu'il a repoussé Bella et que maintenant il est excité sans personne vers qui se tourner ? Tout ce que je sais, c'est que je ne prendrai pas ce chemin.

— Merci, Lucas, pour tout. Tu as été vraiment gentil avec moi, et je t'en suis reconnaissante.

— Bien sûr. Bonne nuit.

Il s'en va, fermant les doubles portes derrière lui et me laissant seule avant que j'aie eu le temps de lui souhaiter aussi une bonne nuit.

— Bonne nuit ! lancé-je tardivement à travers la porte.

Je me prépare à aller me coucher, revêtant ma chemise de nuit préférée, sur laquelle est écrit Tellement de Livres, si peu de Temps, et mon short de nuit bleu pâle. J'entends la télé s'allumer dans le salon et m'enjoins à rester ici.

Je ne m'obéis pas et ouvre la porte pour jeter un œil. Il n'est pas là. La porte de sa chambre est fermée. Il se prépare peut-être à aller au lit, lui aussi. Fait-il partie de ces hommes qui ne gardent que leur caleçon lorsqu'ils se mettent à l'aise pour la nuit ? Je ne vais *pas* aller jeter un œil.

C'est stupide. Je suis vraiment fatiguée, et je veux être bien reposée pour notre promenade de demain. Je ne reviendrai pas ici avant un moment.

Je monte dans le lit et éteins la lumière.

～

Lucas

• • •

Je suis fébrile, tendu, et je sais exactement pourquoi, mais je ne veux pas que ce soit ça, parce que cela voudrait dire que j'ai tout fait foirer. C'était censé être un jeu. Je veux dire, oui, j'étais attiré par elle depuis la première fois que je l'ai vue, mais je me sentais aussi protecteur. Elle est dans une situation vulnérable et pense encore à son ex. Je me suis répété de ne pas trop me rapprocher d'elle, mais maintenant que j'ai appris à la connaître... elle est intelligente et vive d'esprit et tellement sexy, putain. Pas une fois je ne me suis ennuyé en sa présence, et ce n'est pas rien. L'attirance que je ressens pour elle est plus forte que ce à quoi je suis habitué avec les femmes, cela dépasse le désir et s'apparente plus à un furieux besoin. Elle coche toutes les cases de ce que j'aime chez une femme, et j'ai eu la malchance de la rencontrer au pire moment de sa vie.

Je me faufile dans le salon pour regarder la télé, remarquant à peine ce qui s'y passe. Je l'ai allumée plus tôt pour ne pas avoir à écouter Alice se préparer et à imaginer à quoi elle devait ressembler nue. L'espace d'un bref instant, plus tôt dans la soirée, quand Alice a fait une crise de jalousie à propos de Bella, c'était comme si l'histoire des fiançailles était réelle, comme si Alice me voulait pour elle toute seule parce qu'elle tenait à moi. Je n'ai pas présenté Alice parce que je savais que Bella ne serait pas gentille. Elle ne l'est jamais avec les autres femmes.

Je laisse échapper un soupir frustré, trop agité ne serait-ce que pour m'asseoir sur le canapé. Jouer les fiancés était censé être facile. Qu'est-ce que je vais bien pouvoir faire de ce désir d'être près d'elle ? De sentir sa peau douce pressée contre moi ? Je fixe la porte close de sa chambre.

C'est tellement stupide. Elle est juste là, et pourtant elle pourrait tout aussi bien être repartie en Oregon, parce que je ne peux pas me comporter comme un crétin avec elle. Elle mérite mieux et, si je suis mes envies, tout m'explosera au visage. Du mélodrame avec un M majuscule. Je le sais. Et puis, cela attirera une attention indésirable sur nous, surtout de la part d'Anna et Gabriel. Ils ne savent pas que j'ai mené à bien le plan des fausses fiançailles.

J'éteins la télé et vais dans ma chambre, avant de me mettre au lit.

Quelques minutes agitées plus tard, je repousse les couvertures et me dirige vers la douche. Il est temps d'avoir un rendez-vous avec ma main. J'ai à peine commencé que des images d'Alice défilent dans ma tête – son sourire timide, son rire, sa main sur mon bras, sa poitrine fantastique. Merde. Quelqu'un d'autre. Je fouille désespérément dans mon esprit, mais la voilà à nouveau, sauf que cette fois, elle porte la lingerie rose transparente à dentelle qu'elle m'a montrée. Les choses défilent dans ma tête comme un film, si net et si réel que ma respiration s'accélère. Le temps ralentit, et c'est terminé. C'est un soulagement de pouvoir tout lâcher.

Mais quand je pose le front contre la paroi de la douche, reprenant mon souffle, je ne me sens pas satisfait. J'ai besoin de plus. J'ai besoin d'Alice.

Dans quoi est-ce que je me suis fourré ?

Je dois la protéger, et la seule manière de le faire, c'est en gardant mes distances.

~

Alice

Après une bonne nuit de sommeil, je suis certaine d'avoir pris la bonne décision en gardant mes distances de la tentation représentée par Lucas. Il n'est pas le genre d'homme qui reste, et je ne suis pas prête même s'il l'était. Je vais m'en tenir à un cadre amical, à partir de maintenant. J'ai besoin de café pour mettre mon cerveau en route le matin, mais je suis assez vaniteuse pour peigner mes cheveux ébouriffés par la nuit et pour me brosser les dents avant de jeter un œil hors de la chambre.

— Bonjour, dit Lucas, me surprenant.

Il est debout dans le salon et me regarde avec impatience, déjà douché et vêtu d'une chemise à col bleu clair à manches courtes, d'un pantalon de tailleur beige et de mocassins. Je ne pense pas qu'il possède un seul tee-shirt ou short. C'est un peu déconcertant de le trouver bien réveillé, à m'attendre. Depuis combien de temps est-il là ?

— Bonjour, dis-je en sortant de la chambre.

Je renifle l'air, sentant l'odeur de la caféine.

— Tu as fait du café ?

Je regarde vers la cuisine, mais n'en vois pas.

— Qu'est-ce que tu portes ? demande-t-il d'une voix bourrue.

Je baisse les yeux sur ma chemise de nuit.

— Un pyjama.

C'est une longue chemise et un short, absolument pas sexy.

Il fixe le bord de ma chemise et fait un geste de la main vers moi.

— Il y a quelque chose là-dessous ?

— Sous mes dessous ?

Je souris à cette petite blague sur les sous-vêtements, avant de soulever la chemise pour lui montrer. Il recule d'un pas en détournant les yeux.

— Du calme, c'est un short. Tu m'attends depuis longtemps ?

— Un peu. Je nous ai commandé un petit déjeuner.

Il fait un geste vers la table ronde devant le canapé.

Je le rejoins sur le canapé et il me verse une tasse de café, avant de s'asseoir à côté de moi.

— Merci.

Il est extrêmement attentionné, m'offrant un panier rempli de croissants et de muffins. Je prends un croissant au chocolat. Il y a aussi des tranches de fruit, du fromage et deux œufs durs.

— C'était vraiment délicat de ta part, dis-je. Merci beaucoup. Tu vas manger aussi ?

Son regard est rivé à l'endroit où ma chemise de nuit se termine et où mes jambes nues commencent.

— J'ai déjà mangé, répond-il d'un ton rauque.

Je prends une gorgée de café pour me donner des forces, ignorant la possible note de désir dans sa voix.

— Tu as bien dormi ?

— Oui. Et toi ?

— Je ne peux pas me plaindre. Je suis contente d'avoir dormi un peu plus tard. J'ai lu jusque tard dans la nuit.

Il fronce les sourcils.

— Je croyais que tu étais fatiguée, hier soir.

— Je l'étais, mais je lis toujours avant de dormir. C'est très addictif. Tu arrives à la fin d'un chapitre et tu es obligé de continuer pour découvrir ce qu'il se passe après. J'ai toute une bibliothèque sur mon téléphone, pour avoir toujours quelque chose à lire.

Je prends une bouchée de croissant chaud et émets un gémissement de satisfaction.

Lucas bondit sur ses pieds et regarde frénétiquement autour de lui.

Mes yeux s'arrondissent et je me sens soudain bien réveillée.

— Qu'est-ce qui ne va pas ?

— Je suis un type bien, marmonne-t-il avant de se diriger vers sa chambre.

— Bien sûr que tu es un type bien, lancé-je d'un ton rassurant.

Gabriel doit vraiment lui saper toute son estime de soi.

— Tu es un type génial. Regarde un peu comme tu as été chevaleresque, avec toutes tes manières princières. Et prévenant, aussi.

Silence.

Je bois une autre délicieuse gorgée de café et prends une autre bouchée de croissant tout en regardant le seuil de sa porte pour voir quelle chose surprenante il fera ensuite.

Il réapparaît un petit moment plus tard, appuyé nonchalamment d'un bras contre l'encadrement de la porte.

— C'est vrai que je suis génial.

Je souris, heureuse de voir qu'il semble de nouveau lui-même.

— Ça, tu peux le dire. Oh non ! On a oublié de célébrer le fait que tu sois si génial avec du champagne, hier soir !

Il s'avance d'un pas.

— J'étais distrait par ma victoire.

— Viens par ici, on va porter un toast avec du jus d'orange. Oh, attends, est-ce que c'est un cocktail mimosa ? Parfait !

Il revient dans le salon, prend un verre de mimosa et vient se tenir devant la table face à l'endroit où je suis assise. Je me lève pour porter un toast.

— Au nouveau directeur financier.

Ses yeux sont rivés sur les miens.

— À ma fiancée.

Je m'étrangle avec ma propre salive.

— Ça sonnait vrai. On n'est pas obligés de faire semblant quand on est que tous les deux. Tu devrais peut-être porter à la place un toast à notre amitié. Honnêtement, je ne sais pas comment j'aurais pu surmonter cette semaine sans toi. Aux nouveaux amis !

Il prend un air pensif pendant quelques secondes, et je me dis qu'il va peut-être ajouter quelque chose de profond à propos de notre amitié, mais il se contente de faire tinter son verre contre le mien avant de boire.

Je m'assois et recommence à manger.

Il s'assoit à côté de moi.

— Comment te sens-tu ?

Je soulève ma tasse de café devant lui dans un geste de gratitude.

— Je commence à me sentir humaine à nouveau.

— As-tu toujours… euh, le cœur brisé ?

Je prends un air sérieux.

— Il me faudra du temps pour cicatriser.

Je tente de sourire, mais cela me paraît bancal.

— J'essaie vraiment de tourner la page. Je pense qu'un peu de tourisme est exactement la distraction dont j'ai besoin.

Dégrisée, je prends un morceau de croissant au beurre.

— Tu veux savoir ce que j'ai prévu ou tu préfères que je te fasse la surprise ?

Je me concentre à nouveau sur lui. Ses yeux bleu-vert étincellent comme s'il avait prévu quelque chose de vraiment fantastique. Je frappe dans mes mains alors qu'une possibilité très excitante me vient à l'esprit.

— Est-ce qu'on va à un bal royal ?

— Presque. Il n'y en a aucun de prévu durant le temps que tu vas passer ici. J'ai vérifié, mais ils ne sont plus aussi courants qu'autrefois.

Un sourire joue sur ses lèvres, comme s'il était impatient de me montrer.

— Tu vas peut-être trouver cela encore mieux. Nous allons faire une visite privée de Versailles.

J'émets un hoquet de stupéfaction. Versailles est un palais somptueux et célèbre, l'ancienne résidence royale de Louis XIV. C'est un endroit *légendaire*.

Il continue :

— On sera là-bas pendant le spectacle musical des fontaines cet après-midi, et ce soir, nous assisterons au bal qui se tient là-bas exactement comme cela se passait durant l'ère baroque. C'est ma façon de te remercier pour ton soutien vis-à-vis de l'entreprise. J'espère que cela t'inspirera pour ton histoire.

— Oui, soufflé-je. Je ne savais même pas qu'il y avait des spectacles musicaux de fontaines ou des bals, là-bas.

Il sourit.

— C'est le cas en été.

— Et les fontaines, ce sont vraiment les fontaines origi-nales datant du XVIIe siècle ?

— Les mêmes, avec de la musique baroque en arrière-plan.

Je cligne des yeux. C'est le nirvana des férus d'histoire.

Il se penche plus près de moi.

— Le bal se tient dans la Galerie des Glaces.

— Tu te fiches de moi ! lâché-je.

Je lui repousse son épaule des deux mains et il rit. Je plaque une main sur ma bouche. J'ai vu des photos de la Galerie des Glaces. C'est tellement plus qu'une galerie. C'est une pièce voûtée outrageusement couverte de dorures, capable de vous couper le souffle, même en photo. Le plafond est peint à la main et représente de nombreuses scènes de victoires militaires et politiques. De larges fenêtres courent sur tout un côté, et de l'autre se trouvent des arches sous lesquelles se trouvent des centaines de miroirs dorés (un luxe, à l'époque). Des chandeliers en cristal, des motifs dorés, des statues en marbre, un plancher en bois incrusté, de l'or, tellement d'or lustré et scintillant.

— On va se rendre à un bal *là-bas* ?

— Oui, répond-il en riant. C'est une bonne surprise, hein ?

Je baisse les yeux sur mon pyjama, avant de croiser à nouveau son regard.

— Je n'ai pas de robe de soirée.

— On va t'en acheter une aujourd'hui. J'ai entendu dire qu'ils avaient peut-être quelques magasins de vêtements, à Paris.

Je suis sans voix. Un prince m'achète une robe de soirée à Paris, avant de m'emmener à un bal dans une galerie historiquement célèbre. Cela me faisait vibrer de partout – à des niveaux orgasmiques, j'entends. Un geste princier, du shopping, un bal situé à une époque historique, dans un lieu historique. Je suis folle de joie.

Il me prend la main, admirant le rubis de la bague de fiançailles qu'il m'a donnée.

— On peut peut-être trouver une robe qui aille avec ta bague, dit-il d'une voix rauque.

— Oui. Tu es si… incroyable.

Je fixe sa main large qui tient la mienne, avant de lever les yeux vers lui. Mon souffle se coince dans ma gorge en voyant la flamme qui brûle dans ses yeux, mes lèvres s'entrouvrant alors que le désir se déploie en moi. Je suis submergée par l'envie de réduire la distance et je me rapproche un tout petit peu, incapable de résister.

Il s'écarte rapidement et relâche ma main.

— Je suis content d'avoir fait le bon choix.

Est-ce qu'il parle de la sortie d'aujourd'hui, ou de moi ? Est-ce que j'ai envie que ce soit moi ?

Il se dirige vers la fenêtre et regarde la vue. Je le rejoins avec mon café admirant la ville de si haut. C'est une belle journée ensoleillée, les rayons illuminant de jolies maisons et une cathédrale au loin. Je suis dans la Ville Lumière, l'endroit le plus romantique sur Terre, avec un prince sublime qui touche toutes mes cordes sensibles.

Je sens vaciller mes certitudes quant à la voie amicale que j'ai choisie avec Lucas. Oserai-je prendre le risque ? Que ferait une dure à cuire ?

11

Alice

D'ici à ce que je sois prête pour notre journée, vêtue d'une jolie tunique bleu clair à manches courtes, d'un legging et de mes baskets noires et pailletées préférées, Lucas est de nouveau dans son rôle, tout en charme et en comportement galant. C'est si drôle de faire semblant d'avoir un fiancé entiché de moi. Mon propre fiancé dans la vraie vie a toujours été loin de ressembler au héros romantique de mes rêves. Lucas n'y ressemblerait probablement pas non plus si je ne le lui avais pas spécifiquement demandé. Le fait qu'il ait plus ou moins lu mon manuel en lisant *Le Défi du Duc* aide pas mal. Cette histoire était la réalisation de mon fantasme durant une période de la fac très peu satisfaisante au niveau relationnel. Imaginez un peu si mon ex avait fait ce genre d'efforts !

La première chose à faire, c'est de me trouver une robe de soirée pour le bal de ce soir. Il m'ouvre la porte d'une boutique possédant une magnifique collection de robes de cocktail et de robes du soir. Lucas et les gardes se tiennent à l'écart, l'air incroyablement masculins et déplacés dans la boutique féminine. Je n'avais jamais fait du shopping avec trois hommes, jusqu'à aujourd'hui. La vendeuse, une blonde d'environ cinquante ans aux pommettes très anguleuses et portant une robe trapèze verte nous accueille en français avant de me laisser parcourir les vêtements.

Au bout de quelques minutes, j'en viens à la conclusion embarrassante que les femmes parisiennes doivent être bien plus minces que moi, parce que les tailles ne montent pas au-delà du quarante.

Je jette un œil à Lucas, qui attend patiemment que je choisisse quelque chose, puis à la vendeuse. Je suis sur le point de dire à Lucas que je pourrais me contenter de la robe que je possède quand la vendeuse me dit d'un air entendu, dans un anglais à l'accent prononcé :

— Essayez peut-être une autre boutique pour les femmes comme vous.

Je hoche sèchement la tête, les joues brûlantes.

Lucas rétorque quelque chose en français et l'employée répond d'un ton dédaigneux avec un geste de la main vers moi.

Mon estomac se serre. Je suis si embarrassée que je suis incapable de penser clairement. Tout ce que je sais, c'est qu'il faut que je sorte d'ici. Je tire sur le bras de Lucas.

— Partons.

— Oui, on va trouver une meilleure boutique, dit-il. Celle-là s'est bien dégradée.

Il ajoute quelque chose en français qui ressemble à *idiote*.

— On peut laisser tomber le shopping, lâché-je dès que nous sommes sortis. Je peux me débrouiller.

— Trop tard, répond-il tout en me guidant vers une boutique à deux pas de là. Tu voulais aller à un bal, alors tu as besoin d'une robe.

— Mais…

— Arrête d'argumenter, ma chérie. Nous sommes censés être d'heureux fiancés.

Il ouvre la porte de la boutique suivante, la main posée au bas de mon dos, et me pousse fermement à l'intérieur. J'ai encore les joues rouges de gêne et je ne sais pas trop comment gérer le problème de la taille. Il doit bien y avoir au moins une femme portant des vêtements de grandes tailles à

Paris, n'est-ce pas ? Je ne peux me résoudre à en discuter avec Lucas et à attirer son attention sur la forme de mon corps. Bien sûr, il apprécie ma poitrine, tous les hommes la trouvent fascinante, mais la plupart des hommes semblent préférer les femmes en forme de bâton pour les étreindre. Les gardes restent des témoins au visage de marbre en arrière-plan, et je me force à ne pas ajouter leur dialogue interne à cette situation mortifiante. Oui, j'ai atteint le niveau mortifiant. Si les choses ne se passent pas bien dans cette boutique, je retourne en courant à l'hôtel pour retrouver mon fidèle ordinateur portable et son monde raffiné de la Régence, où les robes sont faites sur mesure pour vous aller parfaitement.

Bon sang, si les choses sont pires encore que dans la dernière boutique, je fuirais peut-être même jusqu'en Oregon. Je me fiche qu'il y ait un océan sur mon chemin.

Une vendeuse approche, une jeune brune portant une robe blanche asymétrique stylisée qui moule son corps mince. Ça ne marchera jamais. Je fais un pas en arrière, me cognant contre le torse massif d'Hercule.

— Désolée !

Il incline légèrement la tête, mais demeure silencieux.

Lucas prend le relais, parlant à la vendeuse dans un français rapide. Elle répond cordialement, jetant un œil à ma bague de fiançailles et son rubis avant de sourire et de me faire signe de la suivre.

Une petite lueur d'espoir me donne assez de confiance pour faire un nouvel essai. Elle me montre une robe rouge de coupe empire avec de jolies petites manches tombant sur les épaules. Cela me semble prometteur. Je l'emmène dans la salle d'essayage et parviens à l'enfiler, mais il n'y a pas la place de respirer tant elle est plaquée contre ma cage thoracique.

— Lucas ? appelé-je.

Un moment plus tard, il me parle à travers la porte.

— Tu aimes ?

— Oui, mais je ne peux pas respirer dedans.

— Laisse-moi voir.

Je ferme les yeux très fort, sur le point de lui dire *oublie ça,* quand il ajoute d'une voix rauque :

— Chérie, tu serais jolie même dans un sac.

Je me surprends à sourire, même si je sais qu'il ne fait que jouer son rôle. Il est mon fiancé entiché de moi, et il ne prononcerait jamais un seul mot dur à mon égard.

J'ouvre la porte.

Son regard me parcourt des pieds à la tête, avant de se lever vers mes yeux. J'essaie de ne pas me trémousser, attendant le verdict. J'espérais qu'il lance rapidement « si tu l'aimes, moi aussi », ce qui est le genre de dialogue que j'aurais créé pour lui. Je répondrais alors « Tu sais quoi, je ne l'aime pas trop, finalement. Partons. » Et ce moment incroyablement embarrassant se terminerait enfin.

— Laisse tomber, lâché-je.

— J'aime bien, dit-il d'un ton rauque.

Le côté enroué de sa voix me fait me sentir un peu mieux. C'est un son sexy de désir et de retenue.

— Oh. Eh bien, moi aussi, mais j'aime aussi respirer.

Je passe ma main le long de ma cage thoracique.

— Je ne peux pas prendre de profonde inspiration. Je préférerais ne pas me retrouver à m'évanouir sur un canapé.

Il a l'air sérieux et ignore complètement mes tentatives pour alléger l'atmosphère avec mon humour datant de la Régence.

— Je vais arranger ça. Laisse-moi une minute.

Je le regarde rejoindre la vendeuse et lui aboyer quelque chose en français comme s'il était Napoléon en personne (mais en beaucoup plus grand). Il. Est. Magnifique.

Une seconde plus tard, je me retrouve debout dans un espace ouvert de la zone d'essayage, devant un miroir à trois côtés, vêtue de mes habits normaux, pendant que la vendeuse me mesure à peu près partout où elle peut me mesurer. Je croise le regard de Lucas dans le miroir.

— Est-ce qu'ils vont adapter la robe pour moi ?

— Oui, et elle sera livrée à notre hôtel dans l'après-midi.

— Waouh. Je devrais toujours t'emmener pour faire du shopping.

Il esquisse une révérence courtoise. Je suis sur le point de rire en songeant à quel point ce geste est exagéré, mais il semble si sérieux lorsqu'il se redresse, une flamme brûlant dans ses yeux rivés sur les miens à travers le miroir, que mon envie de rire me passe aussitôt. Des étincelles crépitent sur ma peau. Mon Dieu, il ne m'a même pas touchée. Je suis brûlante.

Lorsque nous terminons de faire les boutiques et entrons dans la limousine qui nous attend pour nous rendre à Versailles, je sens que quelque chose cloche chez Lucas. Il est tendu et silencieux. J'aimerais croire que c'est à cause des efforts qu'il fait pour me résister, mais mon esprit imagine bien pire. Il est tendu parce qu'il a été obligé de gérer les tracas liés au shopping et au fait de devoir adapter la robe. Ou bien cela ne l'amuse plus de jouer le jeu. À moins qu'il n'ait pas envie de me faire plaisir en passant un week-end à faire tous mes trucs ringards et historiques. Il est habitué à un style de vie de fêtard mené à un rythme beaucoup plus rapide. Je n'ai pas envie qu'il se sente forcé de jouer les fiancés entichés de moi, d'aller faire du shopping et de faire des trucs historiques ringards. D'un autre côté, cela ne faisait-il pas partie de notre marché ? Je joue la fiancée pour son rendez-vous avec le banquier, et il joue le fiancé pour inspirer mon histoire ? Ce bal est l'expérience parfaite à placer dans mon histoire. Je suis partagée entre l'éventualité de le laisser partir et celle d'exiger de lui qu'il se conforme à notre marché. Je ne peux supporter cette tension silencieuse.

Je me penche tout près de lui pour murmurer parce que Thor se trouve à l'arrière de la limousine avec nous.

— Est-ce qu'on joue encore le jeu des fiançailles ?

Il parle entre ses dents tout en regardant droit devant lui :

— C'est toujours ce que tu veux ?

— Oui, mais je me demande si ça t'amuse toujours. Tu as l'air tendu.

Il reste silencieux, tendu et sérieux.

Je vais le laisser partir. Je ne veux pas qu'il joue son rôle si c'est pour être comme ça.

— Tu n'es pas obligé.

Il croise mon regard, un éclat intense dans les yeux.

— J'en ai envie.

— Oh.

Je réfléchis à ça un moment, confuse.

— Alors il y a quelque chose que je ne comprends pas. Qu'est-ce qui ne va pas ?

— Rien. J'ai juste besoin d'un peu de temps pour me mettre dans la peau du touriste. J'ai beaucoup de choses en tête.

Mais il semblait enjoué ce matin. En tout cas, jusqu'à ce qu'on aille faire du shopping. Je me détends.

— Ooooh, les hommes n'aiment pas le shopping. Voilà le problème. Maintenant, tu vas pouvoir t'amuser un peu plus.

— Ça ne me dérange pas. J'ai aimé te voir dans cette robe, même si tu ne pouvais pas respirer.

— Tu voudrais que je m'évanouisse pendant le bal ? répliqué-je, faussement énervée.

Ses lèvres esquissent ce fameux sourire.

— Je te rattraperais.

Je lui rends son sourire, heureuse qu'on en revienne à nos plaisanteries habituelles.

— J'imagine très bien la scène ! Après ça, il l'emmène dans une alcôve privée où il la réveille d'un baiser, dis-je, mon esprit continuant la scène. Elle est affreusement compromise. Quand ils reviennent au bal, des témoins les ont vus partir seuls, ensemble. Ils *doivent* se marier, ou elle sera perdue, sa réputation en miettes.

— Tu écris à voix haute à nouveau, remarque-t-il d'une voix moqueuse. Ta voix devient rêveuse et un peu britannique quand tu fais ça.

— Quoi ? Je n'ai pas d'accent britannique !

Il sourit et répond :

— C'est peut-être juste à cause de tes choix de mots style Régence. Tu ne sonnes clairement pas américaine.

— C'est drôle ! Je n'en avais aucune idée.

En tout cas, Mason ne me l'a jamais fait remarquer. Évidemment, on ne vivait pas ensemble. Nous planifions de le faire après le mariage, mais il n'avait aimé aucun des endroits que nous avions visités, et avait fini par dire que je pourrais simplement emménager dans son appartement quand le moment viendrait. Je prends soudain conscience qu'il n'était pas juste difficile, il tentait de décider s'il devait aller au bout de notre mariage ou quitter le navire pour aller avec Riley. Le fait que Mason traîne des pieds aurait dû servir de signal d'alarme. Pourquoi les choses n'avaient-elles pas été aussi claires à l'époque ? Je n'aurais pas été aussi prise au dépourvu.

— Alice ?

— Hein ?

— Je disais que j'aimais bien t'entendre écrire à voix haute. C'est adorable.

Mes joues rougissent.

— Oh.

Il me prend la main, entrelaçant nos doigts dans une étreinte plus intime qu'avant, lorsqu'il se contentait de placer ma main dans la sienne. Je me fige, regardant droit devant moi, le cœur battant parce que cela ressemble à de l'affection et à un réel désir, les deux ensemble servant de déclic personnel niveau relations, et je suis *tellement* près de péter un plomb.

Je ne sais pas quoi dire ou faire. Je peux m'amuser tant que je connais tous les paramètres du jeu, mais les choses sont en train de devenir floues, et cela me rend très nerveuse. Je ne pense pas que Lucas chercherait à me faire du mal, mais, en définitive, c'est ce qu'il ferait. Parce qu'il s'en irait sans aucun mal pour passer à la prochaine femme. Et mon cœur à peine reconstitué serait anéanti au-delà du réparable.

Calme-toi. Il te tient juste la main.

Lucas lève les yeux vers moi, étudiant mon expression.

— Quoi ?

Je baisse les yeux vers nos doigts entrelacés, le rubis de ma bague de mariage lançant une étincelle dans ma direction.

— Est-ce qu'on se tient la main à cause du jeu ? demandé-je à voix basse.

— Ça te met mal à l'aise, comprend-il, et il relâche ma main.

— Je suis désolée. J'ai l'impression… je ne sais pas. C'est un peu bizarre et perturbant. Je suis sûre que c'est juste parce que Mason…

— Pas de problème.

Il se détourne de moi et regarde par la fenêtre. J'espère que je n'ai pas tout fichu en l'air. J'essayais de me montrer honnête, d'exprimer mes sentiments, comme je le fais rarement avec un homme.

Le contact de ses doigts me manque déjà.

12

Lucas

Je me comporte bizarrement et la mets mal à l'aise. C'est une première. Je suis connu pour être coulant et charmant, pourtant avec Alice, je suis aussi maladroit qu'un adolescent. Et je n'étais même pas maladroit à l'époque ! C'est à cause de cette foutue attirance. Ce serait tellement plus facile si je n'étais pas à ce point attiré par sa douceur féminine et son sexy… *tout*. Mon Dieu, sa voix, son odeur, son corps pulpeux. Ça me rend dingue. J'envisage sérieusement de repartir en jet à Villroy, de laisser tomber toute cette histoire de tourisme, avant de revenir seul pour mon rendez-vous, mais un seul regard vers le visage surexcité d'Alice, alors que nous nous garons à Versailles, me fait oublier tout ça.

— Waouh, waouh, waouh, s'exclame-t-elle. C'est immense !

Je l'ai déjà vu, mais j'essaie de le regarder d'un œil neuf. C'est un immense château de trois étages avec une série de fenêtres sur toute la façade. La symétrie parfaite des fenêtres est brisée par de multiples colonnes et statues ioniques. Je lui dis ce que je sais sur l'endroit :

— C'était autrefois le siège de la royauté et du gouvernement français. C'est tellement immense – il y a plus de deux mille pièces – qu'on ne peut pas le prendre en photo en entier. L'architecture baroque dans toute sa somptueuse extravagance.

Elle laisse échapper un petit couinement et se précipite hors de la limousine, prenant des photos avec son téléphone malgré ce que je viens de lui dire à propos du fait que le château soit trop grand pour rentrer dans une photo.

Je la rattrape, les gardes nous suivant de près, et la suis dans la large cour alors qu'elle s'émerveille. Son plaisir évident me réchauffe le cœur. Je n'arrive pas à croire que je lui ai presque fait faux bond. Quel dégonflé j'aurais été ! Clairement, je ne suis pas fait pour les relations amoureuses, je ne pense qu'à moi.

Elle se tourne vers moi et dit d'une voix impatiente :

— Allons visiter l'intérieur, maintenant.

— Par ici, dis-je en faisant un geste vers la porte des visiteurs.

Une fois rentré, j'ouvre la voie vers le bureau d'information, ou je m'enregistre pour notre visite privée.

Les yeux bleus d'Alice sont grands comme des soucoupes.

— Je n'arrive pas à croire qu'on ait droit à une visite privée !

— C'est parce que je suis le Prince Lucas Rourke, lui dis-je dans un murmure, l'air impassible.

Elle m'adresse son doux sourire et mon cœur bat un peu plus fort. Ça me le fait chaque fois.

— Je sais qui tu es. J'imagine que je ne suis pas habituée au traitement VIP.

Moi, si. C'est super la plupart du temps, et d'autres fois j'aimerais pouvoir me mêler à la foule et vivre ma vie. Je garde cette réflexion pour moi.

— J'espère que ça te plaît, ma chère, dis-je plutôt, avec une bonne dose de galanterie.

— Bien sûr, répond-elle avec un sourire.

Peu de temps après, nous commençons notre visite, nous dirigeant vers une entrée réservée et pénétrant dans les splendides appartements privés du roi. Notre visite continue avec le reste des appartements royaux, la chapelle privée, les appartements principaux et la salle d'opéra royale. Alice est dans tous ses états, émettant des oh et des ah tout le long de la visite et m'attrapant occasionnellement le bras tant elle est surexcitée. À travers ses yeux, je vois tout d'un œil nouveau. Même si cela me paraît toujours trop excessif, avec toutes les étoffes dorées, les marbrures et les hauts dômes. Nous terminons la visite par la Galerie des Glaces, où nous participerons au bal plus tard dans la soirée.

Elle se tourne vers moi, ses yeux bleus étincelants.

— Je n'arrive pas à croire qu'on participe à un bal ici ! Dans cette pièce !

Elle fronce les sourcils et demande :

— Est-ce qu'on est censés connaître des pas de danse baroques ?

— Je n'en ai aucune idée. Je n'ai jamais participé à un bal baroque. Je pense qu'on devrait s'en sortir avec une valse standard.

Elle grimace.

— Je n'ai jamais valsé non plus.

— C'est facile. Je te guiderai, contente-toi de suivre et d'essayer de ne pas marcher sur mes pieds.

Elle pose une main sur son front.

— Pourquoi est-ce que je n'y ai pas pensé ? J'aurais dû faire une recherche Google à propos de la danse baroque.

— Détends-toi. Je vais te montrer tout de suite.

Je lui prends la main et place l'autre au centre de son dos pour mieux diriger.

— C'est assez simple, on appelle ça un box step. Pour toi, c'est pied droit en arrière, puis le gauche le rejoint. Puis un pas de côté et tu rassembles tes pieds. Prête ?

Une jolie rougeur envahit son visage.

— D'accord.

Je ne sais pas trop si elle rougit parce que je suis tout près d'elle ou parce que notre guide et les gardes nous regardent. J'espère que la première hypothèse est la bonne.

J'effectue un box step lent, me servant de ma main pour

l'emmener avec moi. Elle me suit élégamment, les yeux fixés sur nos pieds.

— Eh, je suis assez douée, remarque-t-elle.

Elle lève les yeux vers moi et m'écrase un doigt de pied. Je réprime une grimace, ne voulant pas la décourager.

— Oups ! Désolée, dit-elle en s'écartant. Je m'entraînerai un peu dans la chambre avant ce soir. Allons voir les jardins.

Je laisse échapper un soupir de déception. Les jardins sont plus attrayants à ses yeux que le fait de danser avec moi. Je dois perdre la main.

Les jardins sont structurés, impressionnants par leur aspect grandiose, incluant un grand canal avec des gondoles et de nombreuses fontaines. Alice est si excitée qu'elle court pratiquement d'une section à l'autre. Elle lève sa brochure devant elle.

— Il y a cinquante-cinq fontaines et cent cinquante-cinq statues. Il faut qu'on les voie toutes !

Je ne peux m'empêcher de savourer le plaisir évident suscité par tout ce qui l'entoure. Nous terminons notre visite avec un arrêt à un petit chariot pour le déjeuner, avant d'aller voir le spectacle musical des fontaines. Lorsqu'il se termine, elle se penche et m'embrasse la joue, juste au-dessus de ma barbe.

— Quel magnifique cadeau ! Merci beaucoup de m'avoir amenée ici.

— C'était un plaisir.

— Rentrons. Je veux avoir le temps de me refaire une beauté et de m'entraîner à danser.

Je lui adresse l'une de mes révérences formelles. Vous voyez ? J'ai bien eu une éducation princière.

— Comme tu veux, ma chère Alice.

Elle affiche un air rayonnant, ses joues se colorant de rose. Elle place les mains sur ses joues.

— Je ne sais pas si c'est parce que tu as lu mon livre ou si cela fait partie du jeu, mais *j'adore* ça !

Malheureusement, moi aussi. Si elle est heureuse, je suis heureux. Je ne me soucie même pas d'avoir l'air d'un idiot avec les révérences et tout le reste, parce que tout ce qui m'importe, c'est sa réaction.

Elle s'endort sur mon épaule sur le chemin du retour. J'écarte ses doux cheveux de son visage. Deux choses me frappent en même temps – je suis impatient d'être au bal de ce soir, et j'appréhende de le voir se terminer, parce que je ne pense pas pouvoir lui résister une deuxième nuit alors que nous partageons une suite d'hôtel.

~

Alice

Cette soirée est magique. J'ai du mal à croire que je suis vraiment là dans la Galerie des Glaces, la pièce historique la plus célèbre du monde pour son opulence excessive, vêtue d'une robe ajustée selon mes mensurations exactes et accompagnée d'un prince élégant portant un smoking. Pincez-moi !

Nous avons déjà profité de quelques rafraîchissements – du champagne et des fraises, pour être précis – et nous avons porté un toast au rendez-vous d'affaires fructueux d'hier soir. Nous dansons maintenant une valse au milieu d'autres couples. Il y a probablement une centaine de personnes ici en tenues habillées et l'air de se délecter tout autant que moi de ce bal officiel. C'est le paradis pour une férue d'histoire comme moi. Le mieux, c'est que Lucas est si doué pour mener la danse que je peux passer tout mon temps à lorgner sur la salle et les autres couples. Tout ça ira dans mon livre.

Lucas nous fait tourner, m'attirant plus près en même temps. Mon attention est soudain détournée de la salle luxueuse et attirée par le fait que la distance courtoise entre nous a disparu. Il ne reste qu'un espace minuscule. La chaleur émanant de lui me réchauffe, et tout le reste s'estompe dans mon esprit. Il ne reste que moi et Lucas.

— Tu t'es améliorée depuis cet après-midi, remarque-t-il avec un sourire en coin. Tu n'as pas marché sur mes pieds plus de cinq fois. C'est un progrès.

— Eh ! Je croyais ne l'avoir fait que deux fois.

— Dis ça à mes doigts de pied, rétorque-t-il avec un clin d'œil.

Je secoue la tête.

— Désolée. Tu es un fantastique danseur.

Son sourire tendre et chaleureux me coupe le souffle.

— Merci, ma chérie.

Je me lèche les lèvres et fixe un point au-dessus de son épaule. J'ai besoin de me concentrer sur l'objectif de ce soir, trouver l'inspiration pour mon histoire. C'est la raison de ce « ma chérie ». Il joue un rôle pour moi.

— Ce serait bizarre si je prenais des photos ?

— Vas-y.

— Je le ferai après notre danse. Et dès que tout sera fini, j'irai droit sur mon ordinateur avant d'oublier le moindre détail. Je vais clairement placer ma prochaine trilogie en France. Peut-être qu'elle aura pour héros un membre de la noblesse française qui visite fréquemment Versailles.

— On risque de rester ici assez tard. Des danseurs professionnels arrivent plus tard pour se produire devant nous en costumes d'époque. J'ai entendu dire que c'était comme voyager dans le passé.

— Oooooh ! Je suis tellement surexcitée que j'ai tendance à précipiter les choses. L'écriture attendra demain matin. Ensuite, si cela ne te dérange pas, j'aimerais faire encore un peu de tourisme. Le jour suivant, il y aura ton rendez-vous à la banque. Tu veux que je vienne avec toi ?

— Ce n'est pas nécessaire.

— On dirait bien que mon utilité en tant que fausse fiancée touche presque à sa fin, dis-je, m'efforçant de ne pas laisser paraître la déception dans ma voix.

L'horloge sonne minuit et Cendrillon retourne à sa vie monotone.

— Jules a parlé de vouloir visiter le spa de Villroy et la zone de manufacture. Tu devrais être présente en tant que ma fiancée.

— Oh. Quand est-ce ?

— Je ne sais pas. Bientôt, j'espère.

— Tant que c'est dans les cinq prochaines semaines, c'est bon.

— Je suis sûr que ce sera le cas. Peut-être même que ce sera la semaine prochaine, après mon rendez-vous.

La chanson se termine et il s'écarte, me tenant toujours la main, qu'il place dans le creux de son bras alors qu'il m'escorte hors de la piste de danse. Un autre couple s'approche aussitôt pour lui parler, et je me souviens qu'il est une sorte de célébrité. Ils parlent en français, jusqu'à ce qu'il m'attire plus près, une main posée au bas de mon dos, pour me présenter en anglais comme sa fiancée. Il essaie de me faire me sentir incluse, après notre petite querelle à propos du fait qu'il ait négligé de me présenter devant Bella.

— Bonjour, dis-je avec un sourire. Je suis ravie de vous rencontrer.

Le couple sourit et m'adresse un hochement de tête tout en murmurant quelque chose en français, que je choisis de prendre comme des félicitations pour nos fiançailles. Je ne sais pas.

L'heure suivante se déroule de la même manière. Nous dansons (et je me sens excitée malgré le fait que Lucas maintienne une distance polie), puis lorsque la danse prend fin, des gens l'abordent. Je suppose que c'est la première fois qu'il est ici pour un bal, et il est un peu une curiosité. Je me sens me refermer sur moi-même ; l'écart entre sa vie et son statut et les miens est frappant. Ce qui est vraiment dommage. Tout est très romantique, avec les bougies et les danses. Si seulement je pouvais apprécier ce moment pour ce qu'il est, sans tout analyser à outrance.

Je laisse échapper un soupir alors que Lucas m'emmène prendre une limonade rafraîchissante. Dès que nous avons fini de boire, il me surprend en prenant ma main et en m'attirant directement dans une alcôve privée, à l'autre bout de la pièce. Les gardes rôdent non loin, nous ne sommes donc jamais vraiment en privé.

— Qu'est-ce que tu fais ? demandé-je, à bout de souffle après notre rapide départ.

À moins que ce ne soit parce que je suis ici avec lui.

Il se rapproche, replaçant mes cheveux derrière mon oreille dans un geste tendre qui fait cogner mon cœur contre mes côtes. Son regard cherche le mien.

— Tu es fatiguée du bal ? On peut partir.

Ma respiration s'accélère.

— Non, j'aime beaucoup.

— Alice, je ne t'ai pas vue sourire une seule fois depuis une heure.

Ma mâchoire s'ouvre en grand.

— Tu comptes le nombre de fois où je souris ?

— Je le remarque, corrige-t-il.

Il tire sur l'une de mes mèches de cheveux avec un sourire puéril et charmant.

— Ils me rendent heureux, ajoute-t-il.

Je cligne des yeux, complètement désarçonnée par cette remarque incroyablement romantique.

— Pourquoi mes sourires te rendraient-ils heureux ?

— Parce que je me souviens à quel point tu étais triste quand on s'est rencontrés.

Je fronce les sourcils et baisse les yeux, déçue. Il a pitié de moi. J'étais une épave, à l'époque, et il essaie simplement de me remonter le moral.

Il me soulève le menton.

— Tes sourires font battre mon cœur plus fort.

J'émets un hoquet. C'est si poétique, si romantique.

— Vraiment ?

— Oui.

— Pourquoi ?

— Je ne sais pas pourquoi. Peut-être parce que j'aime te voir heureuse.

Son pouce effleure ma lèvre inférieure et une décharge ricoche en moi à l'intimité de ce contact.

— Tu as un sourire très doux.

L'air vibre autour de nous, et mon sang bouillonne dans mes veines.

— As-tu déjà été fiancé auparavant ? lâché-je.

— Non.

— Tu es très doué pour ça. J'apprécie ça tellement plus

que mes vraies fiançailles. Probablement parce que tu fais semblant d'être si entiché de moi.

Dis-moi si c'est réel.

Il fronce les sourcils.

— Ton vrai fiancé n'était pas entiché de toi ?

Je ne ris même pas à son utilisation du mot « entiché », parce que c'est juste triste. Mon vrai fiancé aurait dû être entiché de moi.

— Au début, je croyais qu'il l'était. Il était très attentionné et, tu sais, il y avait les poèmes d'amour.

Il se renfrogne.

— Les confettis.

— Oui, mais avec toi, c'est… agréable.

Je déglutis.

— J'imagine que tu es fidèle à ta réputation charmante de célibataire royal le plus convoité du monde.

Il émet un rire moqueur, et je fais aussitôt machine arrière.

— Non pas que ta réputation soit tout ce qui importe chez toi. Tu es l'un de ces petits chanceux qui possèdent à la fois le charme et la substance.

Il se rapproche.

— Tout le monde ne le voit pas, remarque-t-il d'un ton doux.

Mon corps bourdonne d'impatience.

— Moi, je le vois.

Il m'attire dans ses bras, ses lèvres effleurant mon oreille alors qu'il murmure :

— Merci, Alice, de me voir.

Mes genoux vacillent, le désir s'épanouissant en moi. Je peux complètement le sentir, ma douceur contre sa dureté. La chaleur qui émane de lui, son odeur masculine enivrante. J'ai envie de lui, vraiment, et mon corps ne semble pas se soucier du fait que mon cœur ballotte encore dans ma poitrine, en morceaux.

Il faut que je pose la question.

— Est-ce qu'on joue encore au jeu ?

— Non.

Je lève les yeux vers lui, le cœur au bord des lèvres.

— Qu'est-ce que ça veut dire ?

— Je ne sais pas.

Je détourne les yeux. Je ne sais pas non plus. Je suis plus que troublée et frustrée, pour une raison que j'ignore. Je ne saurais dire si ma frustration est dirigée vers lui ou vers moi-même. Nous ne jouons plus un jeu, pourtant aucun de nous ne sait ce que cela veut dire. Quelqu'un devrait le savoir. Tout est en train de devenir compliqué et confus. Je ne veux pas avoir à gérer une situation compliquée et confuse.

Je fais un pas en arrière et prends une profonde inspiration, ce qui ne m'aide en rien à me calmer.

— Je suis tellement tendue.

Il me fait me retourner de façon à ce que mon dos soit contre son torse, et repousse mes cheveux sur mes épaules, laissant courir légèrement ses doigts sur ma peau selon un tracé brûlant et qui donne des frissons. Puis il place ses mains chaudes sur mes épaules nues et se penche tout près de moi.

— Que dirais-tu d'un massage ? gronde sa voix grave dans mon oreille.

— C'est parfaitement inconvenant, soufflé-je.

Je peux entendre le sourire dans sa voix lorsqu'il répond :

— Nous sommes dans un endroit privé.

Les mots s'échappent de mes lèvres dans un souffle brûlant et précipité :

— Ravis-moi.

— Quoi ?

Je me racle délicatement la gorge.

— J'ai dit, masse-moi.

Il obéit, s'activant sur mes épaules puis sur ma nuque. Ça a quelque chose de décadent. Je fonds presque contre lui, envahie par le plaisir presque orgasmique qu'il me provoque. Il termine, faisant courir sa main le long de ma colonne verté-brale et provoquant de légers picotements, avant de s'arrêter juste au-dessus de mes fesses. Je pousse un soupir tremblant.

Il serre légèrement ma nuque et murmure directement à mon oreille :

— Comment était-ce ?

Je suis détendue et je vibre de tension tout à la fois. Je me tourne vivement face à lui.

— Tu te souviens du moment où le duc a retrouvé Lady Amélia sur le balcon arrière ?

C'est *Le Défi du Duc*, et je veux le mettre au défi.

Une flamme jaillit dans ses yeux.

— Oui.

Ma bouche s'assèche. Je n'arrive pas à croire à mon audace.

— On pourrait jouer à ce jeu-là.

Il m'adresse son fameux sourire en coin.

— On ne s'est même pas encore embrassés.

— Si, on l'a fait.

Il secoue lentement la tête, une note d'amusement dans les yeux.

— J'essayais juste de te résister.

Il se penche lentement, sa main se refermant sur ma nuque, et ajoute :

— Ça, c'est un baiser.

J'arrête de respirer. Ses lèvres effleurent les miennes, provoquant une décharge dans mon corps. C'est le baiser raffiné d'un gentilhomme, qui me donne envie d'aller plus loin. Puis il recommence, effleurant à nouveau délicatement mes lèvres, avant de reculer, son regard cherchant le mien.

Je lui rends son regard, hébétée et rêveuse, les genoux chancelants. Il baisse les yeux sur ma main, qui serre sa chemise au niveau de son torse. Je n'avais même pas réalisé que je faisais ça. Je desserre les doigts et lisse sa chemise, avant de laisser mes mains arpenter tout son torse. Je résiste à grand-peine à l'envie d'arracher les boutons de sa chemise à deux mains pour voir le torse spectaculaire que je sens sous mes doigts.

— Maintenant, on s'est embrassés, dis-je d'une voix essoufflée et urgente. Ravis-moi.

Il regarde autour de nous.

— Ici ?

La musique reprend, plus forte, cette fois, et accompagnée d'une annonce en français. Je me fige. Qu'est-ce qui me prend, de demander à Lucas de me ravir ici, en public, à Versailles ? Je ne suis pas l'héroïne de l'une de mes histoires, peu importe à quel point j'en ai envie, parfois.

Il me prend la main et dit d'une voix douce :

— Viens, ils ont annoncé que la troupe de danse professionnelle était là.

Je plisse le nez.

— Tu as compris que je m'étais dégonflée ?

Ses lèvres s'étirent en ce sourire traînant qui s'infiltre en moi et me serre le cœur.

— Oui.

— Tu es déçu ?

— Non.

— Pourquoi pas ? soufflai-je d'un ton indigné. Je viens de te proposer quelque chose de très charnel et maintenant ce n'est plus d'actualité. Ce n'est pas une bonne raison d'être déçu, pour un homme ?

Sois aussi déçu que moi, bon sang ! Pourquoi n'ai-je pas réussi à être aussi audacieuse que mon héroïne ?

Son bras s'enroule autour de ma taille, m'attirant à nouveau près de lui, et sa voix devient rauque et traînante :

— Parce que je sais tout ce que j'ai besoin de savoir. Ce n'est que le début.

Je frissonne d'excitation, repoussant toutes mes inquiétudes au fond de mon esprit. Il me veut et je le veux. C'est la seule chose qui compte. Ce moment. Il n'y a pas de lendemain.

13

Alice

Lucas a demandé à Thor de nous suivre dans une voiture séparée, qui est fournie comme par magie par un membre du personnel au bal. C'est le pouvoir de la célébrité.

Je rejoins Lucas à l'arrière de la limousine, remarque que la séparation entre les sièges avant et arrière est levée, et me jette sur lui. Il est tout aussi impatient que moi, ses doigts s'enfonçant dans mes cheveux et sa bouche dévorant la mienne. Doux Jésus. C'est encore mieux que dans mes histoires, mieux que mon imagination coquine, et je ne pensais pas que ce puisse être possible.

— Alice, murmure-t-il, ses lèvres traçant une ligne brûlante et piquante le long de ma mâchoire, puis de mon cou, sa barbe frottant délicieusement contre ma peau sensibilisée.

— Ça fait longtemps que j'ai envie de ça, envie de toi.

— Moi aussi, hoqueté-je alors que ses dents se referment sur le côté de mon cou.

Sa large main glisse le long de mes épaules nues, mes bras, mes flancs, avant de revenir prendre mes seins en coupe. Il passe un doigt sur mon téton et ce dernier durcit aussitôt, palpitant douloureusement pour lui. Il abaisse le corsage de ma robe et émet un grognement.

— Magnifique, marmonne-t-il, et je me sens magnifique.

Il retire sans tarder mon soutien-gorge sans bretelles, puis embrasse chaque sein presque avec révérence.

Je glisse une main dans ses cheveux tandis que l'autre le maintient contre moi. Ses lèvres se referment autour de mon téton, l'attirant profondément dans sa bouche. Cela provoque un élancement intense entre mes jambes et je pousse un gémissement long et bas. J'ai chaud, je suis trempée et fébrile, ayant désespérément envie de m'approcher encore, de le sentir pressé étroitement contre moi.

Il passe à l'autre sein, lui prodiguant le même traitement. Des vagues de plaisir me parcourent, éveillant toutes mes terminaisons nerveuses, tandis que ses hanches remuent sans relâche.

— Lucas, grogné-je à moitié.

Il lève la tête et se réapproprie ma bouche en un baiser passionné tout en me baissant sous lui sur le long siège. Il rompt le baiser juste assez longtemps pour remonter ma robe jusqu'à ma taille, avant de revenir et de se placer entre mes jambes, provoquant un plaisir immense et douloureux à ce contact. C'est à la fois un soulagement tout en me faisant désirer plus. L'intensité de son baiser augmente alors que ses hanches se frottent contre moi, provoquant d'autres vagues de plaisir à travers ma fine culotte en soie.

Un flot de chaleur se concentre à ce point précis, contre lequel il glisse d'avant en arrière. La friction qui en résulte est exactement ce dont j'ai besoin. Je m'empare de ses fesses, le maintenant tout contre moi, puis je me raidis, tout en moi se contractant et mes ongles s'enfonçant dans sa peau. Je suis si près. Je n'en suis jamais arrivée à ce point si facilement, si rapidement. Oh Seigneur.

Il rompt le baiser et me murmure à l'oreille :

— Vas-y. Lâche-toi.

Puis il fait quelque chose d'encore plus incroyable, se déplaçant juste assez pour pouvoir glisser ses doigts entre nous. Il repousse ma culotte de côté et me caresse. Ce soudain contact direct me fait passer brutalement par-dessus bord avec un cri rauque, mes hanches remuant de manière rythmique alors qu'il modère ses caresses, faisant traîner les choses. *Ouiii.*

À la fin, je suis épuisée. J'ouvre les yeux et le trouve en train de me dévisager. Je me sens soudain gênée.

— D'habitude, je ne…

Il glisse ses doigts dans sa bouche, ces mêmes doigts qui viennent de me caresser, et les suce. Mon pouls palpite entre mes jambes. J'attrape sa tête et l'embrasse à nouveau. Je suis hors de contrôle. J'ai besoin, j'ai besoin, j'ai besoin.

Je tends la main vers le bouton de son pantalon, mais il m'arrête, refermant la main sur mon poignet.

— Quoi ? demandé-je, confuse.

— Je ne suis pas équipé, dit-il d'une voix rauque.

Je fais courir mes doigts sur toute la longueur rigide sous son pantalon, lui tirant un grognement très satisfaisant.

— Tu m'as l'air plutôt bien équipé.

Il s'écarte de moi et me fait me redresser.

— Je ne suis pas équipé d'un préservatif.

— Oh. Je prends la pilule.

Nos regards se croisent, l'atmosphère chargée d'électricité entre nous.

— Je suis sain, dit-il.

— Moi aussi. Mon ex utilisait un préservatif avec moi parce qu'il n'avait pas confiance pour me souvenir de prendre la pilule régulièrement.

Je hausse les épaules et ajoute :

— Il m'arrive d'avoir des blancs quand j'approche du délai pour rendre un livre.

Il ferme les yeux.

Je grimace.

— Désolée. C'est un vrai tue-l'amour d'évoquer mon ex. J'essayais juste d'expliquer à quel point je suis saine, moi aussi. Embrasse-moi.

Ses lèvres forment une ligne fine.

— Tu as déjà oublié de prendre la pilule ?

Je fais courir ma main le long de son torse, avant de m'activer sur les boutons de sa chemise.

— Non, en fait. Je la prends tous les matins à la même heure.

— Ton ex… putain. Pourquoi as-tu continué de prendre la pilule s'il utilisait un préservatif ? Il voulait une double protection ?

— Non.

Mes joues se réchauffent et j'arrête de déboutonner sa chemise. Je retire mes lunettes, le laissant devenir flou.

— Ça devient trop personnel.

Il prend ma mâchoire entre ses mains et lève mon regard vers le sien ; il est si proche de moi que je peux parfaitement voir l'intensité dans ses yeux.

— Le sexe aussi, c'est personnel, gronde-t-il. Je sais quel son tu fais quand tu jouis. Je sais quel goût tu as.

Je me réchauffe et mouille un peu plus à ses mots. L'intensité qui brûle dans ses yeux est incendiaire. Je n'arrive plus à émettre le moindre son. Je n'ai pas envie de parler de mes histoires personnelles. Je veux juste qu'on en revienne à nos actes érotiques.

— Réponds-moi, ordonne-t-il.

— Je ne me souviens pas qu'on ait tant parlé de sexe que ça. Mais, euh, j'ai continué à prendre la pilule parce que ça rend mes crampes menstruelles plus gérables.

Je risque un regard vers lui.

— Et maintenant, tu as trop d'informations.

Je replace mes lunettes sur mon nez, extrêmement embarrassée. Je ne pense pas avoir jamais dit à un homme quelque chose d'aussi personnel de toute ma vie. Même mon docteur est une femme, pour que je puisse éviter ces conversations embarrassantes.

Sa main se glisse sous mes cheveux, prenant ma nuque en coupe, puis il m'embrasse juste derrière l'oreille, provoquant une autre décharge dans tout mon corps.

— OK, pas de préservatif, murmure-t-il dans mon oreille, avant de s'écarter pour me regarder. Mais nous allons attendre d'être de retour à l'hôtel. Je veux que tu sois dans un lit.

Je cligne des yeux. Nous avons eu toute cette conversation pour expliquer les détails, et maintenant je dois attendre ? C'est injuste.

— Pourquoi dans un lit ?

— Pourquoi ? grogne-t-il.

Il prend mon visage à deux mains et m'embrasse, me mordillant la lèvre inférieure assez fort pour provoquer un plaisir piquant.

— Parce que, dit-il en me relâchant.

Je le dévisage, intriguée par son changement d'attitude, de chevaleresque a autoritaire. J'en conclus qu'il est habitué à donner des ordres parce que c'est un prince. Malgré tout, j'ai toujours envie de lui, et je ne vois pas pourquoi je devrais attendre juste « parce que ». Suis-je si peu irrésistible ? Ce qui m'amène à une autre question.

— Lucas ?

Ses yeux sont voilés et sa voix rauque.

— Oui.

— Pourquoi ne m'as-tu pas rejointe hier soir ? Je veux dire, j'étais juste de l'autre côté du salon.

Ses yeux se rivent aux miens et ma respiration se bloque dans ma gorge.

— Parce que je me suis dit que je ne pouvais pas profiter de ta vulnérabilité après ce que tu as traversé, dit-il d'un ton renfrogné. Je déteste déjà ton ex, et je ne l'ai jamais rencontré.

Une boule d'émotions se coince dans ma gorge.

— Oh, parvins-je à articuler. C'est gentil.

Il laisse aller sa tête contre le siège, ferme les yeux et laisse échapper un soupir très viril.

— Maintenant que je sais que tu es partante, j'ai l'impression qu'on est sur la même longueur d'onde. Un coup d'un soir amusant, c'est ça ?

Je frémis presque, mais parviens à répondre :

— C'est ça.

C'est tout ce que c'est, un coup d'un soir, et cela devrait me convenir. Il me dit clairement qu'il n'y a rien de plus qu'une démangeaison ayant besoin d'être soulagée. Un simple petit plaisir occasionnel.

Je m'agite un peu, encore sensible et excitée. Même après cette conversation, je n'ai pas été assez rafraîchie pour laisser tomber. Je ne veux pas attendre plus longtemps, et je suis assez frustrée pour lancer :

— Tu m'as vraiment mise dans tous mes états dans cette limousine, et maintenant tu me fais attendre. Tu sais ce que je pense ? Je pense que tu es un – un allumeur.

Un éclair passe dans ses yeux, et j'ajoute vivement :

— Je plais…

Mais je ne peux pas aller plus loin. Il me tire par les hanches, me faisant tomber sur le dos, remonte ma robe sur ma taille et m'ôte ma culotte en dentelle.

Mon cœur cogne dans ma poitrine, ma respiration s'accélérant. Il se déplace alors, baissant la tête et passant sa langue juste là où il faut. J'arrête de respirer.

— Seigneur, tu as si bon goût, grogne-t-il, avant de plonger pour en avoir plus.

Je suis perdue dans une sensation de plaisir chauffée à blanc, plus que je n'en ai jamais ressenti. Mon cerveau s'éteint et de légers cris s'échappent de ma gorge alors qu'il me fait m'élever, de plus en plus haut, jusqu'à ce que je m'effondre brutalement, tressaillant violemment contre lui et le monde entier s'obscurcissant autour de moi.

Et quand je reviens à moi, je ne vois rien d'autre que les yeux de Lucas qui me regardent et étincellent avec une intensité qui me fait comprendre qu'il a fini de jouer les allumeurs. Tout mon corps vibre, mon pouls battant dans mes veines. J'ai déchaîné une bête sauvage. J'espère juste que je pourrais survivre au voyage en gardant mon cœur intact.

~

Lucas

Elle s'est jetée sur moi. Je n'aurais *jamais* amorcé les choses. Je me disais que c'était à Alice de le vouloir, que son désir devait être ce qui nous faisait franchir la ligne, peu importe à quel point j'avais envie d'elle. Maintenant, je ne peux plus nier les besoins de mon corps. Ses exigences sexy auraient fait craquer un homme possédant moins de volonté que moi, dans cette limousine. Elle mérite mieux qu'être sautée rapidement sur le siège arrière.

Je peux encore sentir son goût sur ma langue. Nous nous dirigeons vers l'ascenseur du penthouse dans notre hôtel, et je meurs d'envie de pénétrer dans la pièce et en elle.

— Ralentis, dit-elle en riant alors que je la tire derrière moi.

J'ajuste un peu mon rythme, tout en continuant à lui tenir la main et à la faire se dépêcher. Les gardes nous suivent de près. Alice et moi montons seuls dans l'ascenseur privé, et les gardes regardent les portes se refermer. Ils vont se rendre dans leur chambre sous la nôtre quand ils sauront qu'on est en train de monter.

Dès que les portes se ferment, nous nous plaquons l'un contre l'autre. J'appuie sur le bouton menant à notre chambre, puis mes mains se glissent partout sur elle tandis que ma bouche la dévore avidement. J'ai envie d'elle comme je n'ai jamais eu envie d'aucune autre femme jusqu'alors. Elle me tire les cheveux, ses doigts refermés contre le dos de ma chemise. Ses gémissements ne font que me donner encore plus follement envie d'elle.

Les portes s'ouvrent et je m'arrache à elle, lui prends la main et traverse le couloir en courant jusqu'à la porte. Puis nous entrons et je la traîne directement jusqu'à ma chambre, ferme la porte et la cloue contre elle, pressant tout mon corps contre ses formes douces et ma bouche la dévorant. Le désir m'enserre et je lutte pour garder un peu de retenue. Je veux qu'elle prenne du plaisir aussi.

Je romps le baiser et la retourne, la respiration laborieuse, alors que je défais sa robe. *Ralentis.* J'embrasse son cou et elle s'appuie contre moi, penchant la tête de côté pour me donner un meilleur angle. Elle sent les fleurs et la femme sexy, et je ne sais pas combien de temps encore je pourrais attendre. Je la tourne face à moi et fais glisser la robe de ses épaules. Elle tombe à sa taille. Je n'ai qu'un aperçu de peau lisse et onctueuse, et de ses seins ronds aux tétons roses qui se raidissent en cailloux durs sous mes yeux, avant qu'elle ne serre la robe contre sa poitrine pour se couvrir.

— Pourquoi on n'éteindrait pas les lumières ? demande-t-elle d'un ton vif, avant d'appuyer sur l'interrupteur.

Noir total.

Je les rallume.

— Je veux te voir. Qu'est-ce qui ne va pas ? Je t'ai déjà vue dans la limousine.

Ses cils papillonnent.

— C'était sous une lumière tamisée et flatteuse. Laisse-moi voir si je peux ajuster…

Elle tourne le bouton jusqu'à tamiser la lumière au point que je distingue à peine sa silhouette.

— Tu fais toujours l'amour avec les lumières éteintes ?

Elle pouffe de rire.

— Faire l'amour.

Je pousse un grognement, une chaleur remontant le long de mon cou. Je suis là, à tenter de sortir le grand jeu princier en n'étant pas vulgaire, et elle rit. Je rallume les lumières au maximum.

— Baiser, grogné-je. Est-ce que tu *baises* toujours avec les lumières éteintes ?

— O-Oui.

Je prends une voix plus douce et baisse la luminosité de moitié.

— Voilà.

Je décide alors que nous avons suffisamment parlé.

— Retire ta robe, *maintenant*.

Et parce que je suis un gentleman, je me déshabille aussi.

~

Alice

. . .

Lucas se déshabille devant moi. La révélation est si spectaculaire que mes mains glissent de ma robe pour tomber sur mes hanches. J'oublie la lumière, j'oublie mon corps, j'oublie tout. La veste disparaît, puis le nœud papillon et la ceinture, puis la chemise.

Je tends mes deux mains, suivant les courbes de ses épaules arrondies.

— Tu fais du sport tous les jours ?

Il fait passer ma robe par-dessus ma tête et la jette de côté.

— Tous les matins à l'aube, pendant une heure.

— Comment peux-tu maintenir une vie nocturne en plus de ça ?

Il m'attire tout contre lui, la chaleur de son corps me brûlant.

— Je fais des siestes.

— Tu fais des siestes ? répété-je, surprise.

— Ce sont des siestes énergisantes, répond-il, sur la défensive. C'est très viril.

— Alors tu obtiens ces résultats en juste une heure ?

Je m'écarte pour suivre du doigt les lignes et les sillons le long de son torse, de ses pectoraux à ses abdos et jusqu'à sa taille en V.

— Tu aimes ça ? demande-t-il d'une voix traînante.

Il commence alors à défaire sa ceinture, le bouton de son pantalon, sa braguette. Ma bouche s'assèche alors que son pantalon de smoking et son caleçon glissent le long de ses jambes, avant qu'il les écarte.

Je jette un œil à son sexe épais, déglutis et relève les yeux vers ses yeux bleu-vert étincelants. Il est la définition de la beauté masculine, et je suis émerveillée.

Je glisse les mains autour de sa taille et me déplace à l'aveugle le long de son dos, explorant d'autres fantastiques lignes et sillons.

Il se retourne pour me donner une meilleure vue, m'adressant un clin d'œil par-dessus son épaule.

J'imagine que je suis complètement en train de mater.

— Tes efforts en valent largement la peine.

Je ne peux détourner les yeux de cette vision spectaculaire.

— Tu es si beau que j'ai presque envie de prendre une photo pour pouvoir l'admirer plus tard.

Je lève les yeux vers lui d'un air interrogateur, au cas où il serait partant.

— Pour que tu puisses te masturber en la regardant ? Oh non. Tu ne jouiras qu'avec moi.

Sa main se referme sur ma nuque, ses doigts s'emmêlant dans mes cheveux. Ma respiration se fait saccadée. Il tire un peu sur mes cheveux, me faisant relever la tête.

— Assez regardé, dit-il, puis sa bouche revendique la mienne. C'est vraiment une revendication, un baiser effréné plein de désir et de pure avidité. Je ne peux rien faire d'autre que m'accrocher à lui, submergée par une passion telle que je n'en ai connu que dans mes rêves. Son autre main se glisse sur mes fesses, me pressant contre lui et accroissant douloureusement mon désir. Le monde s'estompe. Il n'y a plus rien d'autre que son goût, son odeur, son corps dur comme de la pierre pressé contre moi.

Mes mains sont partout sur lui, ma bouche tout aussi avide alors que je me colle encore plus à lui, désirant le sentir en moi.

J'arrache ma bouche à la sienne et j'enlève mes chaussures.

— J'ai tellement envie de toi.

Il me retire mon soutien-gorge et ma culotte sans perdre de temps, et j'attends impatiemment qu'il m'embrasse à nouveau jusqu'à me couper le souffle.

Ses yeux s'assombrissent, brûlants, alors qu'il observe mon corps nu d'un air ouvertement approbateur. Il prend ma mâchoire en coupe et m'embrasse.

— Tu es tellement sexy, Alice.

— Oooh, dis-je dans un léger soupir. Toi aussi.

Il se penche un peu et je pense qu'il est sur le point d'embrasser mes seins, mes tétons se durcissant par anticipation, mais il me surprend alors. Je pousse un petit cri lorsqu'il me soulève du sol, me prend dans ses bras et me porte jusqu'au lit.

— Lucas ! Qu'est-ce que tu fais ?

— Je suis romantique.

— Je ne veux pas que tu te fasses mal au dos.

Il ricane, plein de fierté virile.

— Pourquoi est-ce que je fais de l'exercice si ce n'est pas pour pouvoir porter une femme sexy jusqu'à mon lit ?

— Parce que tu aimes que les femmes te poursuivent.

Il sourit et me dépose délicatement sur le matelas.

— J'aime que tu me poursuives. J'aime te porter jusqu'à mon lit.

Je ne peux m'empêcher de sourire. Quelque part, il savait que j'avais besoin de cette petite correction : de « une femme sexy » au plus spécifique « toi ».

Il me rejoint, écartant les cheveux de mon visage et m'embrassant tendrement.

— Ce doux sourire que tu as, il me fait le même effet à chaque fois.

Je suis surprise à nouveau, mais avant que j'aie pu trouver une réponse appropriée, il m'embrasse, écartant mes jambes et s'installant entre elles. Son poids est tellement bienvenu, la chaleur qui émane de lui si satisfaisante. Mes mains parcourent les courbes dures de son dos jusqu'à ses fesses, l'attirant plus près. Il comprend le message, rompant notre baiser pour se guider en moi.

Il grogne, rejetant la tête en arrière lorsqu'il m'a entièrement pénétrée. Cela me réchauffe encore plus de voir son plaisir évident.

J'émets un hoquet alors qu'il s'enfonce profondément. Il se retire lentement et je lève les hanches, ayant besoin de plus. Son rythme est brutal, rapide et siiii bon. Je ne peux retenir mes gémissements, puis il se place juste comme il faut, déclenchant quelque chose de puissant en moi. Putain. Ce doit être ce point G dont j'ai entendu parler. C'est… oh mon Dieu.

— Lucas ! m'écrié-je.

Sa bouche vient couvrir la mienne, sa langue m'envahissant, ses coups de hanches parfaitement ajustés. Je me raidis, puis j'explose, mes cris rauques avalés par sa bouche. Il lève la tête, m'observant tout en continuant à me pilonner encore et encore, provoquant vague après vague de plaisir. Je tourne la tête d'un côté et de l'autre, me noyant dans les sensations. C'est trop, trop intense.

— Lucas, je suis au bout !

— Nous ne sommes pas au bout. Ouvre les yeux, Alice.

J'obéis, ma respiration accélérant devant l'intensité de son regard. Il s'enfonce en moi par à-coups, plus lentement, maintenant, faisant traîner les choses. Je tressaille sous lui, dépassée, la respiration heurtée. Il me pénètre brutalement, me faisant hoqueter alors qu'il se penche près de mon oreille :

— À ton tour.

Il se retire et roule sur le dos, m'attirant avec lui.

J'essaie de reprendre mon souffle, encore tremblante alors que Lucas me place au-dessus de lui, me soulevant les hanches avant de m'empaler lentement sur lui. Je gémis, agrippant ses épaules, à nouveau à deux doigts de jouir. Je ne pense pas m'être jamais écartée de cet état. Je remue instinctivement, prenant un rythme rapide qui me fait me précipiter vers l'orgasme.

Lucas m'attrape les hanches et m'immobilise, me faisant gémir de protestation. Je veux, je veux… ooh. Il me déplace, me faisant me redresser un peu, les mains posées sur mes seins, les caressant et les pressant. Je recommence à bouger, expérimentant, découvrant cette nouvelle sensation. Tout est si agréable. Je baisse les yeux sur son visage. Ses yeux sont fermés et sa mâchoire crispée, presque comme s'il souffrait.

— Je te fais mal ? demandé-je en m'immobilisant.

Ses yeux s'ouvrent d'un coup, et l'intensité qui brille en eux me subjugue.

— Non. J'adore ça, putain.

Ses mains glissent vers mes fesses, les prenant en coupe et me poussant à reprendre d'une main ferme.

Je comprends le message, balançant des hanches tandis qu'il continue à m'étreindre. Puis je me laisse aller et le prends profondément encore et encore. Son regard est rivé sur le mien, puis ses deux mains viennent s'emparer de mes seins, ses doigts se refermant dessus et me pinçant les tétons. Mes yeux roulent dans mes orbites au plaisir intense que cela suscite. Je me cambre frénétiquement, hors de contrôle,

vaguement consciente de sa voix grave qui me pousse à continuer. L'orgasme me frappe de plein fouet au moment où il
siffle :

— Ouiii.

Je me balance étourdiment, puis m'immobilise, épuisée.
Lucas m'agrippe les hanches, guidant mes mouvements pour
m'emmener encore plus loin. De légers gémissements
s'échappent de ma gorge alors que je suis prise dans un élan
de plaisir sans fin, puis il s'enfonce profondément, me provoquant un nouvel orgasme. Il jouit aussi, cette fois, la tête
arquée en arrière et les tendons de son cou proéminents alors
qu'il grogne de plaisir. Mes lèvres s'étirent à cette vue magnifique. J'arque à nouveau les hanches, voulant lui donner plus
de plaisir, mais il crispe les mains sur mes hanches et m'immobilise.

— Je suis au bout, dit-il dans un grognement.

Je me penche en avant et l'embrasse.

— Pourquoi est-ce que, quand je dis que je suis au bout, tu
dis qu'on n'en a pas terminé. Mais quand tu es au bout, la
partie est terminée.

Il sourit.

— Parce que de nous deux, c'est toi qui peux avoir de
multiples orgasmes.

Je lui embrasse le cou, le mordillant.

— Maintenant, oui.

Il pousse un grognement, avant de se mettre à rire.

— Je vais tellement m'amuser avec toi.

14

Lucas

Peu de temps après, je blottis Alice contre moi et place les couvertures sur nous. D'habitude, je n'aime pas passer la nuit avec mes conquêtes, mais ce n'est pas un coup d'un soir ordinaire. Je l'ai laissé penser que c'était un moment léger et occasionnel pour qu'elle soit détendue. Je veux plus, et je sais qu'elle n'est pas encore prête.

Son doigt trace un cercle sur mon torse.

— C'était une première.

— Ta première fois avec un dieu du sexe comme moi ?

Elle lève les yeux pour me regarder.

— Ça aussi. Il y a eu beaucoup de premières fois.

Je la fixe. *Beaucoup ?*

— De quoi parles-tu ?

Elle repose sa tête sur mon torse.

— Ma première fois avec les lumières allumées, la première fois que je n'étais pas au-dessous, la première fois que j'ai trouvé mon point G, la première fois que j'ai joui pendant une relation sexuelle, la première fois que j'ai eu de multiples orgasmes.

Elle me pince le ventre et ajoute :

— Tu es incroyable.

Je me fige. Je ne suis pas sûr de savoir où aller avec ça. Oui, c'est un compliment, mais c'est aussi un triste constat pour une femme aussi passionnée qu'Alice.

Elle continue, comblant le silence :

— J'ai toujours pensé que laisser les lumières éteintes était plus flatteur pour tout le monde, tu sais ? Mais j'ai *adoré* te voir dans toute ta gloire.

Un large sourire s'étale sur mon visage.

— Merci.

— Et tu m'as fait me sentir belle, murmure-t-elle.

Mon bras se resserre autour d'elle. Je déteste l'idée que qui que ce soit ait pu la faire se sentir inférieure.

— C'est parce que tu l'es.

Elle m'embrasse le torse.

— Merci. Et j'aime bien être au-dessus, en fait. D'habitude, je suis en dessous.

— Par choix ?

— Eh bien, oui, comme ça je n'ai pas à craindre de t'écraser sous mon poids, ou que mes seins rebondissent trop.

Je réfléchis à ça, en partie surpris qu'elle pense vraiment pouvoir m'écraser, et en partie excité en songeant à ses seins qui rebondissent. Ils sont somptueux. Elle est somptueuse.

— C'était gentil de ta part de retenir mes seins rebondissants, ajoute-t-elle.

Je refrène un rire.

— Oui, eh bien, ce fut un plaisir.

Je me concentre à nouveau sur son triste aveu à propos de son manque d'orgasmes.

— Tu n'as jamais joui durant une relation sexuelle jusqu'ici ? Comment as-tu pu supporter d'être laissée insatisfaite ?

— Je finissais par être satisfaite. Tu sais, après.

— Après le sexe ?

— Après qu'il s'était endormi.

J'éclate de rire. Je ne peux pas m'en empêcher.

Elle me fusille du regard.

— Qu'y a-t-il de si drôle ?

Je tente de me contenir.

— Rien. Au moins, je sais que tu aimes le sexe. Tu n'as simplement jamais eu de bon amant jusqu'ici.

Elle souffle par le nez, avant d'admettre :

— Tu as raison, et je mérite de merveilleuses relations sexuelles. Je suis une femme en bonne santé, avec une libido décente et une imagination indécente.

Je l'embrasse.

— Ça, ça me plaît.

— Tu m'étonnes, répond-elle avec un soupir. Est-ce que je t'ai écrasé quand j'étais au-dessus ? Je ne suis pas un poids plume.

Elle détourne les yeux et ajoute :

— Et c'est un euphémisme.

Je prends sa mâchoire en coupe et la fais se tourner à nouveau vers moi. Je veux qu'elle voie la vérité dans mes yeux.

— Tu ne pourrais jamais m'écraser. Je suis un mètre quatre-vingts de muscles fermes, et tu es une chose minuscule.

Elle fronce les sourcils, un éclat vulnérable tapi dans ses yeux.

— Je ne suis pas minuscule. Je fais un mètre cinquante, ce qui est dans la moyenne, mais je suis aussi ce qu'on appelle une fille aux courbes généreuses. Je suis sûre que tu l'as remarqué. Ils n'avaient même pas ma taille, dans la boutique.

Je passe mes mains le long de son dos et jusqu'à ses fesses rebondies, la pinçant légèrement.

— Je me fiche de la taille de tes robes, j'éprouve du désir pour tes courbes pulpeuses depuis la première fois que je t'ai vue. Je sais que je suis un porc. Tu peux me détester pour ça, mais laisse-moi profiter de la vue.

Elle esquisse ce sourire qui s'enroule autour de mon cœur.

— Tu es un gentil porc. Et tu as l'air sincère, mais j'ai vu des photos de toi avec un tas de femmes minces avec d'énormes faux seins, aucune hanche et de longues jambes fines comme des bâtons.

— J'ai envie de *toi*, Alice. J'ai besoin de toi plus que je n'ai jamais eu besoin de qui que ce soit auparavant.

Elle s'immobilise complètement, et je me raidis, craignant d'avoir tout gâché. J'ai tellement besoin d'elle.

— Tu veux dire, dit-elle lentement, que peut-être, tu ne savais pas ce que tu ratais avec ces autres femmes ?

— Oui.

Elle l'a exprimé bien mieux que je ne l'aurais jamais pu.

Elle m'étreint, se collant contre moi. Une chaleur irradie de mon torse, accompagné d'un profond sentiment de satisfaction. Elle ressent une véritable affection pour moi, et c'est un très bon début.

Je caresse ses doux cheveux.

— Tant que nous discutons de tous ces sujets torrides, je vais te dire une chose qui pourra améliorer le point de vue masculin de tes scènes : les hommes sont des créatures visuelles. Pour un homme, l'important est de voir, puis de sentir des courbes sexy, et un sentiment d'urgence primitif. C'est tout. Aucun homme ne débite de la poésie en plein élan passionnel.

— Mais c'est tellement plus romantique comme ça ! boude-t-elle.

Je mordille sa lèvre inférieure.

— Aucun homme sur cette planète ne ferait ça. Il ne devrait même pas être capable de penser au moindre mot mis à part *baise-moi* et *encore*, pas s'il est passionné par une femme.

Elle caresse ma barbe, l'air pensif.

— La prochaine fois, tu voudras bien narrer ton expérience avec le sexe depuis ton point de vue masculin ?

— Non.

Je l'embrasse, puis je ne peux résister à l'envie de l'embrasser à nouveau, plus longtemps, cette fois. Je roule au-dessus d'elle, fourrant mon nez dans son cou, respirant son odeur fleurie et sexy et la désirant à nouveau.

Nous sommes lundi matin, et je me dirige vers mon rendez-vous officiel à la banque avec Jules. C'est la première fois que je quitte Alice depuis mon arrivée, et le plus étrange, c'est de voir à quel point je supporte mal de devoir la laisser à l'hôtel.

Elle va bien, elle est heureuse, même, parce que lorsque je ne lui présente pas les plaisirs qu'elle ne connaissait jusqu'alors que dans son imagination – et elle a une fantastique imagination érotique – elle est plongée dans une frénésie d'écriture. J'essaie de prendre comme un compliment le fait d'être une source d'inspiration sans fin, mais je crains de n'être en réalité qu'une distraction de son obsession principale, son livre, alors que c'est elle, mon obsession principale. Bon sang. Tout cela n'était censé être qu'un arrangement temporaire, dans un but spécifique qui arrive presque à son terme, et je ne veux pas que ça se termine. Non pas que j'aie vraiment envie de me fiancer. Je veux simplement profiter de sa présence plus longtemps, pour voir comment les choses vont évoluer. Ce ne sera peut-être même pas une option, parce qu'Alice parle déjà de retourner à Villroy, de finir son manuscrit en retard et de le rendre en mains propres à son éditeur à New York, dans un « glorieux moment de triomphe ». Elle a déjà mentionné deux fois son futur retour triomphant. Pas une fois elle ne m'a mentionné dans ce futur.

Je ne suis peut-être qu'une inspiration.

Peut-être que le karma vient me frapper en plein visage pour m'être montré si désinvolte avec les femmes toute ma vie.

Peut-être que je suis amoureux.

Je me fige en plein milieu du trottoir. Est-ce de cela qu'il s'agit ? Cet état d'agitation, où rien ne semble aller tant qu'elle n'est pas dans mes bras ? C'est *horrible*. Si c'est bien ça, alors je déteste l'amour, surtout parce que je sais qu'elle ne partage pas mes sentiments. Si c'était le cas, elle ne serait pas si pressée de se remettre au travail et de retourner aux États-Unis. Elle trouverait des moyens de prolonger notre temps passé ensemble. Comment ai-je pu m'autoriser à tomber amoureux de la seule femme de laquelle je ne voulais surtout pas tomber amoureux ? Pourquoi ai-je choisi quelqu'un de si indisponible émotionnellement ? Je savais qu'elle était complètement déboussolée et qu'elle sortait d'une relation qui avait mal tourné. C'est comme si je m'étais saboté volontairement. J'ai peut-être vraiment peur de m'engager, et cela ne fait que le prouver. Je ne suis capable d'aimer qu'une personne qui ne m'aime pas.

Je me passe une main sur le visage. Je devrais peut-être lui dire ce que je ressens. Peut-être que je ne suis pas le seul. Je me retourne et vois l'expression de marbre de mes gardes, Louis et Michael. Ils se demandent probablement pourquoi je reste planté là sur le trottoir plutôt que de me rendre à mon rendez-vous.

— Je réfléchis, dis-je, même si aucun d'eux n'a posé de question.

Louis incline légèrement la tête. Michael reste impassible.

Je me retourne et me dirige à grands pas vers la banque. Je suis ici pour accomplir un job – obtenir un prêt pour Villroy. Je suis le directeur financier, bon sang. Je ne peux pas me laisser happer par le marasme émotionnel compliqué d'une relation que j'essayais d'éviter au départ.

C'est ta faute, tu l'as séduite.

Non, c'est elle qui m'a séduit.

Tu as dépassé les bornes, et tu le sais. Tu ne peux t'en prendre à personne d'autre qu'à toi-même.

Je deviens fou, à me disputer ainsi avec moi-même. J'ouvre la porte de la banque et entre, me dirigeant droit vers le bureau de la réception pour faire savoir à Jules que je suis arrivé.

Quelques minutes plus tard, je suis mené dans son bureau et un autre homme, David, nous rejoint. David a l'air d'avoir dans les cinquante ans, il a des cheveux bruns clairsemés et arbore ce qui est peut-être un froncement de sourcils permanent, les rides profondément gravées sur son visage. Il est chargé des prêts de construction. Jules s'occupe des prêts d'entreprise, et je ne savais pas qu'il s'agissait de départements séparés. Il semblerait que je ne sois pas aussi près de la ligne d'arrivée que je le pensais. Nous avons besoin d'un prêt de construction pour développer nos infrastructures de manufacture, même si des fonds supplémentaires pour démarrer ne pouvaient pas faire de mal.

Après un bref échange de banalités, je leur remets ma proposition et passe les chiffres en revue, espérant qu'ils voient que notre projet pour la nouvelle entreprise commerciale de Villroy est relativement sérieux. Nous avons déjà une industrie de la pêche bien établie. Nous allons juste prendre ce que nous avons et le transférer dans un autre produit. Les pêcheurs continueront d'être impliqués, ils continueront même à pêcher, même si ce sera pour un autre genre de prise. Des ingrédients locaux tirés de la mer, comme de l'huile de poisson, des éponges et du sel marin, serviront à la manufacture d'une ligne de cosmétiques, qui serait présentée et vendue dans le spa de jour. Nous pourrons même élargir notre offre en vendant les cosmétiques sur le marché global. En plus, il y a de la place pour d'autres constructions sur la parcelle de terrain plat située près du spa, peut-être un restaurant de fruits de mer.

— Tout semble être en ordre, dit Jules. Je pense que vous avez de bons arguments.

Il se tourne vers David.

— Qu'en penses-tu ?

David fronce les sourcils et croise les mains sur son ventre rebondi.

— Jules, je sais que tu es ami avec le roi de Villroy, raison pour laquelle tu as envie d'approuver leur projet, mais j'aimerais avoir un peu plus d'informations. J'aimerais voir ce qu'ils font là-bas.

— Bien sûr, intervins-je. Vous êtes le bienvenu quand vous le voulez. Nous pouvons vous faire visiter le site sans aucun problème. Vous verrez que le spa est presque terminé, et je pourrais vous montrer l'endroit où nous espérons étendre les manufactures.

Jules et David discutent rapidement de possibles moments pour se rencontrer, avant de se décider pour mercredi.

— Mercredi, c'est parfait, dis-je en me levant pour leur serrer la main.

Ils se lèvent à leur tour et me serrent la main.

— Merci de votre confiance. Je suis sûr que vous serez encore plus rassuré après avoir fait la visite.

— J'en suis certain, répond Jules avec un sourire. Comment va votre fiancée ? Céleste a été très impressionnée par elle. Elle m'a dit que c'était une femme délicieuse.

Mon torse se bombe de fierté. J'ai bien choisi. Une seconde, ce n'est pas moi qui l'ai choisie. C'est Anna qui a tout organisé. Je suis le seul à être tombé amoureux. Cela refroidit mon enthousiasme et tempère ma voix.

— Elle est délicieuse, c'est vrai. Merci.

— Sera-t-elle présente pour la visite ? demande Jules.

— Je peux lui demander de se joindre à nous.

— Excellent. J'attends ça avec impatience.

David m'adresse un hochement de tête, puis s'en va.

Je me dirige vers la porte, pressé de retrouver Alice pour lui apprendre la bonne nouvelle au sujet de la banque. Puis je réalise que je devrais d'abord faire mon rapport à Gabriel et Anna. J'appelle Gabriel et tombe sur sa boîte vocale.

— C'est Lucas. On dirait bien que c'est gagné pour le prêt bancaire. Jules a parlé pour nous. Il veut juste faire une visite du site avec un autre banquier, et ensuite ça devrait être bon. Je suis sur le chemin du retour.

Dès mon retour dans la suite, je vais dans la chambre d'Alice. Elle est installée devant son ordinateur, à un petit bureau face à la fenêtre, ses écouteurs réducteurs de bruit sur la tête. Je ne veux pas la faire sursauter. Ses doigts ne bougent pas, ce qui veut dire qu'elle réfléchit. Je me glisse dans sa vision périphérique et attends qu'elle remarque ma présence.

— Oh, tu es déjà de retour !

Elle retire ses écouteurs et les pose sur le bureau, avant de sauvegarder son document. C'est une maniaque des sauvegardes.

— C'est une bonne ou une mauvaise chose ?

Je ne peux m'empêcher de la toucher. Je place une mèche de ses cheveux blonds et doux derrière son oreille et l'embrasse.

— Une bonne chose. Ils vont effectuer une visite du site à Villroy mercredi, pour tout vérifier, et ensuite ça devrait être bon.

Elle bondit sur ses pieds et jette ses bras autour de moi.

— C'est génial ! Je suis si heureuse pour toi !

Je respire son odeur de fleurs et d'Alice.

— Tu as joué un grand rôle dans ce succès. Ils ont vu que j'étais sérieux, et que je ressemblais plus à un homme engagé qu'à un globe-trotter.

Elle s'écarte et m'adresse son doux sourire. Mon cœur bat plus fort.

— C'est facile de jouer les fiancées avec toi. Si tu avais été mon vrai fiancé, avant, je n'aurais probablement jamais eu de panne d'écriture. Ce n'était pas que j'étais trop occupée à préparer le mariage, je veux dire, je l'étais, mais c'était aussi parce que je n'étais pas honnête avec moi-même. J'ai réalisé que je me dénaturais pour être celle à laquelle il s'attendait et qu'il voulait. Il aimait faire du vélo, alors j'allais faire du vélo, même si je détestais ça et que cela me faisait mal à l'entrejambe.

J'étouffe un rire ; parfois, ses tournures de phrases sont tellement drôles.

— J'ai aussi fait un régime draconien après sa demande en mariage, parce qu'il avait dit qu'il fallait que je sois jolie sur les photos de mariage.

Une vague de fureur m'envahit.

— Quel connard ! Il t'a insultée, t'a forcée à te priver, alors que pendant tout ce temps il te trompait !

Je jure que si un jour je rencontre son ex, je lui mettrai mon poing dans la gueule.

Ses joues deviennent roses.

— C'est gentil à toi de prendre mon parti.

— Tout le monde ferait la même chose. C'était un vrai crétin et tu mérites beaucoup mieux.

Son regard cherche le mien.

— Est-ce que tu aurais quand même voulu de moi si j'avais pesé onze kilos de plus ? Tu m'as vue après le régime. J'étais encore plus grosse au lycée.

Mes tripes se crispent et je me sens en colère contre toutes les personnes qui ont pu la faire se sentir mal dans sa peau.

— Eh bien, tu n'es plus au lycée, dis-je d'un ton léger tout en caressant sa joue avec mon pouce. Et c'était un nombre drôlement spécifique.

Elle baisse les yeux sur elle-même, passant une main sur son ventre mou.

Je lui prends la main et dépose un baiser sur sa paume.

— Oui, j'aurais eu envie de toi quoi qu'il en soit, parce que tu es follement sexy et que ça aurait voulu dire que tu avais encore plus de courbes.

Elle prend un air sceptique.

— Il y aurait eu plus à aimer, c'est ça ?

Ma bouche s'assèche. Devrais-je dire quelque chose à propos de l'utilisation du mot aimer ? Ce pourrait être l'ouverture dont j'ai besoin. Je pourrais dire « Non, pas plus, juste toi. Je crois que je t'aime, Alice. » Mais est-ce que je le crois, ou est-ce que je le sais ? Comment en avoir la certitude ?

— Tu n'es pas obligé de répondre à ça, dit-elle doucement. Les hommes sont des créatures visuelles. Tu me l'as expliqué.

Mon hésitation l'a poussée à combler le silence avec la mauvaise chose. Elle fait ça, parfois, n'étant pas encore convaincue de ses charmes. Comment l'en blâmer, sachant comment son ex la traitait ?

Je décide de conserver un ton léger :

— Est-ce que tu aurais quand même envie de moi si j'étais chauve à onze pour cent ?

Je repousse mes cheveux de mon front, les couvrant à deux mains. Je ne m'inquiète pas, ces cheveux épais ne sont pas près de disparaître.

Elle rit, et je souris.

— Les chauves, c'est sexy.

Elle m'embrasse, ses doigts effleurant ma barbe.

— Combien de temps nous reste-t-il avant de devoir retourner à Villroy ?

— Autant de temps que tu veux, dis-je d'une voix rauque, songeant déjà à toutes les possibilités impliquant de nous déshabiller.

— Super !

Puis elle s'assoit à son bureau, remet ses écouteurs et commence à taper sur le clavier.

Je reste là, écarté à nouveau au profit de son livre, et je regarde les mots se former sur la page. La fripouille fait à nouveau des siennes. Elle m'a traité de fripouille, un jour. Est-ce que je suis le héros de son histoire ?

Elle me regarde par-dessus son épaule, enlevant l'un de ses écouteurs.

— Ne regarde pas, d'accord ?

— J'imagine que c'est un compliment que tu sois capable d'écrire en ma présence, vu que ton ex te provoquait des pannes d'écriture.

Je ne me sens pas insulté par le fait que tu n'arrêtes pas de retourner à ton histoire parce que je suis si oubliable, ajouté-je silencieusement.

Elle m'adresse son doux sourire et ma poitrine se serre. J'ai besoin de ce sourire dans ma vie.

— Ça veut dire que tout va bien dans mon monde.

Je ne peux m'empêcher de sourire largement. C'est moi qui ai fait ça. J'ai fait en sorte que tout aille bien dans son monde, et d'une certaine manière, elle a fait la même chose pour moi. Maintenant, je vais juste devoir trouver comment faire en sorte que cela se transforme en vraie relation.

～

Alice

Nous rentrons à Villroy à temps pour dîner avec Lucas et sa famille dans la salle à manger officielle. Il voulait que tout le monde soit là pour annoncer la bonne nouvelle au sujet des banquiers. Je suis un peu nerveuse à l'idée de rencontrer Gabriel, le roi, sans parler de rencontrer ses autres frères, le Prince Oscar et le Prince Adrian. Ça fait beaucoup de membres de la royauté dans une seule pièce. Au moins, je me sens à l'aise avec Anna. C'est une fan d'Alice. Ah, ah !

Lucas s'est montré assez chevaleresque, même lorsque nous étions en privé. J'imagine que tout ce sexe lui a donné envie d'être gentil avec moi. J'ai envie d'être gentille avec lui, moi aussi. Il me fait me sentir si bien, et après avoir à ce point touché le fond dans ma vie, je ne peux m'empêcher de ressentir de l'affection pour lui. Je ne m'attends pas à ce que nous ayons une relation. Je sais qui il est, et la vérité, c'est que je ne suis pas prête pour une nouvelle relation. Cela ne veut pas dire que je ne vais pas profiter de sa présence tant que c'est possible.

Nous sommes dans le couloir, juste devant la porte de la salle à manger, quand mon téléphone sonne, me faisant sursauter. Mince. J'ai oublié de le mettre sur vibreur. Cela aurait pu causer un gros faux pas royal. Je le récupère dans mon sac à main et vois une notification de message vocal provenant de Mason. Il y a aussi quatre messages. Je les ouvre rapidement au cas où il s'agisse de mon éditrice ou de mes parents, mais il n'y a que des messages au ton urgent de la part de Mason.

Où es-tu ? Rappelle-moi, s'il te plaît.

Il faut vraiment qu'on parle.

Alice, c'est important. Appelle-moi.

Réponds-moi au moins par message. Où es-tu ?

Je passe le téléphone en mode vibreur et le remets dans mon sac à main.

Lucas laisse échapper un soupir qui effleure mon oreille.

— Il ne mérite pas ton attention.

Je lève les yeux vers lui.

— Je sais. Je pense qu'il en est à l'étape de l'humiliation. Plus je reçois de messages et de messages vocaux, plus j'imagine les excuses s'empiler. Ensuite, quand cela finira par s'arrêter, je saurai qu'il a abandonné et qu'il est dans un état de désespoir pitoyable. C'est ma petite revanche personnelle.

Il soulève un coin de sa bouche.

— Tant que c'est pour des raisons abominables.

Une fois dans la salle à manger, Lucas pose sa main au bas de mon dos et me guide vers ma chaise. Nous nous sommes habillés pour le dîner, Lucas dans un costume bleu marine, sans cravate, et moi dans une robe bordeaux à manches courtes dont la jupe s'évase et tourbillonne si je tourne sur moi-même, ce que, bien sûr, j'ai dû faire plusieurs fois dans ma chambre. Deux hommes qui doivent être ses frères sont déjà assis à la table, vêtus d'une chemise, sans veste et occupés à plaisanter ensemble. Je parie que Lucas s'est mieux habillé parce qu'il a besoin d'impressionner Gabriel avec son triomphe professionnel. Il veut être vu comme un potentiel directeur. Je dois dire, en regardant ses frères en vrai pour la première fois, que la ressemblance est forte, dans cette famille (mes excuses à M. Skywalker). Mêmes cheveux noirs épais, mêmes pommettes anguleuses, mêmes lèvres pleines et sensuelles et mêmes épaules larges. Selon mon opinion parfaitement impartiale, cependant, Lucas est le plus beau des trois.

— Salut, dit Lucas à ses frères. Je suis content que vous soyez présents tous les deux. Voici Alice.

Ils se lèvent pour me saluer alors que Lucas ajoute :

— Mes frères, Oscar et Adrian.

— Je suis Oscar, dit l'un des hommes en contournant la table pour me tendre la main.

De près, il est si éblouissant que je rougis des pieds à la tête. Désolée, Lucas. Je ne sais pas ce qu'il y a chez Oscar. Ses yeux sont de la même teinte bleu-vert que ceux de Lucas. Il a un début de barbe sexy, mais à part ça, il ressemble à Lucas, en juste un tout petit peu différent. Je tends ma main avec un temps de retard et il la soulève pour déposer un baiser au dos, son regard rivé sur moi. Comme s'il savait exactement l'effet qu'il faisait aux femmes.

— Assez, lâche Lucas.

Un petit sourire joue sur les lèvres d'Oscar alors qu'il me murmure :

— Vous êtes charmante.

Il relâche ma main, avant de la reprendre, examinant ma bague.

— Cette bague est magnifique.

Il se tourne vers Lucas.

— Ce n'est pas celle de Grand-mère ?

Je ris tout en retirant ma main de la sienne pour admirer la bague.

— Oh non ! On dirait une vraie bague de luxe, mais en

fait, c'était une occasion achetée à un bijoutier en ligne à cause de ses défauts.

Oscar et Lucas échangent un regard.

Attendez, quoi ? C'est *vraiment* un héritage familial ? Oh mon Dieu. Je portais cette bague quand j'ai enroulé ma main autour du sexe de Lucas et quand je lui ai agrippé les fesses ! D'accord, c'était un rubis royal pressé contre un sexe et un cul royaux, mais quand même. *Arrête de penser à des sexes et des culs !* Je rougis. Je me suis même douchée avec cette bague, faisant couler du savon et du shampoing à tort et à travers sur un rubis et des diamants sans défaut. Ce truc devrait être dans un coffre-fort de sécurité maximale, dans des conditions d'air pur et sans aucune lumière, ou quoi qu'ils puissent faire avec les bijoux précieux. Et dire que chaque fois que je m'émerveillais de sa beauté, Lucas n'avait aucune réaction. Pourquoi m'a-t-il dit que c'était une occasion achetée en ligne ?

— C'est ma fiancée, dit Lucas d'un ton mordant. Il lui fallait une bague de fiançailles.

— Oh, m'exclamé-je. Nous avons joué à un petit jeu de fiançailles. Je l'ai aidé à montrer qu'il avait les pieds sur terre pour les affaires, et il m'a donné de l'inspiration pour mon histoire. Je suis une auteure de romance, et les fausses fiançailles sont très populaires auprès des lectrices.

Oscar dévisage Lucas.

— Tu t'es fiancé pour de faux ?

— Oui. Et n'en dis pas un mot devant Gabriel.

Je fixe Lucas.

— Pourquoi ?

Lucas secoue la tête.

— Plus tard.

Je sens que quelque chose cloche.

— D'accord, articule lentement Oscar en haussant un sourcil, avant de se tourner vers moi. Tu es une amie d'Anna ?

J'ouvre la bouche pour répondre quand Lucas rétorque d'un ton agressif, comme si la curiosité d'Oscar était un affront personnel :

— Oui. On s'est rencontrés par l'intermédiaire d'Anna.

Lucas se montre peut-être protecteur, s'assurant que je n'ai pas à expliquer ma lune de miel en solitaire. J'imagine que c'est mon accent américain qui a fait penser ça à Oscar. J'aimerais bien être l'amie d'Anna, en fait.

Une lueur amusée brille dans les yeux d'Oscar.

— Félicitations pour vos fausses fiançailles.

Adrian nous rejoint, jetant un œil à la bague avant de croiser mon regard d'un air inquisiteur. Ses yeux sont noisette, contrairement à ceux de ses frères, et il a une barbe de plusieurs jours, comme s'il avait oublié de se raser. À moins qu'il ne se fasse pousser la barbe.

— Ravi de vous rencontrer, Alice.

— Merci. C'est un plaisir pour moi aussi.

Adrian et Oscar retournent à leurs chaises. La main de Lucas revient se poser au bas de mon dos alors qu'il me guide à ma chaise, qu'il tire pour moi avant de la repousser lorsque je me suis assise.

— Merci, murmuré-je.

— De rien, répond-il avant de s'asseoir à côté de moi.

Oscar imite Lucas, tirant une chaise pour Adrian en en faisant des tonnes.

— Fermez-la, dit sèchement Lucas.

— J'ai dit quelque chose ? demande Oscar.

Il émet un petit rire en s'asseyant, avant de dire à Adrian :

— On dirait que Lucas a retenu quelque chose de ces leçons d'étiquette obligatoires.

— Il a juste fallu la bonne motivation, répond Adrian avec un sourire.

— Ignore-les, s'il te plaît, me dit Lucas.

— Depuis combien de temps êtes-vous ensemble, tous les deux ? demande Oscar.

— Êtes-vous ensemble ? demande Adrian.

— Évidemment qu'ils le sont, réplique Oscar. Regarde un peu comment il la regarde. Et tu l'as déjà vu utiliser une seule de ces leçons d'étiquette dont on nous a gavés ?

— Elle a l'air mal à l'aise, remarque Adrian. C'est peut-être juste un jeu.

— Avec la bague de notre grand-mère ? demande Oscar d'un ton incrédule.

Je gigote sur mon siège. Nous ne sommes pas ensemble. À moins que si ? Je suis troublée. Sommes-nous dans une amitié spectaculairement améliorée, ou y a-t-il quelque chose de plus ?

La main de Lucas se referme sur la mienne sous la table, l'étreignant brièvement.

— Nous sommes ensemble.

Je me tourne vers lui, une vague de nervosité me submergeant, ne sachant trop ce que cela veut dire.

Il place sa main contre ma nuque, m'attirant plus près et murmurant directement à mon oreille :

— Tu es à moi, et je ne veux pas qu'ils se fassent des idées.

Je frémis au ton purement possessif de sa voix. Quand est-ce que c'est arrivé ? Est-ce que je viens de tomber malgré moi dans une relation sérieuse ? Je suis prise de sueurs froides. Je ne suis pas prête pour ça.

Et n'est-ce pas complètement dingue que Lucas s'imagine que ses sublimes frères peuvent eux aussi être intéressés par moi ? Moi, la femme qui n'a reçu qu'une poignée de propositions peu enthousiastes de la part d'un homme en vingt-trois ans, je me retrouverais soudain avec trois princes magnifiques se battant pour moi ? L'écrivain en moi réfléchit à cette possibilité pour mon prochain roman. Tout peut servir à alimenter mon prochain livre. Au moins, maintenant j'ai des choses plus intéressantes à écrire qu'un triangle amoureux avec des hommes qui finissent brisés.

— Alice ?

Je redescends sur terre et regarde Oscar et Adrian, ne sachant trop lequel des deux a parlé.

— Oui ?

— Puisque tu sors avec mon frère, dit Oscar avec un sourire diabolique, tu devrais savoir qu'un jour, Lucas est arrivé en courant, nu à partir de la taille, droit dans la garden-party de notre mère, la *reine*.

Je souris, imaginant la scène dans mon esprit. Une vraie

garden-party, parmi des membres de la royauté. Un Lucas tout nu. Attendez.

— Tu avais quel âge ? demandé-je à Lucas.

— J'avais sept ans, répond-il sèchement.

— Alors que la reine d'Alvilda nous rendait visite, ajoute Oscar, une lueur d'amusement dansant dans ses yeux.

Je pouffe de rire, imaginant un Lucas de sept ans, tout nu, se précipitant à travers la foule et s'exhibant devant tout le monde. Les reines convenables et leurs tasses de thé s'immobilisant à mi-chemin de leurs lèvres.

— Je fuyais l'aiguille du docteur, réplique Lucas pour sa défense.

— J'avais cinq ans et j'attendais mon tour avec dignité, rétorque Oscar.

Lucas pointe un doigt vers Oscar.

— Il n'arrivait pas à prononcer certaines syllabes quand il était petit. Chaque fois qu'il chantait une souris verte, toute la famille pensait qu'il parlait de jolie verge.

— Une jolie verge ? raille Adrian.

— Je l'attrape par la queue, continue Oscar d'une voix innocente et enfantine. Je la montre à ces messieurs.

Nous éclatons tous de rire. Les frères continuent leurs plaisanteries, se balançant les uns les autres pour moi avec des histoires hilarantes. Ils ont vraiment eu une enfance déchaînée, ici. Je ris tellement que j'oublie de m'inquiéter à propos de toute cette histoire de relation. Des domestiques arrivent et nous offrent à boire avant de partir discrètement, nous laissant à notre conversation.

Je profite de mon vin, me sentant étonnamment détendue en compagnie de ces membres de la royauté, quand un domestique entre et annonce :

— Leurs Majestés le Roi Gabriel et la Reine Anna.

Je me redresse, songeant que je devrais me lever et faire une révérence, mais tous les autres restent assis, alors je me contente d'incliner la tête dans leur direction. Gabriel est vêtu d'une manière formelle, dans un costume gris avec une cravate, la mâchoire serrée et l'expression morose alors qu'il dirige Anna vers le bout de la table, une main posée au bas de son dos.

— Bonjour tout le monde, dit Anna, qui rayonne de bonne humeur.

Elle est vêtue avec élégance d'une robe rose pâle à manches courtes avec un profond décolleté en V à l'avant et un petit nœud mignon sur le côté. Elle assure dans son style de femme enceinte.

Un chœur de bonjour lui répond. Elle me serre l'épaule en passant devant moi.

— Contente de te revoir, Alice.

Je souris et me tourne vers elle.

— Moi aussi.

Elle s'arrête net et fixe ma main serrée dans celle de Lucas et posée sur sa cuisse. C'est lui qui l'a mise là. Je libère ma main et le rubis de la bague accroche la lumière et se met à scintiller. Je cache vivement ma main sous ma jambe.

Anna croise mon regard, l'air ravie. Après tout, c'est elle qui a trouvé l'idée des fausses fiançailles.

— Votre grossesse vous rend resplendissante, remarqué-je.

Elle passe la main sur son gros ventre rond et lui sourit.

— Merci.

— Gabriel, voici Alice, dit Lucas.

Je me tourne vers un Gabriel lugubre qui me surplombe, et je déglutis. J'incline la tête, un peu secouée par le regard noir de Gabriel.

— Ravie de vous rencontrer, votre Majesté.

— Vous aussi, Alice, répond-il, d'un ton très formel.

Quelque chose ne va pas chez lui, et je crains d'être sur le point d'être témoin d'une confrontation entre lui et Lucas, qui, pour ce que j'en sais, est celui envers qui il semble le plus mécontent. Je regarde Lucas, mais son expression est impassible.

Gabriel est désormais assis en bout de table, Anna à ses côtés. Les frères sont tous sérieux et silencieux. Gabriel est-il du genre à gâcher l'ambiance ? Il y a clairement de la tension dans l'air. Gabriel fait un geste pour appeler un domestique, et un homme se précipite pour verser de l'eau à Anna, puis au roi. Je suspecte Gabriel d'avoir ordonné ce verre d'eau par égard pour sa femme enceinte. Assurément, Anna, si chaleureuse et amicale, n'aurait pas choisi d'épouser Gabriel s'il avait toujours été si lugubre et intimidant, n'est-ce pas ?

Quelques instants plus tard, deux domestiques entrent dans la pièce avec les assiettes du premier plat, une soupe froide.

— J'espère que vous aimez le gaspacho, dit Anna. J'avais une envie subite.

— Tout ce qui peut faire plaisir au bébé, répond Oscar.

Anna sourit.

— Fais attention, parfois, elle veut des macaronis au fromage avec du ketchup.

Les frères poussent un grognement de dégoût. Gabriel garde le silence, son regard se fixant sur moi, puis sur Lucas. Il n'a pas l'air content.

Je me concentre sur ma soupe. Je me dis que, peut-être, Lucas devrait annoncer à Gabriel sa bonne nouvelle au sujet de la banque, pour faire baisser un peu la tension ici, mais je me tais au cas où Lucas attendrait un moment spécial.

La table reste silencieuse alors que nous dégustons notre soupe, les seuls sons étant les cliquettements occasionnels d'une cuillère. Puis Gabriel lance sèchement :

— J'ai eu des nouvelles de Jules.

Lucas se redresse, posant sa cuillère.

— Oui. Les choses semblent en bonne voie. Je comptais annoncer la bonne nouvelle après le repas. Je pense pouvoir signer le prêt après la visite du site de mercredi. Ils veulent juste voir ce qu'on fait ici.

— C'est merveilleux ! s'exclame Anna.

— Beau travail, dit Oscar.

Adrian sourit et continue de manger.

Gabriel conserve un air sérieux.

— Lucas, tu as mené à bien ta ridicule idée de fiançailles derrière mon dos, après que je t'ai explicitement demandé de ne pas le faire. Jules en a parlé, me prenant par surprise.

Je prends une brusque inspiration. Je ne savais pas que le roi était opposé à l'idée. Pourquoi Lucas ne me l'a-t-il pas dit ? Je n'aurais jamais accepté de le faire si j'avais su que le roi était contre.

Lucas m'a menti.

Mon estomac se noue et de la bile me remonte dans la gorge. C'était un mensonge par omission, mais c'était quand même un mensonge. Après avoir juré sur sa vie de toujours être honnête à cent pour cent avec moi. Il m'a dit qu'il était un homme d'honneur, et je l'ai cru. Après tout ce que j'ai traversé, il sait à quel point l'honnêteté est importante pour moi. J'avais confiance en lui.

Lucas n'est pas l'homme que je croyais. J'ai besoin d'un homme intègre. Pas d'une personne qui vous trompe parce que c'est plus pratique. Je ne peux pas être avec un homme comme ça, surtout après la profusion de mensonges que m'ont débités Mason et Riley. J'ai désespérément envie de fuir, mais je me sens trop chancelante pour y arriver.

— Tout a bien tourné, répond Lucas dédaigneusement.

Je me raidis. Même si je suis une nouvelle venue, je sais que son ton nonchalant va irriter le roi. Que se passe-t-il lorsque vous allez à l'encontre des demandes du roi ? Tout un tas de possibilités affreuses tourbillonne dans mon esprit – l'excommunication, l'exil, être envoyé moisir dans un donjon pour le restant de ses jours.

— Je suis d'accord avec Lucas, intervient Anna. Tout a bien tourné.

Je suis figée sur place, j'ai la nausée et je ne sais pas vraiment quoi dire ou faire.

Gabriel se tourne vers Anna.

— Tu savais que Lucas était allé au bout de son idée de fiançailles après que je lui ai dit de ne pas le faire ?

— Non, répond-elle avec gravité.

Elle se retourne pour nous regarder moi et Lucas, avant de reporter son regard sur son mari.

— Mais je l'espérais.

— Tu l'espérais ? répète-t-il d'une voix basse qui, je ne sais comment, est encore plus intimidante qu'un cri.

— Oui ! s'exclame-t-elle avec un geste vers nous. C'est

romantique ! Et Alice avait besoin d'inspiration pour son histoire.

Gabriel se renfrogne.

— Oh, alors si Alice a besoin d'inspiration, allons-y…

— Assez, aboie Lucas, attirant l'attention de tout le monde sur lui. Laisse Alice en dehors de ça.

— C'est ce que je compte faire, réplique Gabriel d'un ton mordant. C'est toi seul que je tiens pour responsable, et quand tout t'explosera au visage, ce qui finira par arriver, je ne veux rien avoir à faire avec ça, et tu n'aurais plus aucun rôle à jouer dans notre entreprise.

Mon estomac se serre. Lucas est allé au bout de nos fausses fiançailles en sachant qu'il risquait d'être mis à l'écart de l'entreprise qui a tant d'importance pour lui ? Pourquoi ferait-il ça ? La seule raison à laquelle je puisse songer, c'est qu'il est prêt à faire tout ce qu'il faudra pour atteindre son objectif, par tous les moyens nécessaires. Je ne crois pas que la fin justifie toujours les moyens. L'honneur et l'intégrité sont importants.

— Gabriel, dit doucement Anna, avant de lui murmurer quelque chose.

Il prend sa joue en coup, passant son pouce sur sa joue dans un geste tendre.

— Chérie, je ne peux rien te reprocher à cause de ton stade avancé de grossesse, qui te rend sentimentale.

— Tout n'est pas dicté par les hormones ! proteste-t-elle.

Des domestiques entrent et la pièce devient silencieuse à nouveau alors que nos verres sont remplis. Je vide rapidement mon verre de vin et en accepte un autre.

Lucas prend la parole dès que les domestiques partent.

— Les banquiers conservateurs accordent de l'importance à l'institution du mariage. Nous devons continuer.

Ma gorge se serre et mes yeux me brûlent. Pourquoi est-ce que ça fait si mal de savoir qu'il se sert de moi pour améliorer son image ? Nous nous servons l'un de l'autre.

Je l'ai trop laissé se rapprocher de moi, voilà le problème. Sinon, pourquoi serais-je aussi bouleversée à cause de lui ?

— La vérité finira par sortir, dit Gabriel, raison pour laquelle j'étais contre au départ.

— Les gens nous croient, réplique Lucas. Personne ne remettrait ça en question.

— Et pourquoi en es-tu aussi sûr ? demande Gabriel.

— Parce qu'elle est à moi, répond Lucas d'une voix ferme qui ne souffre aucun argument.

La pièce devient complètement silencieuse. Tout le monde dévisage Lucas, moi y compris. Je serre avec force la serviette sur mes genoux et dit haut et fort :

— Lucas, je ne suis pas à toi.

Sa mâchoire se crispe, mais il ne répond rien.

Je me tourne vers Gabriel, les mots s'échappant de ma bouche avec précipitation :

— Je voulais juste aider, Votre Majesté. Je n'irai pas à la visite du site avec les banquiers. Je suis vraiment désolée. Je ne savais pas que vous étiez opposé à l'idée des fausses fiançailles, et j'avoue que j'étais partante en grande partie pour que cela profite à mon histoire, parce que j'ai eu une sérieuse panne d'écriture et que mon livre était tellement en retard. Si Jules pose la question, vous pourrez simplement lui dire que nous avons mis fin à nos fiançailles par consentement mutuel.

Gabriel incline la tête de manière régalienne.

— Alice, merci. Il serait plus sage de mettre fin à cette mascarade, comme vous l'avez dit. Si seulement Lucas avait la moitié de votre bon sens. Je ne vous tiens pas responsable. De ce que j'ai compris, vous étiez dans un état particulièrement vulnérable. Je suis désolé que mon frère dévoyé ait profité de ça.

Je jette un œil à Lucas, qui arbore un air renfrogné, avant de reporter mon attention sur Gabriel, le cœur au bord des lèvres.

— Il n'a pas profité de moi.

C'est moi qui me suis jetée sur lui dans cette limousine, pensant stupidement que notre amitié solide rendrait le sexe sans lendemain possible. Sauf que maintenant, j'ai trop mal pour qu'il se soit simplement agi de sexe sans lendemain. Je suis un tel désastre ambulant. Je voulais que cela reste décontracté parce que j'étais terrifiée par l'idée d'entamer une relation, et je réalise seulement maintenant que c'est déjà une relation, en quelque sorte, et que cela doit cesser. Il a trahi ma confiance, et sa promesse.

— Un état vulnérable ? répète Oscar en regardant tout le monde autour de la table. Quelqu'un voudrait bien m'expliquer, s'il vous plaît ?

Anna le rabroue d'un signe de tête, avant d'adresser un regard entendu à Gabriel.

— Je ne peux pas faire machine arrière, dit Lucas en se tournant vers moi. Jules t'aime bien. Il aime la personne que je suis avec toi.

Je cligne rapidement des yeux, luttant pour ne pas pleurer. Je dois m'éloigner pour protéger mon cœur vulnérable. Il vient à peine d'être recollé.

— Tu parles des manières princières ? demande Oscar.

Il se tourne vers Anna et ajoute :

— Il a même tiré une chaise pour elle.

— Je suis curieuse aussi, dit Anna. Qui es-tu avec elle ?

Lucas se tourne vers Anna.

— Je suis moi, mais en plus posé. Plus respectable.

Je ne peux supporter ça plus longtemps. Je me lève et parcours les personnes autour de la table des yeux.

— Excusez-moi, tout le monde. Je n'ai pas très faim, finalement.

Je repousse ma chaise et Lucas m'attrape le poignet.

— Lâche-moi, ordonné-je sèchement.

— Je viens avec toi.

Je me baisse et murmure :

— Non. J'ai besoin d'être seule.

Il me relâche et je dis bonne nuit à tout le monde. J'ai à peine passé la porte que j'entends Anna s'exclamer bruyamment :

— Bon sang ! Vous lui avez fait peur !

Je secoue la tête et continue à avancer. Je n'ai pas peur. Je me montre maligne. Le drapeau rouge qui s'est érigé dans ma tête concernant Lucas est impossible à ignorer – il a menti. Fin du jeu.

15

Lucas

J'accorde un peu de temps à Alice pour se calmer avant de monter jusqu'à sa suite dans l'aile est. J'imagine qu'elle est en train de taper frénétiquement sur le clavier de son ordinateur, ses écouteurs sur les oreilles pour bloquer les sons du monde extérieur, comme elle le fait toujours. Elle est en colère parce que je suis allé à l'encontre des souhaits de Gabriel, mais je savais que tout se passerait bien. Et une partie de moi savait que l'attirance était trop forte pour que je réussisse à rester loin d'elle. Je voulais jouer le rôle de son fiancé et la faire sourire en sortant le grand jeu princier dont elle rêvait. Tout ce que j'ai à faire, c'est lui expliquer tout ça. Elle est du genre romantique et elle appréciera d'entendre tout le romantisme de mes intentions.

Je frappe, juste au cas où elle pourrait m'entendre, mais elle ne répond pas. J'ouvre la porte et la trouve assise sur le canapé du salon avec son ordinateur, ses écouteurs sur les oreilles et ses doigts tapant rapidement et frénétiquement sur le clavier. Elle s'assure probablement que la fripouille (moi) ait le sort qu'il mérite. Il faut vraiment que je lise cette histoire. Si les gens font la connexion entre moi et la fripouille de son histoire, et le fait qu'Alice et moi sommes ensemble, cela ne fera que ternir un peu plus la réputation de ma famille. Ma réputation est déjà sur un terrain glissant. Les choses pourraient tourner très mal, surtout si quelqu'un découvre que j'ai menti à propos des fiançailles.

Je me place dans sa vision périphérique et elle sursaute, retirant ses écouteurs. Elle fronce les sourcils.

— Tu aurais dû frapper.

— C'est ce que j'ai fait, dis-je en m'asseyant à côté d'elle sur le canapé. J'adorerais lire ton histoire.

Ses lèvres forment une ligne mutine.

— Tu devras attendre qu'il soit publié. À la réflexion, non, tu ne peux pas le lire. Oh, attends. Tu te fiches qu'on te dise oui ou non. Tu te contentes de faire ce dont tu as envie – elle agite les doigts en l'air – en pensant que ton charme et ton sourire te permettront de t'en sortir en toute impunité.

Elle appuie sur la touche de sauvegarde, ferme son ordinateur d'un coup sec et le pose sur la table basse.

— Excuse-moi. Je suis très fatiguée.

— Alice.

Elle regarde droit devant elle.

— Quoi ?

— Je suis désolé que tu te sois retrouvée embarquée dans la colère de Gabriel.

Ses yeux lancent des éclairs.

— Ne t'excuse pas pour ton frère. Ça n'a rien à voir avec lui. Tu as désobéi à ton roi et tu me l'as commodément caché, m'entraînant là-dedans avec toi.

— C'est exactement ce que j'essayais de dire. Je ne veux pas que tu sois entraînée là-dedans.

Elle lève les yeux vers moi, l'air blessée.

— Pourquoi ne m'as-tu pas dit qu'il était contre ? Je n'aurais jamais été au bout de cette histoire. Tu m'as délibérément caché la vérité.

Sa voix s'étrangle alors qu'elle continue :

— Un mensonge par omission est quand même un mensonge. Tu as juré sur ta vie que tu serais honnête avec moi.

Je lui prends la main, mais elle se libère d'un geste vif. Je laisse échapper un soupir.

— J'ai été au bout de cette idée parce que j'aimais être ton fiancé rêvé. Tu mérites ça.

Ses yeux s'emplissent de larmes.

— Tu aurais pu me le dire. Tu sais à quel point j'ai besoin d'honnêteté après ce que j'ai traversé.

— Je ne te l'ai pas dit parce que je ne pensais pas que tu accepterais de le faire, et que je voulais être avec toi, avoué-je, parlant du plus profond de mon cœur. En faire un jeu était le moyen le plus facile de me rapprocher de toi.

Elle secoue la tête et essuie une larme.

— Arrête de jouer les charmeurs. Tu as été au bout de ton idée pour sceller ton accord commercial. Tu t'es servi de moi.

Je fais un geste vers son ordinateur.

— Et tu t'es servie de moi aussi. Nous le savions tous les deux dès le départ, mais ce n'est plus ce dont il s'agit maintenant.

— Je dois me montrer maligne, cette fois, murmure-t-elle. Tu as eu ce que tu voulais ; j'ai eu ce que je voulais. Alors maintenant…

— Quoi ?

Elle secoue la tête, les yeux fixés au sol :

— J'imagine que je n'ai plus à jouer le jeu.

Je penche la tête, tentant de croiser son regard.

— Ce n'est plus un jeu. Tu dois le savoir.

Elle lève le menton, mais il est tremblant. Ma poitrine se comprime devant sa détresse évidente. Sa voix tremble aussi lorsqu'elle dit :

— Je me servais juste de toi pour mon histoire alors, fais attention à la façon dont tu me traites à partir de maintenant, parce que tout ira là-dedans.

Elle pointe un doigt vers son ordinateur portable, le fixant et évitant mon regard.

— Ce serait un honneur. Et je te traiterai bien.

— Tu n'as pas agi honorablement, dit-elle entre ses dents. Je n'ai plus confiance en toi.

— J'avais de bonnes intentions romantiques.

— Tes intentions étaient mêlées, au mieux. Et tu n'es même pas romantique. C'est moi, ça.

— Alice, même si je pouvais tout recommencer à zéro, je ne te dirais pas que Gabriel était contre les fiançailles, parce qu'alors j'aurais manqué l'occasion d'apprendre à te connaître. Je n'aurais jamais découvert la douce et délicate Alice, avec sa force résiliente enroulée autour d'une tendre vulnérabilité. Et c'est la vérité à cent pour cent. S'il te plaît, ne me repousse pas parce que j'avais envie d'être avec toi.

Elle lève les yeux vers moi, son regard cherchant le mien, peut-être pour vérifier si je pense ce que je dis. C'est le cas. Elle pousse un soupir.

— Lucas, je ne crois pas…

— Tu es à moi.

Les mots sortent un peu brutalement, parce que pour la première fois, je crains d'être en train de la perdre.

— Je ne suis pas à toi, grince-t-elle. Je suis une femme indépendante.

Je replace une mèche de cheveux derrière son oreille et baisse la voix.

— Oui, tu es une femme indépendante.

J'effleure le côté de son cou du bout de mes doigts et ses paupières se ferment à demi. Elle apprécie mes caresses autant que j'apprécie les siennes. Je déplace ma main, maintenant sa mâchoire.

— Et tu es quand même à moi, dis-je d'une voix basse et ferme, les yeux rivés sur elle.

Elle soupire brutalement, les yeux étincelants.

— Je ne peux pas faire ça avec toi ! Tu crois pouvoir passer ton temps à te jouer des gens pour servir tes intérêts !

Elle se calme et dit doucement :

— Je ne veux pas me battre avec toi.

Si c'est ça, se battre avec Alice, ça ne me gêne pas. Tout ce qu'elle dit, tout ce qu'elle fait ne m'attire que plus encore. Et je ne peux m'empêcher de penser qu'elle éprouve de vrais sentiments pour moi. Autrement, elle ne serait pas si blessée par ce qu'elle croit être une trahison de sa confiance. Elle est craintive à cause de sa rupture récente. Je lui prouverai qu'elle n'a aucune raison d'avoir peur. Je ne la trahirai jamais.

— Moi non plus, je ne veux pas me battre avec toi, douce Alice.

Elle cligne des yeux plusieurs fois, paraissant désarçonnée par la marque d'affection.

Je pousse mon avantage, lui pinçant le menton avant de me pencher en avant pour déposer un léger baiser au coin de sa bouche. Son soupir effleure mes lèvres. J'embrasse l'autre coin et elle se déplace, en voulant plus. Je m'écarte, plongeant mon regard dans ses doux yeux bleus.

— J'ai envie d'être avec toi, Alice, peu importe comment on appelle ça. Ne me repousse pas.

Je serre ses cheveux dans mon poing et tire, exposant sa gorge. Elle déglutit visiblement. Je me penche lentement, déposant un baiser sur le point sensible derrière son oreille, fourrant mon nez contre son cou avant de descendre long de sa gorge tout en la goûtant et l'embrassant.

Je lève la tête, nos lèvres à un souffle de distance, et j'attends, l'air crépitant entre nous. Ma main est toujours enfouie dans ses cheveux ; ses mains sont le long de son corps.

Les mots tombent vivement de ses lèvres :

— Nous nous servons l'un de l'autre, Lucas.

J'avance très légèrement, effleurant d'un baiser sa lèvre inférieure. Elle suit le mouvement, cherchant plus, mais je m'écarte.

— D'accord, alors servons-nous l'un de l'autre.

Elle lève une main pour caresser délicatement ma barbe. Je ferme les yeux, ses douces caresses m'apaisant comme rien d'autre ne peut le faire. Dieu merci, elle me touche.

— Je pense que c'est une très mauvaise idée, murmure-t-elle, juste avant de m'embrasser.

Et elle n'est pas délicate, son baiser est brutal, ses mains me tirant les cheveux alors qu'elle mordille ma lèvre inférieure. C'est ça, le sexe en colère avec Alice ? Dites-moi où je dois signer.

Elle attrape ma chemise et essaie d'arracher les boutons. Puis elle recule et les fixe.

— Tes boutons étaient censés voler partout dans la pièce.

— La chemise est de trop bonne facture pour ça.

Même si la vérité, c'est sûrement qu'elle n'est pas assez forte pour faire ça.

— De toute façon, pas la peine de s'inquiéter pour ma chemise, dis-je.

Je plonge les mains sous sa robe et entre ses jambes. Un geste audacieux. J'ai été soigneux avec elle jusqu'à maintenant.

Elle pousse un hoquet, les yeux arrondis, puis m'attrape la tête et m'embrasse passionnément. Ouiii. C'est un baiser sauvage, mobilisant pleinement nos lèvres, notre langue et nos dents, alors que ses mains parcourent tout mon corps. Elle est prête à aller plus loin. Je repousse sa culotte mouillée de côté et glisse mes doigts en elle, m'enfonçant par à-coup tout en utilisant mon pouce pour la titiller, frottant de haut en bas. Elle pousse un gémissement venu du fond de sa gorge, chacun des sons doux qu'elle émet me poussant à continuer. En quelques minutes, elle se retrouve à monter ma main, ses doigts s'enfonçant dans mon dos.

Elle arrache sa bouche de la mienne et lance :

— Maintenant ! J'ai besoin de te sentir en moi.

Je n'hésite pas, lui arrachant sa culotte d'un geste vif et la soulevant du canapé. Je la guide derrière le canapé, la penche contre le dossier, soulève sa robe et la retrousse contre le bas de son dos. Mon sexe pousse contre mon pantalon, dur et épais.

— Ooooh ! s'exclame-t-elle lorsque je me libère, trop pressé pour me déshabiller complètement. C'est exactement comme… ah !

Je n'ai pas pu y aller lentement. Je suis profondément en elle, et j'ai besoin de ça. Je la pilonne, fermant les yeux pour profiter des sensations intenses. Seigneur. Il faut que je ralentisse. C'est Alice. La douce et délicate Alice.

Elle arque les hanches contre moi.

— Plus fort, ordonne-t-elle.

Je lui obéis. Je ne peux m'en empêcher. Je ne peux m'arrêter. C'est effréné, animal et moite. Je halète, m'efforçant de tenir plus longtemps. *Pas encore, pas encore.* Merde. Je tends la main et la caresse énergiquement. Elle pousse un cri, puis se crispe autour de moi, me rapprochant du précipice. Je m'immobilise, profondément en elle, et me concentre sur sa jouissance, adoucissant mes caresses et la titillant jusqu'à ce qu'elle me supplie en une litanie désespérée et pleine de désir.

— Lucas, j'ai besoin, j'ai besoin. Donne. Moi.

Je referme les dents sur le côté de son cou tout en la recouvrant, m'enfonçant profondément tandis que mes doigts la caressent exactement de la manière qui déclenchera son orgasme. Elle se raidit, se crispant tout autour de moi, et je rugis presque de triomphe. Elle jouit violemment, se balançant sous moi, son corps m'étreignant de manière rythmique. Meeeerde. Je l'agrippe fermement et la pilonne profondément encore et encore, ma respiration haletante se mêlant à ses petits cris. Puis j'explose dans un élan de plaisir, une lumière vive étincelant derrière mes paupières closes.

J'ouvre lentement les yeux et me redresse, passant la main le long de sa colonne vertébrale jusqu'à son cou et l'étreignant brièvement. Son corps est mou et alangui. Je ne me suis jamais lâché comme ça avec elle. Je me suis concentré sur son plaisir, sur le fait de mieux la traiter que ses amants précédents. Je ne voulais pas me comporter comme un animal la pilonnant sans réfléchir.

Je me retire et la regarde, toujours penchée contre le dossier du canapé et étrangement silencieuse. Merde. Ai-je été trop brutal ?

Je me déplace pour mieux la regarder. Elle a la tête tournée de côté.

— Alice ?

Elle se tourne vers moi, les joues roses, les yeux brillants, et elle sourit. Une sensation de pure euphorie déferle en moi devant ce doux sourire. Je l'aime vraiment. Ce doit être réel si son sourire peut déclencher ça chez moi. Elle se redresse, se tourne vers moi et vacille un peu. Je tends la main pour la stabiliser et elle enroule un bras autour de mon cou.

Elle m'embrasse.

— C'était exactement comme dans *Le Défi du Duc,* quand il

la prend contre le dossier du canapé.

Je suis désarçonné un instant. Elle a raison, mais ce n'est pas pour ça que j'ai fait ça. J'avais juste désespérément besoin d'elle.

— Est-ce que… j'ai été trop brutal ?

Elle secoue la tête avec un sourire.

— Non. C'était mieux pour toi, dans cette position ?

— J'aime toutes les positions, avec toi.

Elle me caresse la barbe.

— Je pense que tu devrais te lâcher autant que tu veux. Je ne suis pas fragile.

— Je ne voulais pas ressembler à tes liaisons décevantes. J'imagine qu'ils ont pris ce qu'ils voulaient et qu'ils sont partis.

— Oui, mais toi, tu donnes aussi, répond-elle en me tapotant la joue. Et puis, ils voulaient juste la position ordinaire.

Je souris.

— Ça s'appelle le missionnaire.

Elle regarde vers le plafond, les lèvres pincées.

— Il doit y avoir une histoire intéressante derrière ce terme. Missionnaire. Je devrais faire une recherche là-dessus.

Elle croise mon regard.

— Ça te gêne si je retourne à mon histoire ?

Je réprime la sensation blessée que je ressens à l'idée qu'elle ait plus envie de son ordinateur que de moi. Si c'est le cas, alors je dois travailler plus pour être encore plus séduisant.

— En fait, oui. J'ai des projets pour toi.

Puis je la soulève, blottie dans mes bras, et la porte jusqu'à la chambre.

Elle pousse un soupir, pressant sa joue contre mon torse. *Juste ça. C'est tout ce dont j'ai besoin.* Enfin, peut-être aussi d'une petite chose supplémentaire.

— Tu veux bien venir à la visite du site avec moi ? Ça m'aiderait tellement.

Elle suit la courbe de mon biceps du doigt.

— D'accord. Je jouerai le rôle de ta fiancée une dernière fois, et c'est fini.

Une alarme résonne dans un sombre recoin de ma tête. Que se passera-t-il une fois le jeu terminé ? Est-ce qu'on peut avoir un avenir ? Ou est-ce qu'elle passera à un autre amant, une autre inspiration ? L'ironie de la situation ne m'échappe pas. C'est moi, qui passe régulièrement d'une femme à l'autre.

Je ne sais pas comment je me suis retrouvé si profondément impliqué si vite. Cela fait à peine plus d'une semaine. C'est peut-être sa vulnérabilité qui m'a attirée, la façon dont elle se reposait sur moi. Je suis si rarement la personne sur qui les gens se reposent. J'entretiens ma réputation de fêtard depuis si longtemps que les gens ne voient pas la substance au-dessous. Alice l'a vue. Et elle m'a soutenue dans mes projets professionnels. Sa confiance en moi a été une énorme bénédiction.

Je la dépose sur le lit et elle m'ouvre les bras avec un sourire doux et délicat qui s'enroule autour de mon cœur. Tout ce temps, j'ai choisi des femmes blasées, le genre qui me ressemblait plus, alors que c'était de l'opposé dont j'avais besoin.

Je la recouvre de mon corps, enfouissant mon nez contre son cou et aspirant sa douce odeur fleurie alors que ses bras se referment autour de moi. Elle est à moi. Cette femme est faite pour moi. Je n'ai jamais été plus certain de quoi que ce soit de toute ma vie.

Il faut juste que fasse en sorte qu'elle y croie aussi.

$\sim$

Alice

Je suis dans une Mercedes avec Lucas et nous descendons la longue route du palais vers notre rendez-vous avec Jules et son collègue, David, sur le quai, où ils doivent arriver sous peu par ferry. Un garde, Michael – même si je préfère l'appeler Thor dans ma tête – se trouve sur le siège passager à côté du chauffeur. Il y a une autre Mercedes derrière nous pour nos visiteurs. Nous retrouverons Anna et Gabriel au spa de jour pour la visite. Lucas veut montrer aux banquiers les installations près du quai, dans un vieil entrepôt, où ils développent la ligne cosmétique. Il espère convertir d'autres bâtiments là-bas pour la manufacture, ainsi qu'en construire de nouveaux. Beaucoup de bâtiments autrefois utilisés par les pêcheurs sont vides à cause de la population de poissons déclinante.

Je suis nerveuse, ridiculement nerveuse. J'aimerais croire que c'est parce que je n'ai pas revu Gabriel depuis le dîner de famille, où il a dit clairement que Lucas perdrait sa place dans l'entreprise si nos fausses fiançailles étaient découvertes. Mais la vérité c'est que, au fond de moi, j'ai juste peur. Avec Lucas c'est… comme dans un rêve. Depuis notre dispute il y a deux jours, il est collé à moi, et je ne parle pas seulement dans un sens sexuel, même si c'est le cas aussi. De manière décadente. Mais il s'est aussi montré extrêmement affectueux, accumulant les manières princières dont j'ai toujours rêvé. Je lui ai pardonné son mensonge parce qu'il m'a vraiment parlé avec son cœur, et qu'il n'avait que de bonnes intentions envers moi. Et mon cœur noirci bat plus fort chaque fois que je le regarde, à chaque caresse et à chaque sourire en coin.

Je suis en train de tomber amoureuse de lui.

Mon stupide cœur romantique outrepasse la moindre once de raison que je possède. J'ai envie de me montrer dure et pragmatique. Objectivement, je sais que je ne suis pas prête à aimer à nouveau si tôt. Et je ne sais pas s'il éprouve le même genre de sentiments profonds pour moi. Il est peut-être comme ça avec toutes les femmes, et c'est pour ça qu'il est connu pour son côté charmeur. J'ai juste à entrer son nom sur Google pour voir toutes les femmes qui l'ont aimé – les femmes avec qui il a été et les femmes qui rêvent d'être avec lui et le harcèlent en ligne.

Je fixe les jolis petits cottages que nous dépassons et m'efforce de donner un sens à mon temps passé avec Lucas. J'ai eu ce que je voulais, une histoire, et enfin, j'ai retrouvé la magie de l'écriture. J'aurais terminé le premier jet d'ici la fin de la semaine, juste à temps pour l'envoyer par e-mail à mon éditrice avant de partir pour ma séance de dédicaces à Londres. Après Londres, je pourrais retourner chez moi, terminer les corrections et envoyer la version définitive à mon éditrice. Ou je pourrais rester dans ma suite au palais durant les quatre semaines supplémentaires qu'Anna m'a accordées gratuitement. Il n'y a pas à dire, la vie de palais est très appréciable. On satisfait à tous mes besoins, ce qui libère toute mon énergie et mon temps pour l'écriture. Mais cela signifierait passer plus de temps avec Lucas, et je ne sais pas s'il serait très malin de me laisser empêtrer encore plus avec le célibataire royal le plus convoité du monde. Je dois être plus maligne avec mes relations – y aller en douceur, protéger mon cœur et avoir un plan de secours.

Un plan de secours ? Quel manque de romantisme ! Clairement, mon cœur porte encore des cicatrices.

Lucas me prend la main, entrelaçant nos doigts.

— Tu es affreusement silencieuse.

— Je suis nerveuse sur ce qui va se passer aujourd'hui, dis-je en lui donnant une partie de la vérité. Je ne veux pas irriter encore plus le Roi Gabriel.

— Contente-toi de laisser faire le Prince Lucas, répond-il en m'adressant son fameux sourire, ses yeux bleu-vert étincelants d'amusement.

Mon cœur cogne plus fort dans ma poitrine et mon estomac fait une pirouette, toutes mes terminaisons nerveuses soudain éveillées et en alerte. Comment ce sourire peut-il provoquer une réaction plus forte à chaque fois ? Ce n'est pas comme si je ne l'avais jamais vu.

Je me concentre sur ses yeux, ses superbes yeux bleu-vert.

— Après ce rendez-vous, je vais devoir rentrer dans ma grotte pour écrire et finir mon premier jet. Je n'ai plus que trois jours avant de partir pour Londres, et je dois le rendre avant de partir. Le délai a été rigoureusement fixé par mon éditeur.

Il lève nos mains jointes et dépose un baiser sur mes jointures, les yeux rivés sur moi.

— Est-ce que c'est une manière polie de me demander de te laisser un peu respirer ?

Je rougis d'un air coupable. J'imagine que c'était ça, en partie, parce que j'ai peur et que je suis en train de tomber amoureuse de lui, et que je ne sais pas quoi faire.

— Je t'enverrai un message à la fin de chaque journée, une fois que mon cerveau sera complètement grillé et à court de mots, si tu veux me rendre visite.

Sa grande main se referme sur ma nuque, me rapprochant de lui, un souffle chaud effleurant mes lèvres à ses mots :

— Je ferai plus que de te rendre visite, ma douce Alice. Je te ravirai.

Ma respiration se fait tremblante, mon pouls vibrant dans mes veines. Il touche toutes mes cordes sensibles à la fois – des termes d'affection romantiques, un vocabulaire de la Régence, des manières princières dont je n'ai *jamais* fait l'expérience en dehors d'un livre, et des prouesses sexuelles qui me transforment en droguée avide et multi-orgasmique en voulant toujours plus.

Il me donne un rapide baiser avant de se déplacer vers mon oreille, sa voix réduite à un grondement rauque :

— Et quand je dis ravir, je veux dire que je vais te baiser jusqu'à ce que tu t'évanouisses, puis faire en sorte que tu *supplies* pour en avoir plus.

Je frémis à ses mots, puis il devient plus explicite et ses paroles nourrissent mon imagination hyperactive jusqu'à ce que je visualise la chose si clairement que je ressens des élancements de désir, ma respiration s'accélérant et tout mon corps devenant brûlant. Et il ne m'a même pas touchée.

Puis il le fait, sa main se glissant entre mes jambes sous ma robe. Je sursaute et repousse sa main.

— Lucas ! sifflé-je.

Nous ne sommes pas dans une limousine avec une cloison fermée. C'est une voiture, et le conducteur et le garde sont *juste là*, sur le siège avant.

Il sourit.

— Quoi ? demande-t-il, avant de murmurer : ça te détendra.

La voiture s'arrête et le chauffeur dit sans se retourner :

— Nous sommes arrivés, Votre Altesse, Madame.

Lucas me tient la mâchoire et m'embrasse.

— Une autre fois.

Il jette un œil par la fenêtre et ajoute :

— Le ferry n'est pas encore là. On va marcher un peu près des quais.

Il m'aide à sortir de la voiture, me prend la main et me guide vers un sentier juste devant le quai. Thor nous suit tandis que le chauffeur retourne à la voiture.

— Alice, détends-toi, dit Lucas en m'étreignant la main. Tout va aller comme sur des roulettes, aujourd'hui.

— Je suis détendue, dis-je d'un ton tendu.

— On devrait peut-être retourner dans l'intimité de la voiture, propose-t-il avec un regard rusé. Je demanderai au chauffeur d'aller faire un tour.

Je secoue la tête, mon pouls grimpant en flèche à l'idée de sa façon de me détendre.

— Considère-moi comme parfaitement satisfaite sur ce plan-là.

Nous avons été bien occupés dans la chambre, et j'impose ma limite au fait de baiser à l'arrière d'une voiture en plein jour. Au moins, j'ai une limite.

Il m'adresse un sourire narquois, puis me guide le long d'un chemin menant à la plage, m'attirant plus près des vagues hypnotiques. Une brise fraîche me traverse, portant vers moi la saveur salée de l'air marin. Quelque chose se détend en moi.

Il s'arrête, enroule ses bras autour de ma taille dans mon dos, et je fonds dans cette étreinte chaude.

— C'est une chance que la mer t'apaise, vu que nous sommes sur une île.

— J'ai toujours voulu vivre près de la mer, avoué-je.

— Tu devrais, alors.

— Si les souhaits étaient des…

— Reste avec moi.

— Quoi ?

Il me retourne face à lui et répète :

— Reste avec moi ici à Villroy.

— Qu'est-ce que tu racontes ?

Je recule d'un pas, mon estomac se serrant.

— Qu'est-ce que tu racontes ? répété-je.

Ma voix est aiguë et flûtée parce qu'une partie de moi sait ce qu'il veut dire, et je ne peux pas m'engager dans cette voie. Je recule d'un autre pas, mes talons s'enfonçant dans le sable et me faisant trébucher.

Il m'attrape par l'avant-bras et me fait revenir vers lui.

— D'accord, calme-toi. Tu ressembles à un personnage de film d'horreur. Ce n'est pas si affreux.

— Je ne suis pas prête, parvins-je à articuler malgré la boule qui s'est formée dans ma gorge.

Il me retourne face à la mer, les mains posées sur mes épaules.

— Respire. Regarde la mer et respire. Oublie ce que j'ai dit. Tu es ma fausse fiancée et après ça, tu retournes à ta suite pour terminer ton histoire.

Je me détends lentement à nouveau. Je ne sais pas comment, pourtant il sait exactement ce que j'ai besoin d'entendre, même lorsque c'est lui qui cause ma détresse.

Il embrasse le côté de mon cou, avant de parler à voix basse dans mon oreille :

— Mais je pense que tu sais que tu es à moi, maintenant. Je vais te laisser un peu de temps pour t'y habituer.

Quel homme arrogant et dominateur ! Je me retourne, le fusillant du regard. Son sourire en coin apparaît à point nommé, une expression douce brillant dans ses yeux bleu-vert.

— J'attendrai, Alice.

Mes genoux vacillent. J'ouvre la bouche et la referme, ne sachant trop si j'ai envie de l'incendier pour son arrogance ou d'admettre que je suis dans le pétrin jusqu'au cou et que je suis terrifié. Il sait peut-être déjà que j'y suis jusqu'au cou. Ou alors il suppose simplement que je finirais par me conformer à son plan de me garder. Est-ce qu'il m'aime ?

Un bruit de cor retentit et nous levons tous deux les yeux vers le ferry en approche.

— En scène, dit-il.

Puis il me prend la main, la place au creux de son coude et me fait quitter la plage.

Mes nerfs sont échauffés. De mon inquiétude à propos du rendez-vous à la proposition de Lucas que je reste vivre à Villroy, je suis littéralement incapable d'affronter une épreuve de plus. Alors je le laisse prendre les devants, le suivant aveuglément jusqu'aux voitures attendant sur la route près du quai. Le chauffeur guidera nos invités à la deuxième voiture. *Nos invités ? Ses* invités.

— Lucas, quand tu dis que je suis à toi, est-ce que c'est une manière arrogante et dominatrice de dire que tu m'ai… que tu m'apprécies beaucoup, ou que, peut-être, tu ressens…

Il s'arrête et prend mon visage dans ses mains.

— Je t'aime.

— Oh !

Mes yeux deviennent humides et mon menton tremble.

— Oh.

Il m'a tellement stupéfaite que j'en ai perdu les mots. Je ne m'attendais pas à ce qu'il admette ouvertement des sentiments profonds, le genre de sentiments dans lesquels je me noie depuis ces quelques derniers jours.

Il m'embrasse tendrement.

— J'attendrai que tu combles ton retard.

— Je l'ai déjà comblé, et ça me terrifie, avoué-je en fixant son torse.

Ma voix se brise et je me sens tellement perturbée que je ne peux plus bouger. Je n'ai peut-être pas envie de bouger.

Ses mains descendent de mes épaules jusqu'à mes coudes, avant de s'enrouler autour de moi, sa bouche couvrant la mienne en un baiser passionné. Je passe mes bras autour de son cou, me perdant dans ce baiser et dans tout ce qu'il me fait ressentir. C'est le baiser qui surpasse tous les autres, et je voudrais qu'il ne se termine jamais.

Même quand les gens commencent à applaudir et à siffler.

Même quand Lucas prend mes fesses en coupe et me presse contre lui.

Même quand j'entends mon nom.

Attendez. Je connais cette voix. Je m'écarte vivement de Lucas, me retourne et fais face à mon pire cauchemar – Mason.

Et Riley.

Ici, à Villroy.

Ma main se porte à ma poitrine, mon cœur battant la chamade. Une sueur froide recouvre ma peau et tout se met à tourner horriblement, me faisant vaciller sur mes pieds. Les mains de Lucas se referment autour de mes avant-bras, me maintenant en équilibre. Il me parle, mais je ne comprends pas ce qu'il dit.

Je cligne plusieurs fois des yeux, n'arrivant pas à en croire mes yeux. Mason et Riley sont *ici*, à Villroy. Qu'est-ce qu'ils font ici ?

Je détourne les yeux, m'efforçant de réfléchir. Ils ne sont pas censés être là. Ils font intrusion dans ma lune de miel solitaire, que j'ai payée avec mon propre argent bien gagné. Et ils interrompent le moment le plus romantique de ma vie !

Un brouillard rouge emplit ma vision et, quand je parle enfin, il y a tant de venin dans ma voix que je la reconnais à peine.

— Je vais le *tuer*. Mason est ici, et il a amené Riley.

— Bon sang, dit Lucas. Je t'aiderai à le tuer, mais ce n'est pas le bon moment. Viens. Rejoignons les voitures. Jules et David sont déjà là.

Il me traîne presque avec lui, les bras passés autour de mes épaules.

Des bruits de pas se font entendre derrière nous.

— Attends ! hurle Mason. Alice, Riley a besoin de te parler.

— Va-t'en ! crié-je par-dessus mon épaule.

Lucas me relâche, se retourne et s'avance à grands pas vers Mason. Riley reste quelques pas en arrière. Elle a l'air atrocement mignonne avec ses longs cheveux noirs relevés en queue de cheval, son débardeur blanc, son pantacourt orange foncé et ses sandales à talons. Je parie qu'elle a payé pour les billets d'avion. Sa famille est pleine aux as.

Je rattrape Lucas juste à temps pour l'entendre dire d'une

voix imposante et autoritaire :

— Attendez ici, tous les deux. Une voiture vous mènera au palais, où vous attendrez dans le hall d'entrée jusqu'à ce qu'Alice et moi ayons du temps à vous consacrer.

Il se tourne vers Thor et ajoute :

— Appelle et fais en sorte que deux gardes les surveillent en permanence.

— Qui êtes-vous ? demande Mason à Lucas, les sourcils froncés.

— Faites ce que je viens de vous dire, réplique sèchement Lucas, ou vous serez immédiatement escortés jusqu'au ferry et hors de cette île pour toujours.

Mason se tourne vers moi.

— Alice, que se passe-t-il ? Tu as amené un autre homme avec toi pour notre lune de miel ?

J'émets un hoquet de stupeur. Quel culot ! Après ce qu'il a fait ?

Lucas attrape Mason par son tee-shirt et l'attire près de lui.

— Pas un mot de plus.

Il repousse Mason loin de lui et ce dernier trébuche.

— Et je suis le prince de Villroy, putain, ainsi que le fiancé d'Alice.

— Alice ? demande Mason, l'air totalement perdu.

Lucas passe un bras autour de mes épaules et me guide vers la voiture. Je tremble de rage, mon esprit songeant à toutes les choses que j'ai envie de cracher à Mason et Riley pour avoir osé se pointer ici, à un endroit qui était censé me servir de retraite loin de tout le mal qu'ils m'avaient fait.

Mais je n'ai pas le temps de cracher le venin qui s'amoncelle en moi, parce que Jules et David sont là.

Lucas sourit et lance : « *Bonjour !* » ainsi que d'autres mots chaleureux et enjoués en français. Je plaque un sourire sur mon visage, ne clignant même pas des yeux lorsque Lucas me présente comme sa fiancée.

Mes deux mondes sont entrés en collision, et il y a trop de fiancés, vrais et faux, pour que mon cœur tendre puisse le supporter.

16

Lucas

Je vais le tuer. Je le jure devant Dieu. Juste au moment où j'établis enfin une connexion avec Alice – elle m'aime, par je ne sais quel miracle, elle m'aime, même après une rupture dévastatrice qui aurait fermé le cœur de la plupart des gens pendant très longtemps – *il* se pointe, lui rappelant tout le mal que peut provoquer le fait de donner son cœur à quelqu'un. Un pas en avant, et un énorme pas en arrière. Elle est dans un état presque catatonique à côté de moi au spa de jour. Sur le chemin jusqu'ici, je l'ai poussée à retourner à sa chambre, pour la libérer de la pression causée par le rendez-vous d'affaires. J'aurais simplement dit à tout le monde qu'elle ne se sentait pas bien. Elle a refusé, répondant platement :

— Non. Je suis une dure à cuir.

Comme si ce sobriquet la protégerait. Je la connais. C'est une âme douce et tendre. Et même une dure à cuire a besoin d'un endroit sûr où se retirer avant que l'enfer se déchaîne.

Qu'est-ce qu'il fout ici ? Et pourquoi, au nom du ciel, est-ce qu'il a amené Riley, la soi-disant meilleure amie qui a poignardé Alice dans le dos ?

Je laisse échapper un soupir. Anna est en train de faire faire une visite aux banquiers tandis que nous suivons tous. Tout semble bien se dérouler. Jules et David sont tous deux impressionnés par ce que nous avons accompli, et l'enthousiasme naturel d'Anna est vraiment convaincant.

— Vous avez mentionné l'ajout possible d'un restaurant au café du spa ? demande David une fois que nous sommes revenus dans le vestibule.

La conversation est restée en anglais après que le « *Bonjour Messieurs* » initial d'Anna les ait fait grimacer. Sa prononciation est épouvantable. Même si, pour sa défense, elle a passé peu de temps avec son tuteur français, et que Gabriel ne lui apprend que des grossièretés. C'est ce qu'elle m'a confié la première fois que je lui ai demandé comment se passaient ses leçons, il y a deux mois.

— Oui, répond Anna. Le menu du restaurant sera composé de fruits de mer frais attrapés par nos pêcheurs. Nous engagerons peut-être un chef français. Ce sont les meilleurs.

— C'est vrai que nous aimons la nourriture, répond aimablement Jules.

— Laissez-moi vous montrer où se trouverait le restaurant, propose-t-elle en pointant du doigt vers la sortie latérale.

Nous sortons tous du spa pour aller voir le terrain plat surplombant la mer. Gabriel prend le relais, leur expliquant ce que nous avons engagé financièrement dans le projet jusqu'ici, et ce que nous projetons d'apporter, même sans le restaurant.

— Oui, murmure David en m'adressant un regard. Votre directeur financier nous a déjà donné les chiffres.

Gabriel pose les yeux sur moi et esquisse un bref hochement de tête reconnaissant. Puis ses yeux glissent sur Alice, à mes côtés, et il détourne le regard. Il ne comprend pas, pour Alice. Les fiançailles sont fausses, mais l'amour est réel. Et quand Alice sera prête, peu importe quand ce sera, nous ferons ce pas vers les vraies fiançailles. Je n'aurais jamais cru être enthousiasmé par l'éventualité de me fiancer. J'avais toujours trouvé la simple idée de mariage repoussante. C'était avant de rencontrer la douce Alice. Je lui prends la main, et elle est glacée malgré la chaleur de cette journée de juin. Elle fixe la mer, complètement refermée sur elle-même. Probablement profondément plongée dans le refuge de son imagination.

Je m'occuperai de son ex, et ensuite je l'aiderai à traverser ça. Elle ne devrait pas avoir à supporter de gérer une nouvelle fois la double trahison. J'imagine différents scénarios dans ma tête pour décider de la meilleure façon de m'occuper de lui, cependant je n'en trouve aucun qui ne se termine pas violemment. J'ai tellement envie de le frapper que je peux en sentir le goût sur ma langue. Je sais qu'Alice ne voudrait pas ça. C'est une âme non violente. Même lorsqu'elle était encore sous le choc après sa trahison, elle était encore capable de dire des choses gentilles à son sujet. Elle ne l'a même pas bloqué sur son téléphone, à mon grand agacement. Je dois garder la tête froide par égard pour elle.

Je me concentre à nouveau sur la conversation juste au moment où Gabriel lance :

— S'il vous plaît, joignez-vous à nous pour le déjeuner au palais.

— Avec plaisir, répond Jules avec un grand sourire. Je n'ai jamais vu votre domaine ancestral.

David esquisse même un sourire.

— Nous serions ravis.

Alice m'étreint le bras avec force, son regard alarmé m'alertant du problème. Mason et Riley attendent dans le hall d'entrée. Tous nos invités passent par là.

— Je vais appeler et demander à ce que nos invités indésirables soient déplacés, murmuré-je dans son oreille.

Elle esquisse un hochement de tête saccadé, l'expression pâle et tendue.

— Au donjon, murmure-t-elle.

Elle ne sourit pas à sa plaisanterie, comme elle l'aurait fait d'ordinaire, mais cela me rassure de voir qu'elle semble un peu plus elle-même. Je dépose un baiser sur sa joue. Toujours pas de sourire, mais elle m'adresse un regard tendre.

Dès que je suis dans l'intimité de notre voiture, je

demande aux gardes de déplacer Mason et Riley jusqu'au salon privé immédiatement. Je veux les mettre là parce que c'est à une bonne distance de la salle à manger, il n'y a donc aucun risque qu'ils sortent de la pièce et nous repèrent. Je me fiche du temps qu'ils devront attendre.

Lorsque nous arrivons dans la cour du palais, Alice et moi attendons un peu dans la voiture pour avoir la confirmation que Mason et Riley sont dans le salon. Une fois que nous l'avons obtenue, je l'aide à sortir de la voiture et place sa main dans le creux de mon coude, la guidant à travers la cour.

Un domestique nous ouvre la porte et nous entrons pour trouver le reste de notre groupe en train de bavarder gaiement.

— Nous allons au salon privé pour célébrer ça avec un verre, me dit Gabriel. Le déjeuner ne sera pas prêt avant une heure.

Non !

— Allons plutôt aux jardins sur le toit, dis-je calmement. C'est une belle journée et je suis sûr que Jules et David apprécieraient la vue.

Je me tourne vers Jules et David et explique :

— On peut voir toute l'île, de là-haut.

— Peut-être après le déjeuner, réplique Gabriel. J'ai proposé à nos invités notre meilleur scotch, qui est dans le salon.

Je fais de gros efforts pour empêcher la panique de percer dans ma voix, parce que je sais que si Mason arrive dans le tableau, les fausses fiançailles vont à coup sûr m'exploser au visage, et après ça je serais mis à l'écart de l'entreprise pour de bon. Sans parler de l'effet que tout cela aura sur Alice.

— Nous amènerons le scotch sur le toit.

Gabriel plisse les yeux, sa mâchoire se crispant.

— Et nous allons aussi signer les papiers. Je ne veux pas que les documents soient emportés par la brise qui souffle sur le toit. Quel est le problème avec le salon ?

— Rien, souris-je. Ça m'a l'air parfait.

Dès que nous nous mettons à avancer pour aller boire un verre, je fonce devant, espérant trouver un domestique en chemin pour déplacer Mason et Riley avant notre arrivée. Alice étreint ma main avec force, ce qui me ralentit, et avant que j'aie pu lui expliquer mon plan de héler un domestique, Jules apparaît à ses côtés.

— Alice, dit-il, ma femme et ses amies ont été ravies de leurs livres dédicacés. Céleste adorerait vous revoir, et d'autres de ses amies vous demandent. Est-ce que vous avez prévu de venir faire une dédicace à Paris ?

Alice sourit et répond avec une cordialité sincère dans sa voix, ce qui serait un soulagement si je n'essayais pas désespérément d'empêcher une catastrophe imminente.

— J'adorerais, mais je n'ai aucune séance de dédicaces de prévue à Paris prochainement.

Je n'attends pas la réponse de Jules, détachant plutôt ma main de celle d'Alice pour m'avancer à grands pas devant le groupe pour trouver un domestique. Soudain, Anna est à mes côtés, son bras s'accrochant au mien. Elle marche vite, ses longues jambes s'adaptant facilement à mon rythme. Je ne peux me résoudre à m'arracher à ma belle-sœur très enceinte.

— Quelqu'un est amoureux, plaisante-t-elle d'une voix douce.

— C'est vrai, dis-je sans parvenir à refréner un sourire. Et elle aussi.

— Oh, Lucas ! Je suis si heureuse pour vous deux.

Elle baisse la voix et ajoute :

— Tu peux le dire, tout ça, c'est grâce à moi.

— C'est surtout grâce à mon charme dévastateur.

Elle rit.

— Je l'aime bien. Vraiment. Est-ce qu'elle va s'installer ici, à Villroy ?

— Je ne sais pas. Elle est encore frileuse et son ex vient de se pointer. Il est dans ce foutu salon. J'ai essayé d'en éloigner Gabriel, mais il est impossible.

Elle se fige en plein élan.

— Gabriel ? lance-t-elle. Je me sens un peu étourdie. Je crois que je vais m'étendre un peu.

Gabriel me fait presque tomber pour se précipiter à ses côtés.

— Que se passe-t-il ? C'est le bébé ? Le travail a commencé ?

— Non, ce n'est pas ça, répond-elle vivement. J'ai juste besoin de me reposer. Ça te dérangerait de me ramener à notre suite ? Lucas peut occuper nos invités jusqu'à ton retour.

Elle m'adresse un regard entendu. Elle est douée.

— Bien sûr, répond Gabriel en passant un bras autour de ses épaules. Et je vais appeler un médecin juste pour vérifier que tout va bien.

— Pas de médecin, répond fermement Anna.

Gabriel prend congé de Jules et David, promettant de revenir dès qu'Anna sera installée. Il insiste pour que son garde les accompagne et reste posté devant sa porte. Il l'aime avec une dévotion farouche que je commence seulement à comprendre. Je le regarde un moment alors qu'il guide Anna devant nous, avant de tourner vers l'escalier qui mène à leur suite. Ils discutent d'une voix basse et vive tout en marchant. Gabriel est probablement inflexible quant au besoin d'appeler un docteur, et Anna doit répliquer de manière tout aussi inflexible que ce n'est pas nécessaire. Elle m'a protégé. Je lui en dois une pour ça, et pour plus encore.

Je rejoins à nouveau Jules, David et Alice.

— Voulez-vous voir les jardins ? Ils sont juste ici, dans la cour.

— En fait, j'étais vraiment impatient de goûter ce scotch, répond Jules.

— Bien sûr, murmuré-je.

Maintenant que Gabriel et Anna sont partis, il m'est impossible de foncer devant pour trouver un domestique sans que cela soit flagrant.

Jules est chaleureux et cordial, bavardant avec moi en français. David intervient de temps en temps et Alice demeure complètement silencieuse. J'insisterais bien pour que nous repassions à l'anglais par égard pour elle, mais je ne pense pas qu'elle ait envie de discuter, en ce moment. Un désastre nous attend dans le salon – nous le savons tous les deux – et elle a l'air d'avoir envie de fuir.

— Alice, dis-je durant une brève pause dans la conversation, veux-tu nous rejoindre pour le déjeuner dans un petit moment ? Je sais que tu as un délai très serré à respecter pour ton livre.

Elle lève vivement la tête.

— Oui. Mon cerveau est vraiment sur sa lancée, et je meurs d'envie de tout mettre par écrit.

— L'*auteur*, s'exclame Jules. Bien sûr, vous devez exprimer votre art. Nous autres allons boire notre scotch pendant que vous exercez votre magie.

— Merci ! lance-t-elle avant de partir d'un pas précipité, et je m'affaisse presque de soulagement.

Maintenant, je n'ai plus à m'inquiéter qu'un gros scandale impliquant Mason et Riley perturbe Alice. Je demanderai simplement aux gardes postés à l'extérieur du salon de les escorter à nouveau dans le hall d'entrée, et tout ira bien.

Lorsque nous atteignons le salon, je suis de bien meilleure humeur. Après tout, nous sommes sur le point de signer le prêt que j'ai aidé à faire aboutir, et tout se passe selon mes plans. Mieux encore, j'ai trouvé l'amour de ma vie.

Je m'arrête devant les gardes, Louis et Claude, postés devant la porte.

— S'il vous plaît, ramenez-les dans le hall d'entrée pour qu'ils m'y attendent.

J'attends pendant qu'ils vont récupérer Mason et Riley.

— Juste un moment, dis-je à Jules et David. J'ai reçu deux visites inattendues et, malheureusement, cela ne semble pas s'engager vers une visite plaisante. Rien de sérieux. Juste un malentendu dont je devrai m'occuper une fois que notre affaire sera conclue.

David hausse les sourcils. Jules semble inquiet, mais répond rapidement :

— Bien sûr.

La porte du salon s'ouvre et Claude sort avec nous, Louis sur ses talons, accompagné de Mason et Riley. Dès que Mason me remarque, il lance :

— Eh ! On a attendu assez longtemps ! Je n'ai pas

parcouru tout ce chemin pour me faire balader ! Je veux voir Alice. Où est-elle ?

Il s'arrête devant moi, l'air sévère et faisant de son mieux pour avoir l'air menaçant, mais je sais quel genre d'homme il est. Il trompe et il ment. C'est un lâche.

— Qu'est-ce que vous avez fait d'elle ?

Je retiens les gardes parce que j'ai besoin qu'il comprenne quelque chose.

— Elle est à moi.

Il devient encore plus agité. Je vais peut-être pouvoir lui donner un coup de poing, finalement.

— Où est Alice ? aboie-t-il. J'ai le droit de voir ma fiancée !

Riley intervient, apparaissant à ses côtés :

— Elle n'est plus ta fiancée ! C'est moi, ta fiancée !

— Elle est *ma* fiancée, répliqué-je, entre mes dents serrées. Et vous devez attendre dans le hall d'entrée.

— Lucas, que se passe-t-il ici ? demande Jules.

Je ferme les yeux. Tout à ma colère, j'avais presque oublié que Jules et David étaient là.

— Ah ! aboie Mason. Il est impossible qu'Alice se soit à nouveau fiancée aussi vite. Nous venons tout juste de mettre fin à nos fiançailles il y a quelques semaines. Elle ne précipite jamais les choses ; Alice va toujours lentement et prudemment.

Je suis sur le point de défendre nos fiançailles précipitées en disant que c'était le coup de foudre, ce qui n'est qu'une légère déformation de la vérité, quand j'entends la voix d'Alice derrière moi, légèrement à bout de souffle.

— Je me suis perdue.

Je me retourne, me demandant ce qu'elle a entendu.

Jules et David reculent, laissant Alice avancer.

Elle me regarde dans les yeux, la voix plus ferme.

— Le palais est si grand que je me suis perdue.

Elle regarde par-dessus son épaule et ajoute :

— J'ai entendu ta voix, Mason, et je l'ai suivie jusqu'ici pour te dire ceci – je ne sais pas pourquoi tu es ici et je m'en fiche. Je t'ai donné mon cœur et tu l'as traité sans aucune délicatesse. Tu m'as poignardée dans le dos, droit dans le cœur, et ensuite tu as *retourné le couteau dans la plaie.*

Elle montre les dents et tourne un couteau imaginaire devant elle, avant de continuer :

— En couchant avec ma meilleure amie. En un seul coup sanglant et dévastateur, tu as pris tout ce qui comptait pour moi ! Toi, Riley, ma capacité à écrire les histoires exaltantes que je préfère dans le monde – tout a disparu !

Elle lève les yeux vers le plafond, clignant rapidement des paupières, et mes yeux me piquent de compassion.

Elle le regarde et je la regarde, l'observant attentivement au cas où elle ait besoin de moi.

— J'ai cru mourir, dit-elle doucement. Mais je ne suis pas morte. J'ai pleuré, je me suis insurgée contre l'injustice dont j'étais victime, puis je me suis rendue ici pour trouver le refuge dont j'avais tant besoin, loin de tout ce qui me rappelait toi et Riley.

Elle croise mon regard.

— J'ai rencontré Lucas.

Elle m'adresse son sourire doux et gentil et ma poitrine se comprime, ma gorge se serrant d'émotions.

— J'ai trouvé mon inspiration.

Elle reporte son regard sur Mason, levant le menton.

— J'ai recommencé à écrire. Et j'ai trouvé l'amour avec un homme qui me traite comme je le mérite. Dooonc, voilà.

Elle hoche une fois la tête, son visage s'illuminant.

— Toi et Riley devez partir. Je n'ai rien de plus à vous dire, à aucun d'entre vous, rien de plus à vous donner, alors au revoir.

Mes lèvres s'étirent en un petit sourire. Je suis tellement fier d'elle.

— Ça, c'est parlé comme une dure à cuire.

Elle m'a dit qu'elle était une dure à cuire la première fois qu'on s'est rencontrés. À ce moment-là, elle tenait à peine le coup, et essayait d'être une dure à cuire. Maintenant, elle l'est vraiment.

Elle m'adresse un regard rayonnant.

— Merci.

— Riley a besoin de te parler, lâche Mason.

Je me retourne pour le fusiller du regard. Cet homme a envie de mourir ou quoi ?

Riley se précipite en avant.

— Alice, je me sens si mal à propos de la façon dont les choses se sont passées. Je ne voulais pas tomber amoureuse de lui. C'est arrivé, c'est tout, et je suis tellement, tellement désolée. J'espère qu'un jour tu me pardonneras. Tu me manques tellement. Tu es la famille que j'ai choisie, et je ne supporte pas de savoir que tu ne feras plus jamais partie de ma vie.

Les lèvres d'Alice se pincent en une ligne fine.

— Alice, elle t'aime, intervient Mason. Elle n'arrive plus à dormir la nuit. Elle est anéantie par tout ça. C'est pour cette raison que je n'arrête pas de t'appeler et de t'envoyer des messages. Elle a dit que tu refusais de lui parler, mais j'ai pensé que si je pouvais juste t'expliquer à quel point elle se sent mal, tu y réfléchirais. Je sais à quel point vous êtes proches, toutes les deux.

— À quel point *étions-nous* proches ? rectifie Alice.

— Je suis vraiment désolée, dit Riley d'une petite voix, ses yeux s'emplissant de larmes.

Nous regardons tous Alice, attendant de voir sa réaction.

Elle pousse un soupir.

— Tu sais ce que j'aimerais ?

— Quoi ? demande Riley, pleine d'espoir.

Alice répond d'une voix forte et claire :

— J'aimerais que toi et Mason découvriez quelle bande de menteurs et de trompeurs vous êtes, tous les deux. Riley, Mason te trompera et mentira à nouveau. Et Mason, je m'attends vraiment à ce que Riley fasse la même chose. Les menteurs et les trompeurs ne sont jamais satisfaits. Ils sont toujours à la recherche d'autre chose, quelque chose de meilleur, dans un effort pour combler ce vide au fond d'eux, mais devinez quoi ? Ce vide ne sera jamais comblé, parce que c'est une ignoble plaie infectée faite de votre propre manque de confiance, et de votre personnalité profondément viciée.

J'espère que vous vous blesserez autant que vous m'avez blessée. Voilà ce que j'aimerais.

Elle se tourne vers Louis, qui attend patiemment derrière Riley.

— Hercule, emmène-les !

— Madame, je m'appelle Louis. Et j'en serais ravi.

Il incline la tête, indiquant à Riley de sortir de la pièce, et elle obéit, la tête basse et les épaules affaissées d'un air défait. Mason doit être encouragé à partir par l'autre garde d'une poigne ferme sur son bras.

J'attire Alice contre moi et dépose un baiser sur sa tête.

— Bien joué, ma chère dure à cuire.

Elle lève les yeux vers moi et m'adresse son doux sourire.

— Je n'arrive pas à croire que j'ai enfin pu exprimer tout ça. J'étais tellement sous le choc avant que je n'avais pas pu le faire.

Jules se racle la gorge.

— Oh, je suis tellement désolé, Jules, dis-je. Vous aussi, David, je suis désolé que vous ayez eu à être témoin de nos problèmes personnels. S'il vous plaît, prenons ce verre, maintenant.

— Au contraire, répond David. Je trouve ça fascinant.

Jules hoche la tête.

— Vous et Alice vous êtes-vous vraiment fiancés alors que vous ne vous connaissiez que depuis quelques semaines ?

Je me tourne vers Alice, l'air interrogateur. Après tout le bouleversement émotionnel causé par sa confrontation avec Mason et Riley, veut-elle encore être ma fiancée ? Je veux que ce soit pour de vrai, cette fois.

Elle lève sa bague en rubis.

— C'est ça.

Sa voix est posée, pas vraiment abattue, mais je la connais et je sais qu'elle n'est pas vraiment enthousiasmée par cette idée. Elle aplanit simplement le terrain pour ma transaction commerciale. Elle n'est pas prête pour des fiançailles. Je dois me montrer patient.

— C'est merveilleux, dit Jules. Un acte très romantique, pour une auteure de romance.

Elle fixe sa bague.

— Oui, c'est vrai.

— Allons prendre ce verre, dis-je d'un ton joyeux, avant d'ouvrir la marche, me dirigeant vers le minibar pour verser les verres.

Alice marche à côté de moi tandis que Jules et David s'assoient sur les canapés en cuir bordeaux.

Je verse le premier verre et Alice le prend, le vidant d'un coup.

— Tu vas bien ? demandé-je.

— Je dois aller me remettre au travail, dit-elle d'un ton sinistre. Je ne perdrai pas mon travail à cause de ces deux-là. Je dois terminer le premier jet.

— Attends.

Je l'attire contre moi, passant un bras autour de sa taille, et penche la tête près de son oreille.

— Je te rejoins dans un moment. Accorde-toi un peu de temps. C'était une épreuve.

Elle se met sur la pointe des pieds pour murmurer :

— Non. L'Épreuve est derrière moi et maintenant, je vais de l'avant.

Je ne peux qu'admirer son courage.

— D'accord. Je vais appeler Christina pour qu'elle t'escorte jusqu'à ta suite.

Je lui embrasse la joue et ajoute à voix basse :

— Merci pour tout ce que tu as fait.

Gabriel revient juste à cet instant et rejoint Jules et David. Je fais ce qu'on attend de moi, remplissant les verres et participant au toast, mais mon cœur n'y est pas.

Il est avec Alice alors qu'elle se tient à mes côtés, me donnant l'impression d'être à des milliers de kilomètres.

Elle détient mon cœur, et je ne peux qu'espérer qu'elle restera avec moi. Mon estomac se serre. Je ne sais pourquoi, j'ai l'impression que c'est moins certain qu'avant l'arrivée de Mason et Riley.

17

Alice

J'ai passé les trois derniers jours investie dans un marathon d'écriture, et je suis ravie que mon histoire soit si bien engagée. Le premier jet est terminé ! Je peux respirer, maintenant. Bravo moi ! Je l'ai fait ! J'ai respecté le délai. Je me souris à moi-même, j'appuie sur sauvegarder une dernière fois pour me porter chance, et ferme le document. Puis je clique sur mes e-mails et l'envoie à mon éditrice et son patron. Bien sûr, ce n'est pas la version définitive, mais le squelette est là. Mon boulot d'auteur est sauvé. Enfin, il le sera lorsque j'aurai rendu la dernière version, dans quatre semaines.

Je me lève et m'étire ; puis je me dirige vers le lit, écarte largement les bras et me laisse tomber dessus. Ahh. On est samedi soir. Je devrais faire mes valises pour ma séance de dédicaces à Londres de demain, mais je vais me contenter de profiter du moment. Rien n'est plus agréable que de terminer un premier jet. Mis à part le fait d'écrire *Fin*, bien sûr. Je garde ça pour la version définitive.

Oh, je devrais envoyer un message à Quinn pour lui annoncer la bonne nouvelle ! Je me penche vers la table de chevet, attrape mon téléphone et lui envoie un message. *Premier jet terminé ! Je viens de te l'envoyer par e-mail.*

Quinn répond un petit moment plus tard. Il est encore tôt à New York. *Bien reçu ! Je le lirai ce week-end.*

Sois indulgente, d'accord ? Ce n'est pas joli. Normalement, elle ne voit que la version définitive, mais le fait que je dépasse aussi largement mon délai a rendu mes éditeurs nerveux. Je dois envoyer le premier jet et la dernière version pour conserver mon contrat. Pour l'instant, mon histoire est une petite chose affreuse et mal éduquée. Je suis la seule à pouvoir vraiment l'aimer.

Quinn : *Je ne ferai aucun commentaire. Je me contenterai de lire.*

Je souris et réponds un rapide « merci » avec une émoticône mignonne d'un visage souriant avec des lunettes noires, comme moi.

Elle répond avec de multiples émoticônes livres à la file, ce qui est la seule émoticône qu'elle utilise. Quinn est une New-Yorkaise très digne et sophistiquée d'une cinquantaine d'années, après tout. Ah, ah. J'ai dû lui montrer l'émoticône de livre, mais elle l'a vraiment adoptée.

Je laisse échapper un soupir heureux. Puis j'envoie un message à Lucas. *J'ai terminé mon premier jet ! Tu veux bien jouer avec mes cheveux et m'appeler ma chère ?*

J'arrive tout de suite.

Je souris. Il ne sourcille même pas à ma demande. Je lui ai demandé de jouer avec mes cheveux il y a quelques nuits, quand ma confrontation avec Mason et Riley était encore fraîche. Ou, comme je l'appelle maintenant, Le Spectacle de la Dure à Cuire. Même une dure à cuire apprécie le plaisir apaisant de sentir quelqu'un jouer avec ses cheveux. Lucas ne connaissait pas le concept, mais il s'est admirablement pris au jeu. Et maintenant que nous avons fini de jouer le jeu des fiancés, je lui ai demandé de remettre mon rubis dans le coffre-fort, où est sa place. Je confesse que c'est un soulagement. Une fois que de vrais sentiments s'en sont mêlés, la partie fiançailles me mettait un peu en panique. Je ne suis pas prête. Il y a seulement deux semaines, j'étais censée marcher jusqu'à l'autel avec un autre homme.

Je me redresse. Je suis encore en pyjama – une chemise de nuit large et un short. Je devrais peut-être essayer de me rendre présentable. Bien sûr, ces dernières nuits, quand j'envoyais un message à Lucas pour lui proposer de me rendre visite, il était plus de minuit et j'étais déjà au lit en pyjama, alors ce n'est pas comme s'il ne m'avait jamais vue ainsi. Même s'il me retirait mon pyjama dès qu'il grimpait dans le lit. Mais ce soir, il est plus tôt, bien avant minuit. Je me dirige vers l'armoire, songeant à enfiler une robe parce que je vais peut-être pouvoir quitter ma grotte d'écrivain. On est samedi et je suis plus ou moins terrée ici depuis mercredi.

Je choisis une robe portefeuille bleue qui fait ressortir mes yeux, la jette sur le lit et décide que je devrais aussi prendre une douche. J'en ai déjà pris une ce matin, mais j'étais trop pressée pour me laver les cheveux. J'explique mes plans à Lucas par message pour qu'il sache que je vais avoir besoin de plus de temps. Trois points apparaissent, indiquant qu'il écrit quelque chose, et un moment plus tard, je fixe une réponse totalement inattendue : *Je suis le seul à pouvoir jouer avec tes cheveux, alors je devrais être celui qui les lave.*

Mon pouls s'affole dans mes veines. Ce sera une première. Lucas était encore endormi quand j'ai pris ma douche ce matin. Quand j'ai une histoire dans la tête, je me lève tôt, mon esprit empli d'une cacophonie de voix de personnages ayant besoin de prendre part à l'action. Je fais toujours honneur à mon don en écrivant immédiatement ce que j'entends, mais cela ne trouve pas toujours sa place dans l'histoire tout de suite, alors je me douche, prends ma dose de caféine, puis reviens à eux. Tout ça pour dire que le sexe sous la douche est nouveau pour moi avec Lucas, avec qui que ce soit. Non pas que je ne l'ai jamais imaginé. Mon ex n'a jamais voulu essayer parce qu'il avait peur d'avoir froid si je prenais toute la place sous la pommette de douche. *Il est tout à toi, Riley !*

J'essaie de trouver quelque chose de suffisamment sexy à répondre, mais je suis tellement occupée à imaginer en détail comment les choses vont se passer, que je ne suis pas vraiment dedans. Le truc, c'est qu'il s'agit d'une douche pour une personne, même s'il y a un banc et un truc manuel pour pulvériser l'eau, alors je pourrais le chevaucher sur le banc, ou peut-être rester debout avec lui derrière moi, ou bien, connaissant Lucas, il voudra exhiber sa force et me soulever pour me prendre debout, mais j'aurais peur pour son dos. Aussi fort qu'il puisse être, je ne suis pas si légère. Huuum, j'ai besoin de visualiser les choses.

Je repose mon téléphone sur la table de chevet, me rends dans la salle de bain et examine la douche. Je devrais peut-être l'allumer pour que ce soit chaud et embué là-dedans. La dernière chose que j'ai envie d'entendre, c'est Lucas se plaignant qu'il a froid, comme certaines chochottes que je connais. Je fais couler l'eau et recommence à imaginer des scénarios de positions sexuelles sous la douche. Ce truc de douche qu'on peut prendre à la main renferme des possibilités intéressantes. Et si…

— Ma chère.

Je sursaute et me retourne face à lui, une main sur la gorge.

— Lucas ! Tu m'as fait peur ! Ne te faufile pas derrière moi comme ça !

Il rit.

— Je ne me suis pas faufilé. J'ai frappé à la porte de la chambre, tu ne m'as pas entendu, ensuite je t'ai appelée en approchant de la salle de bain.

Ses lèvres s'étirent en un sourire entendu.

— Qu'est-ce que tu étais en train d'imaginer dans ton esprit coquin ?

Je lisse mes cheveux, feignant l'innocence.

— Qui a dit que j'imaginais des choses cochonnes ?

Il m'attire dans ses bras, sa main se glissant sous mes cheveux pour se refermer sur ma nuque. Un souffle chaud effleure mes lèvres à ses mots :

— À quel moment est-ce que tu n'imagines pas de choses cochonnes ?

Je ne réponds pas, parce que j'ai envie qu'il m'embrasse, plus que j'ai envie de faire semblant d'être innocemment en train de préparer la douche. Au lieu de ça, je passe mes bras autour de sa taille et je lève mon visage vers le sien.

Il sourit contre mes lèvres, puis il m'embrasse, d'abord délicatement, me frôlant d'avant en arrière en une invitation taquine. J'ouvre la bouche pour lui avec un soupir et il approfondit le baiser, sa large main étalée au bas de mon dos et ses doigts réchauffant ma peau à travers le fin tissu de ma chemise de nuit. Mes genoux vacillent et j'enroule les bras autour de son cou, fondant contre lui, perdue dans le brouillard d'un baiser passionné et intoxicant.

Il devient plus agressif, serrant mes cheveux dans son poing, sa bouche devenant avide et sa main se glissant jusqu'à mes fesses, me pressant fermement contre lui dans une étreinte qui dit *tu es à moi*. Il veut me posséder, me garder, faire en sorte que je sois sienne pour l'éternité. Je le vois dans ses yeux fiévreux, je le sens dans ses caresses ardentes, je l'entends dans sa voix rocailleuse. Et je lui donne tout ce que je peux. Je ne refrène rien, mais je ne lui promets pas l'éternité. Et il ne me le demande pas.

Il rompt le baiser, les yeux assombris de désir.

— Retire tes vêtements, demande-t-il, une pointe d'autorité dans la voix.

Je lui tends mes lunettes, retire ma chemise de nuit et reprends mes lunettes, me retrouvant avec les lunettes et la chemise de nuit à la main.

— Tu es ma première fois s'agissant de sexe sous la douche.

Son sourire illumine son visage

— Vraiment ?

— Oui.

Je pose mes affaires sur le long comptoir de la salle de bain et me retourne. Par chance, il s'est avancé juste derrière moi, je n'ai donc pas à essayer de le retrouver alors que tout est flou. Il me prend la main et me guide vers la douche.

— Alors j'essayais d'imaginer quelle position...

Je m'interromps lorsque mon short de nuit se retrouve soudain autour de mes chevilles.

Lucas est à genoux devant moi et m'aide à le retirer.

— Je savais bien que tu imaginais des choses cochonnes. J'adore ça, chez toi.

Il se penche en avant et m'embrasse à travers ma culotte. Je mouille instantanément.

— Douce Alice, murmure-t-il d'un ton approbateur.

Il presse un autre baiser contre moi avant de refermer ses doigts sur les bords du tissu soyeux pour le faire glisser sur mes jambes.

Ma respiration se bloque dans ma gorge lorsque sa main remonte lentement le long de l'intérieur de ma cuisse, ses lèvres laissant des picotements sur leur passage. Ses doigts m'écartent, puis sa langue passe sur moi.

— Lucas, gémis-je, mes hanches s'arquant et mes doigts s'emmêlant dans ses cheveux.

Il n'y a rien de mieux que la bouche de Lucas sur moi.

Ses mains puissantes se referment sur mes hanches, me maintenant en place et soutenant mes genoux affaiblis alors qu'il s'empare de moi avec sa bouche avide. Je cède au plaisir enflammé qui m'envahit, rejetant la tête en arrière et fermant les yeux. C'est une torture sensuelle et exquise d'être piégée dans son étreinte, Lucas me consumant de ses flammes et me rapprochant encore et encore du précipice. Ma respiration est haletante, tout en moi contracté à l'extrême.

Un cri rauque s'échappe de ma gorge lorsqu'une explosion de plaisir m'ébranle au plus profond de moi, provoquant des ondes de choc de sensations dans tout mon corps. Il reste avec moi, faisant traîner les choses jusqu'à ce que je me relâche complètement.

Il se remet sur ses pieds et m'embrasse tendrement.

— Tu es si belle, si sexy, dit-il d'une voix rauque tout en prenant mes seins en coupe dans ses mains pour les caresser.

Je souris, caressant sa barbe douce.

— Tu es un homme merveilleux.

Je suis dopée aux endorphines, décontractée et alanguie.

Il me prend la main et embrasse mes jointures, les yeux rivés sur les miens.

— C'est l'heure de la douche, dit-il d'une voix grave,

avant de m'attirer dans la cabine et de refermer la porte en verre derrière nous.

— Alors comment s'y prend-on ? demandé-je.

— Très bien, répond-il avec un sourire diabolique, avant de me clouer contre le mur et de m'embrasser jusqu'à me couper le souffle.

Je glisse les mains le long de sa peau glissante alors que l'eau coule sur lui, adorant la manière dont les muscles de son dos se tendent. Il se déplace, déposant des baisers le long de ma mâchoire, puis de mon cou, tout en laissant errer ses mains de ma poitrine jusqu'au centre de mon plaisir. Je pousse un hoquet lorsque ses doigts s'enfoncent en moi. Sa bouche recouvre la mienne en un baiser exigeant. J'agrippe ses épaules, rendue chancelante et droguée par le désir. Puis ses doigts se déplacent exactement là où j'ai besoin de lui, remuant en cercles lents et paresseux. Je m'arque en avant contre sa main, mes petits cris avalés par sa bouche alors que la pression monte en moi.

Je tremble, je suis pleine d'élancements, j'ai besoin.

Et soudain, j'y suis, vacillant au bord du vide.

— Lucas, hoqueté-je.

— Pas encore, dit-il d'une voix bourrue dans mon oreille.

Il me soulève avant que j'aie repris mes esprits, sa langue s'enfonçant dans ma bouche en même temps qu'il s'enfonce profondément en moi, me pénétrant jusqu'à la garde, faisant soudain disparaître les élancements. Je fais de mon mieux pour enrouler mes bras et mes jambes autour de lui alors qu'il va et vient vigoureusement en moi, me revendiquant, me possédant. Je lui rends son baiser avec passion. Il est à moi. À cet instant, il est à moi. Soudain, je suis au bord de la jouissance, mon corps se crispant autour de lui.

Il lève la tête, me tenant la mâchoire, ses yeux bleu-vert plongés dans les miens avec une intensité brûlante qui fait grimper la pression.

J'ai le souffle court.

— Lucas, supplié-je.

Il maintient ma mâchoire, gardant mon regard rivé au sien alors qu'il me pilonne brutalement et profondément. L'orgasme me heurte de plein fouet, mes hanches se mettant à ruer sauvagement, et il se joint à moi. Son grognement est bas et guttural, son étreinte forte sur mes hanches alors qu'il lâche prise, s'affaissant contre moi.

Son front touche le mien, sa main tenant mon visage.

— Dis que tu es à moi, Alice, demande-t-il d'une voix rocailleuse.

Je ferme les yeux.

— Lucas.

Il n'a plus dit qu'il m'aimait depuis cette unique fois. Il n'en a pas besoin. Je le sens ; et il le sent aussi. C'est juste qu'il veut plus que ça. Il veut l'éternité. C'est encore trop tôt pour moi. J'ouvre les yeux.

— Je ne suis pas prête.

Sa mâchoire se crispe et il me soulève pour se retirer, me place sous le jet d'eau et caresse mes cheveux en arrière, les mouille. Il est prudent avec moi quand il n'est pas très content de moi. J'aimerais pouvoir accélérer le temps et avancer jusqu'au moment où mon cœur sera guéri et à nouveau prêt à s'ouvrir pleinement, mais c'est impossible. Je ressens les choses profondément. Et je guéris lentement.

Ses gestes sont connaisseurs, autoritaires, même, me rappelant qu'il m'a revendiquée. Il me lave les cheveux, puis le corps, me tournant d'un côté et de l'autre sous le jet. Son expression est sérieuse, ses yeux trahissant une tendresse que je sais avoir blessée.

— Lucas, je suis désolée.

Il m'embrasse, puis me mordille la lèvre inférieure.

— Non. Je ne veux pas que tu sois désolée. J'ai dit que j'attendrais que tu sois prête, et je me montre impatient.

J'attrape le savon et lui lave le torse.

— Tu vas me manquer quand je serai à Londres, demain.

Il sourit.

— Tu seras de retour le lendemain. Tu ne peux pas supporter de passer vingt-quatre heures sans moi ?

— Tu es sûr que tu ne peux pas venir avec moi ?

— Je te l'ai dit, j'ai des affaires à régler.

Je fais ressortir ma lèvre inférieure en une mine boudeuse.

— Un dimanche ?

— Quand on est prince, les portes s'ouvrent n'importe quel jour, tant que je le dis.

— Je suppose que c'est vrai.

Et c'est ce qui lui donne cette note d'autorité, ses attributions royales. C'est sexy. Je le lave un peu plus, puis rince son torse. Il me tourne le dos pour que je le lave.

— Tu vas faire du shopping ?

— Non.

— Qu'est-ce que tu vas faire ?

Il me regarde par-dessus son épaule.

— J'ai accepté de faire passer des entretiens pour les employés du spa.

— C'est vraiment pour le travail.

— J'ai juré d'être honnête avec toi.

Mes yeux me piquent.

— Oui. Et je t'en suis reconnaissante.

Il se retourne et m'enveloppe dans une étreinte.

— Tu vas me manquer aussi.

Je presse ma joue contre son torse, entourée par ses bras forts, sa chaleur et son amour. Pourquoi cela n'est-il pas suffisant ?

Je lève les yeux vers lui.

— Profitons simplement de ce que nous avons en ce moment, d'accord ? Pas d'attentes ou de discussions à propos du futur.

Il s'écarte et éteint la douche, ses gestes saccadés alors qu'il attrape une serviette et me la tend sans un mot. Je frissonne malgré la chaleur de la pièce embuée. Il est impatient et il se contient. Ce n'est qu'une question de temps avant qu'il ne décide de renoncer à moi. Je le sens dans mes tripes, et pourtant je semble incapable de faire ce pas en avant. Les cicatrices sont trop à vif.

Il enroule une serviette autour de sa taille et sort de la douche, les muscles crispés par la tension.

— Lucas ? murmuré-je.

— Je ne suis pas en colère, dit-il sans se retourner. Laisse-moi juste une minute.

Il ramasse ses vêtements en une fois.

— Ce n'est pas toi, c'est moi, dis-je d'un ton d'urgence.

Je ne supporte pas de l'avoir blessé.

Il s'immobilise un instant, avant de secouer la tête.

— Ne fais pas ça.

Je déglutis alors qu'il quitte la pièce.

Lucas

Il est trois heures du matin et je suis complètement réveillé. Alice est profondément endormie, recroquevillée de côté, le dos blotti contre moi. Je lui mets trop la pression, je le sais, mais il m'est impossible de me contenir. Je n'ai jamais ressenti de sentiments aussi forts pour personne jusqu'alors, et l'incertitude de notre futur me rend fou. J'ai besoin de savoir qu'elle est à moi. Je veux l'épouser. Si je pouvais au moins avoir une *petite* indication qu'elle finira par s'engager avec moi, je pourrais me détendre.

Mes yeux se posent sur son ordinateur, posé sur le bureau au bout de la pièce. Je lui ai demandé un peu plus tôt si je pouvais lire son histoire. C'est moi qui l'ai inspirée, après tout, avec nos fausses fiançailles. Elle m'a répondu qu'elle ne voulait pas partager son premier jet.

Mais ça parle de moi. C'est *moi* la fripouille. Si je le lisais, je saurais comment elle voit secrètement notre futur. Le futur qu'elle est trop vulnérable pour exprimer à voix haute se réalise certainement avec ses personnages.

Je n'arrive pas à croire que j'en suis arrivé là. C'est mal de fouiner.

C'est aussi mal de trop insister et de la faire fuir.

Lentement, prudemment, je me glisse hors du lit, attrape l'ordinateur et l'emporte avec moi dans le salon attenant. Il fait frais, ici, et je ne porte qu'un caleçon. Je ne veux pas la réveiller en essayant de trouver mes vêtements là où je les ai jetés alors, je reviens pieds nus dans la chambre, récupère le jeté sur le banc au pied du lit, l'enroule autour de mes épaules et vérifie une dernière fois qu'elle est endormie. Elle est K.O. Je sais qu'elle a travaillé sans relâche pour terminer son premier jet, se couchant tard, passant du temps avec moi puis se levant tôt pour recommencer à travailler.

De retour sur le canapé avec l'ordinateur, je soulève l'écran et appuie sur une touche. Il est allumé, mais il y a un mot de passe J'écris « mot de passe », au cas où ce soit si facile. Non. C'était stupide. Elle adore les mots. Elle utiliserait l'un de ses mots favoris. Dure à cuire ? Non, c'est un truc récent, je pense. Régence ? Non, pas ça. Je me frotte la barbe, réfléchissant. Quelque chose en rapport avec l'amour.

Soudain, je sais. Entiché. Elle adore ce mot. Elle a fait de moi son fiancé entiché d'elle.

J'écris le mot et l'écran se déverrouille, affichant un fond d'écran représentant l'image d'un homme vêtu d'une chemise blanche ample et fluide et d'un pantalon étroit. Oui ! Je n'ai aucune idée de qui est cet homme, probablement un mannequin de couverture de livre. Je clique sur ses documents, et le voilà, tout en haut. Elle l'a nommé simplement « Fripouille -1er jet ».

Je l'ouvre et me mets à lire mon futur.

18

Lucas

Je suis encore réveillé, complètement habillé, maintenant, et assis au bureau de la chambre à côté de son ordinateur, la regardant dormir. Je n'ai pas dormi du tout la nuit dernière. J'ai lu toute l'histoire, un sentiment d'angoisse nauséeux grandissant dans mon estomac à mesure que la fripouille reçoit ce qu'elle mérite. Elle m'a fait passer pour quelqu'un d'horrible, un homme égoïste et arrogant qui séduit une femme vulnérable en dessous de sa position. Ce n'est pas moi. Je l'aime.

La fin est horrible.

La *seule* histoire inspirée par moi, avec moi dans le rôle de la fripouille engagé dans de fausses fiançailles, se termine avec la fripouille perdant tout, y compris la femme qu'il aime. Elle m'a dit que dans les romances, les choses se terminaient toujours avec le couple qui se met ensemble et une fin heureuse. Elle est connue pour ses histoires réconfortantes et heureuses ! Il n'y avait rien d'heureux ou de réconfortant ! Une putain de fin tragique, en ce qui me concerne.

Son réveil se déclenche. Elle tend un bras hors des couvertures, l'éteint et, un instant plus tard, se redresse d'un coup dans le lit, repoussant ses cheveux de son visage et regardant autour d'elle. Elle est nue, sa fantastique poitrine rebondissant au rythme de ses mouvements. Même à cet instant, écœuré comme je le suis par ce qu'elle a écrit, j'ai quand même envie d'elle. Elle tâtonne à la recherche de ses lunettes sur la table de chevet, les enfile, et pose finalement son regard sur moi.

— J'ai ma séance de dédicaces à Londres aujourd'hui, dit-elle. Tu es levé tôt.

— Je n'ai pas dormi.

— Pourquoi ?

Ma mâchoire se crispe.

— Je réfléchissais.

Elle fronce les sourcils.

— OK, tu as envie de partager ce à quoi tu as réfléchi ?

— Non.

Je repère sa longue chemise de nuit au sol, l'attrape et la lui jette.

— Enfile ça.

Elle obéit.

— Merci. Tu peux faire monter du café et des muffins pendant que je me douche et que je fais mes valises ?

— Je vis pour te servir, dis-je d'une voix traînante, avant de retourner à mon siège pour recommencer à la fixer.

Une partie de moi pense que l'étudier avec attention m'aidera à comprendre comment son mystérieux esprit féminin fonctionne.

Elle secoue la tête et marmonne :

— Je ne sais pas quel est ton problème, aujourd'hui, mais je vais le faire moi-même.

Elle appelle les quartiers des domestiques et fait sa demande, avant d'attraper des vêtements et de se précipiter vers la salle de bain.

J'attends et continue à faire une fixation sur l'horrible histoire que j'aurais préféré ne jamais lire. Comment a-t-elle pu me décrire ainsi après la façon dont je l'ai traitée ? J'ai été bon avec elle. J'ai fait plus d'efforts que je n'en ai jamais faits avec n'importe quelle femme. Hier soir, je l'ai même emmenée pour une balade romantique sur la plage, avant de l'embrasser sous la lueur de la lune. OK, c'est elle qui m'a demandé de faire ça, mais je l'ai fait parce que j'ai *envie* d'être l'homme de ses rêves. Je veux être celui qu'elle choisira pour toujours. Et maintenant, il est parfaitement clair qu'elle ne ressent pas la même chose.

Elle sort de la salle de bain tout habillée peu de temps plus tard, l'air plus réveillée. Elle s'avance vers moi.

— Lucas ? demande-t-elle, la voix douce et incertaine.

Elle sait que je suis en colère, et j'essaie de ne pas l'être. Ce n'est pas sa faute si elle ne ressent pas la même chose que moi.

— J'ai lu ton histoire.

Ses yeux se portent vivement à l'ordinateur à côté de moi, et elle serre les bras contre sa poitrine. Elle se tourne à nouveau vers moi, les sourcils froncés au-dessus de ses grands yeux bleus, une expression blessée sur ses traits.

— Je n'arrive pas à croire que tu aies lu mon histoire, murmure-t-elle.

Une vague de culpabilité me frappe. Je l'ai blessée. Mais elle m'a blessé aussi.

— Eh bien, oui. Et je sais que la fripouille la mène en bateau, faisant semblant d'avoir de vrais sentiments pour elle alors qu'il n'a jamais eu vraiment l'intention de l'épouser. Maintenant, elle est ruinée et aucun homme ne voudra l'épouser.

Je ne peux m'empêcher de prendre un ton accusateur. Elle sait à quel point j'ai envie de la voir s'engager avec moi, pourtant elle nous prive de cela à la fois dans le monde réel et dans son monde fictionnel, que je sais être son refuge et son endroit heureux. Et elle a fait de moi un méchant.

Sa mâchoire s'ouvre en grand, avant qu'elle la referme d'un coup.

— Je suis désolée, je dois avoir manqué le moment où je t'ai donné la *permission* de fouiller dans mes documents *personnels* pour lire l'histoire que je t'ai spécifiquement demandé de ne pas lire. En fait, quand tu as demandé à la lire, mes mots exacts ont été « Non. Je ne veux pas partager mon premier jet. » À moins que le mot non ne s'applique pas aux princes ?

Je me lève, lui adressant un regard noir.

— La fripouille la quitte, à la fin, et ensuite elle invente un plan diabolique pour le laisser criblé de dettes. Ce n'est pas une histoire d'amour ! C'est une putain de tragédie.

Elle ne recule pas malgré la dureté de mes paroles. À la place, elle hausse le menton. Je suis à la fois fier de la voir défendre ses positions et complètement exaspéré.

— Les histoires d'amour peuvent avoir une fin heureuse ou tragique.

— Non. Tu m'as dit que tu écrivais de la romance, ce qui veut dire que le couple finit toujours ensemble à la fin. Et pourtant tu n'as pas écrit ça, cette fois. Pourquoi ?

Ses yeux bleus lancent des éclairs, sa voix tremble tant elle est en colère.

— Parlons plutôt du vrai problème, ici. Tu as trahi ma confiance – encore ! D'abord, tu m'as délibérément tenue dans l'ignorance à propos du fait que Gabriel était contre les fiançailles, je t'ai laissé jouer de tes charmes pour t'en tirer une première fois, mais là, ça va trop loin. Tu as attendu que je sois endormie pour violer ma vie privée parce que tu savais que c'était mal. Où est passé ton honneur ? Où est passé ton sens de l'intégrité ? Tu m'as dit que tu étais un homme d'honneur, mais tes actes me disent que je ne peux pas te faire confiance.

— Je suis un homme d'honneur !

Elle émet un rire moqueur.

— Comment as-tu réussi à accéder à mon ordinateur ? Il est protégé par un mot de passe.

Mes lèvres se retroussent.

— Entiché. Tous ceux qui te connaissent auraient pu le deviner.

Elle enfonce un doigt dans mon torse.

— Tu es le seul à pouvoir le deviner, parce que j'ai utilisé ce mot te concernant. Je ne l'ai jamais utilisé avec personne d'autre auparavant.

— Quel compliment pour moi, répliqué-je d'une voix

pleine de sarcasme. J'ai le droit d'être « entiché » tant que ce n'est qu'un jeu, mais maintenant que c'est réel, je n'ai plus rien.

Elle lève les mains au ciel.

— Je ne peux pas gérer ça maintenant ! Je dois faire mes valises !

Elle sort vivement sa valise du placard, la fait rouler vers le lit et la jette dessus. Puis elle commence à empiler des vêtements dedans. C'est un voyage d'une nuit, et pourtant elle emporte tout. Est-ce qu'elle part pour de bon ?

Mon estomac se serre. Je suis en colère et blessé, et je me sens un peu désespéré. Les princes ne supplient pas, nous ne rampons pas à genoux et nous ne courons pas après les femmes. Pourquoi a-t-il fallu que je tombe amoureux de la seule femme qui refuse de me rendre mon amour ?

— Va-t'en, lâche-t-elle tout en se dirigeant vers la salle de bain, probablement pour récupérer ses produits de toilette.

Je me lève, mais je ne peux pas partir. J'ai besoin de réponses. J'ai besoin d'espoir. Je m'assois au bord du lit défait, appuie mes coudes sur mes genoux et pose ma tête dans mes mains. Mon esprit est embrouillé, mes nerfs à vif, l'épuisement me rendant encore plus tendu.

Je l'entends avant de la voir, elle récupère son ordinateur à l'autre bout de la pièce, puis elle se rapproche tout près de moi, son odeur fleurie et sexy me submergeant alors qu'elle ferme sa valise et la soulève du lit. Ma poitrine se comprime et je lève un regard las vers elle.

Elle scrute les traits de mon visage, et son expression s'adoucit.

— Lucas, tu m'as vraiment blessée. Tu as dit que tu ne me blesserais jamais. Tu as dit que tu serais toujours honnête avec moi, et pourtant tu as agi dans mon dos. La confiance est primordiale, pour moi, et tu le sais.

Je lui ai donné mon cœur et elle l'a jeté à la poubelle.

— J'ai admis ce que j'avais fait ! C'était de l'honnêteté. Maintenant, viens t'asseoir à côté de moi.

Elle regarde le lit, puis moi.

— Non.

— Pourquoi pas ? parviens-je à articuler entre mes dents serrées.

— Parce que je suis en colère contre toi et que tu n'as aucun droit d'être en colère contre moi et de me donner des ordres.

— S'il te plaît, dis-je d'un ton mordant. Je veux juste parler.

— Très bien.

Elle s'assoit à une distance ridiculement éloignée et ajoute :

— Mais juste une minute. Je dois aller à ma séance de dédicaces.

Je me rapproche, déterminé à faire la lumière sur cette histoire sans perdre mon calme.

— Alice, explique-moi pourquoi toi qui es connue pour tes histoires d'amour heureuses et réconfortantes, tu as écrit cette histoire dans laquelle la fripouille ne se rachète jamais. Il se retrouve seul et malheureux à la fin, dépouillé de tout ce qui avait de l'importance pour lui.

Elle arbore un air renfrogné, croisant les jambes et lissant sa robe dessus.

— Je n'ai pas envie de parler de mon histoire avec toi. Le premier jet n'est pas fait pour être discuté ou critiqué. Il est fait pour être un déferlement de mots brut et désordonné.

Ma gorge se serre.

— Un déferlement de tes sentiments.

Elle penche la tête.

— Oui, d'une certaine manière.

— Mais tu as dit que tes lectrices voulaient que les personnages finissent ensemble, qu'ils soient heureux et amoureux. Tu dois arranger ça. Change la fin.

— Tu n'as pas ton mot à dire là-dessus ! Je me fiche que tu détestes mon histoire. C'est la mienne.

Elle pousse un soupir.

— Le vrai problème, c'est de savoir comment je pourrais un jour te faire à nouveau confiance alors que tu agis derrière mon dos.

Je me passe une main sur le visage.

— Je suis désolé. Je n'irai plus sur ton ordinateur, je regrette de l'avoir fait.

Elle secoue la tête.

— C'est juste que je ne comprends pas pourquoi tu avais à ce point envie de lire mon histoire.

Parce que j'ai besoin de réponses. Parce que je suis à toi, mon cœur est à toi, et j'ai besoin que tu sois à moi. Je ne peux pas dire ça, parce que cela me fait trop mal de savoir que je suis le seul à le penser.

— Parce que j'étais curieux de savoir ce que tu avais fait des fausses fiançailles de ton histoire après les nôtres, finis-je par dire. Qu'en est-il de tes lectrices ? Qu'en est-il de ton éditrice ? Est-ce que tu te soucies de ce qu'ils pensent ? Parce que cette histoire se transforme en tragédie, et que le coup est brutal.

Elle écarte cette remarque d'un geste de la main.

— Si mon éditrice me cause des problèmes, j'ajouterai un épilogue cinq ans plus tard. Après avoir trouvé son indépendance, Diana tombera follement amoureuse du jardinier.

Mon estomac se crispe doucement. Elle va partir, et elle va tourner la page.

— Assurément, le jardinier ne sera pas aussi intéressant pour elle que la fripouille ?

— Elle se fiche des titres, elle ne s'intéresse qu'à la bonté du cœur.

Elle utilise son vocabulaire de la Régence, songeant à son histoire. Je connais toutes ses manies et je les adore toutes.

— Et si la fripouille avait un bon cœur, au fond de lui ? insisté-je.

Elle secoue la tête.

— Ce n'est pas le cas. Il est une fripouille de bout en bout. Il ne se repentira pas. Il ne changera pas. Il l'a menée en bateau et il l'a ruinée.

— Où est la fin heureuse ? aboyé-je. Il y en a forcément une ! Écris un meilleur épilogue.

Ses yeux lancent des éclairs.

— Pourquoi te soucies-tu à ce point de la fin ? Tu n'es pas l'écrivain, ici !

— Parce que je t'aime !

Elle lève une paume en l'air.

— Lucas, je ne peux pas. Je ne peux pas me disputer avec toi à propos de l'histoire que tu n'étais même pas censé lire, je ne peux pas…

Elle prend une inspiration tremblante et continue :

— Je ne peux plus être avec toi. Je ne peux pas être avec quelqu'un en qui je n'ai pas confiance.

Ma poitrine se comprime, m'empêchant presque de respirer. J'ai envie de répliquer qu'elle peut me faire confiance, mais je sais que j'étais en tort. Exactement comme je sais qu'elle ne se voit pas s'engager avec moi dans le futur.

Elle attrape sa valise et sort. Un instant plus tard, elle passe la tête à l'intérieur et hurle à pleins poumons :

— Et il n'y aura pas d'épilogue avec le jardinier !

Je cligne des yeux, surpris par la force de ses mots, comme si je me souciais à ce point du jardinier.

Dès qu'elle est partie, je me laisse tomber sur le matelas et passe un bras sur mes yeux qui me piquent.

Puis je me recroqueville sur l'oreiller qui sent encore son odeur et ferme les yeux, mais je peux encore voir la lueur blessée dans ses yeux.

~

Alice

Lucas et moi, c'est fini. Et c'est très bien. Vraiment. Je vais bien. C'est. Très. Bien.

Sans confiance, il n'y a rien. Et je n'étais pas prête pour une relation sérieuse, ce qu'il savait très bien, donc… cela vaut mieux comme ça. Je plaque un sourire sur mon visage, faisant semblant de suivre la conversation autour de la grande table ronde, où je profite actuellement d'un thé avec mes lectrices. La branche britannique de mon éditeur a organisé cet événement du dimanche après-midi pour les lectrices, à l'hôtel Langham. Je suis dans la grande salle de réception, avec deux cents lectrices et deux auteurs d'un premier roman de romance historique que je rencontre pour la première fois aujourd'hui. Après le thé, moi et les autres auteures, Sarah et Lauren, lirons chacune à notre tour des extraits de nos romans, puis nous ferons des dédicaces. Ce soir, je suis censée dîner avec l'équipe d'édition britannique, passer la nuit ici et repartir le lendemain matin. J'ai des billets d'avion d'ici pour les États-Unis demain. C'était le plan, avant qu'Anna me propose de rester six semaines entières pour écrire mon livre. Maintenant, je ne sais plus quoi faire. J'ai envie de retourner au palais (il n'y a rien de mieux que d'avoir des domestiques pour préparer vos repas pendant que vous écrivez), mais maintenant, avec Lucas… je ne crois pas en être capable.

Je prends une gorgée de thé pour apaiser ma gorge serrée. Pourquoi a-t-il fallu qu'il fasse précisément la chose qui me ferait le plus mal ? Oh, je sais que ce n'était pas aussi grave que s'il m'avait trompée, ce qui aurait été un coup bas, mais c'était quand même une trahison de ma confiance. Pour la deuxième fois, en plus, et je ne peux pas permettre qu'il y en ait une troisième. Je commençais tout juste à lui faire suffisamment confiance pour lui ouvrir mon cœur. Maintenant, il est clair que c'est le genre d'homme à faire tout ce qui servira ses besoins, même en sachant que c'est mal. Je suppose que j'aurais dû le savoir, vu que c'est exactement ce qui est arrivé avec nos fausses fiançailles. Gabriel lui a dit non – son roi ! – et Lucas l'a fait quand même.

C'est quoi, le problème avec les hommes ? Où est passé leur sens de l'honneur ? C'est pour ça que je préfère les hommes de mes livres vieux jeu. Ils se soumettent à un code d'honneur et agissent toujours de manière correcte, sauf au lit, où ils sont délicieusement coquins. Lucas était un fantasme devenu réalité dans ce domaine. *Ne pense pas au Lucas coquin !* C'est fini entre nous. Avec un F majuscule. Nous sommes morts et enterrés, c'est fini. Et cela me va très bien. Je suis une femme forte et résiliente qui…

— Alice ?

Je regarde la femme brune à ma droite en clignant des yeux. Olivia. Elle semble attendre une réponse.

— Oui, Olivia ? Désolée, j'étais dans la Lune.

Elle m'adresse un joli sourire.

— Je disais juste que j'avais été désolée d'apprendre ce qui était arrivé avec Mason. Est-ce que vous allez bien ? Vous n'avez rien posté sur les réseaux sociaux. Non pas que je vous espionne !

Mason. Le nom ne provoque pas la même vive douleur qu'auparavant. Je ne sais pas si c'est parce que je lui ai enfin fait face et que je lui ai dit au revoir, ou si c'est parce que mon esprit était si concentré sur le fait d'écrire mon histoire et sur Lucas. *Aïe.* La voilà, la vive douleur.

— Les hommes, ça craint, annoncé-je, et les femmes autour de la table gloussent de surprise. À part les hommes dans les livres.

Un chœur d'approbation parcourt la table et je souris. C'est ma deuxième rencontre de lecteurs à Londres, et j'y ai découvert des lectrices formidables.

— De quoi parle votre prochain livre ? demande une femme blonde de l'autre côté de la table.

— William. Ça s'appelle *La fripouille et la préceptrice.*

— Oooh ! font plusieurs femmes.

— William est une fripouille, comme c'est délicieux !

— J'adore les mauvais garçons !

— Est-ce qu'il séduit la préceptrice, et qu'ils sont obligés de se marier pour respecter la bienséance ? demande Olivia.

Sept paires d'yeux me dévisagent. *Non, elle finit ruinée, et lui aussi.* Je ne peux pas dire ça. D'abord, je ne dévoile jamais la fin de mes livres. Et ensuite, pourquoi n'ai-je pu écrire une fin heureuse ? Je me voyais en Diana, et pourtant je n'ai pu m'offrir une fin heureuse. J'espérais mieux, bien sûr, raison pour laquelle j'ai songé à l'épilogue. Mais j'ai été incapable de l'écrire. Peut-être que, au fond de moi, je ne crois plus que l'amour a toujours une fin heureuse. C'est tellement plus compliqué, chaotique et imparfait. La vraie tragédie, c'est que je n'aie jamais vu la vérité à propos de l'amour, jusqu'alors. Je presse mes doigts contre mes tempes alors qu'une migraine commence à pointer.

Une main me touche délicatement l'épaule. C'est Olivia.

— Vous allez bien ? Vous voulez prendre un peu l'air ? Il y a une cour intérieure juste là.

Elle fait un geste vers une porte au fond de la pièce.

— Non, je vais bien, merci. Je suis juste un peu fatiguée.

Tout le monde m'adresse un regard plein de compassion, et je ne sais comment, cela me fait me sentir pire encore. Je suis déphasée, aujourd'hui, encore ébranlée par la dispute de ce matin avec Lucas. Je dois reprendre le dessus. *Être une dure à cuire.*

— Pour en revenir à votre première question, dis-je aux femmes, je ne raconte jamais la fin, mais dès qu'il sera terminé, durant la loooongue attente avant la publication, je commencerai à partager des teasers sur les réseaux sociaux. Et si vous étiez l'une des adorables lectrices qui m'ont laissé un message de soutien après mon épreuve avec vous-savez-qui, je vous remercie du fond du cœur. Cela m'a réellement aidée à me faire me sentir moins seule pour faire mon deuil.

Je marque une pause, frappée par cette idée de deuil, vaguement consciente d'autres murmures de soutien. Je suppose que c'était comme un deuil, de perdre Mason et Riley, et je me sens mieux, maintenant, parce que j'ai pu leur dire au revoir et que j'ai le sentiment qu'une page s'est tournée. Je suis vraiment une femme forte, je ne suis pas dure, mais je suis résiliente.

— J'ai passé le cap, dis-je. Je suis allée de l'avant et j'ai repris mon rythme d'écriture pour pouvoir vous apporter d'autres histoires à lire.

— Bien dit ! m'acclame Olivia.

Puis elles me portent un toast avec leurs tasses de thé, ce qui est si adorable. Je me détends et recommence à profiter des mini-sandwichs, des pâtisseries et de cette excellente compagnie.

Une fois le thé terminé, les tables sont débarrassées et je me dirige vers la table principale avec Sarah et Lauren. Sarah est américaine ; Lauren est britannique. Il y a un podium avec un microphone au bout de la table pour nos lectures.

— Je suis si nerveuse, murmure Sarah. Pourquoi faut-il que je passe en premier ?

— J'échangerais bien ma place avec toi, répond Lauren à voix basse, mais je n'ai pas envie de passer en premier non plus.

Je suis censée passer en dernier parce que la plupart des lectrices sont là pour moi et que l'éditeur veut donner à ces nouvelles auteures une chance tant qu'elles ont l'attention de tout le monde.

— J'étais nerveuse aussi la première fois, murmuré-je. Souvenez-vous simplement que ce n'est pas vous, l'important. L'important, ce sont vos personnages, et les lectrices veulent savoir ce qu'ils font.

— C'est une bonne façon de voir les choses répond Sarah. Est-ce que j'ai mentionné le fait que ma fille est folle de vous, ou devrais-je parler d'auteur coup de cœur ?

Je ris.

— Oui.

Plus tôt, Sarah m'a demandé de signer ses romans d'Alice Segal et m'a raconté toute sa vie. J'ai fait la même chose avec mes auteurs favoris, alors je comprends totalement l'enthousiasme qu'on ressent.

— Et maintenant que j'ai vos livres, je suis impatiente de les lire, leur dis-je à toutes les deux. Dès que j'aurai rempli mes délais.

Sarah me prend par le bras.

— Oh, mon Dieu, j'ai un délai à respecter pour la première fois. Je suis tellement stressée. Il m'a fallu cinq ans pour écrire mon premier livre. Comment gérez-vous la pression ?

Une voix sur le podium attire mon attention. C'est l'attaché de presse de notre éditeur qui accueille tout le monde.

— Envoie-moi un mail, murmuré-je à Sarah. Je suis toujours ravie de parler boutique.

Lauren fait un geste vers elle-même, et je hoche la tête.

— Toi aussi.

Une fois que l'attaché de presse a présenté Sarah, je l'écoute lire un long extrait de son histoire. Sa voix est essoufflée et elle s'arrête plusieurs fois pour boire une gorgée d'eau, mais elle va jusqu'au bout sans s'évanouir. Je ne dis pas que je me suis évanouie durant ma première lecture, j'avais juste un peu la tête qui tournait.

Des applaudissements polis s'élèvent dans la salle et elle se rassoit, engloutissant ce qu'il reste de son eau. C'est ensuite au tour de Lauren, et sa voix est plutôt ferme, alors je reporte mon attention sur mon livre. Je vais lire un extrait du *Défi du Duc*. J'adore lire la première scène où il se met à genou à voix haute parce que c'est amusant, le duc n'ayant jamais eu à faire quelque chose d'aussi indigne jusqu'alors. La dernière fois que je suis venue ici, j'ai lu un extrait de mon dernier livre, La *Victoire du Vicomte*, vu que c'était une sortie récente.

Lauren termine et s'assoit rapidement. J'écoute l'attaché de presse me présenter et essaie de ne pas m'agiter sur mon siège. C'est bizarre d'entendre quelqu'un parler de vous alors que vous êtes juste à côté, surtout quand c'est dans un langage dithyrambique d'attaché de presse.

Je me lève une fois qu'il a terminé, et les applaudissements sont assourdissants. Je souris et me dirige vers le microphone.

— Waouh. Merci. Tout ce que j'avais à faire, c'était me lever pour que vous m'offriez un tonnerre d'applaudissements enthousiastes. J'imagine que je peux partir, maintenant.

Je fais semblant de retourner à mon siège, m'arrête et secoue la tête. Tout le monde rit.

Je retourne au microphone.

— Plus sérieusement, merci beaucoup pour cet accueil chaleureux. Cette journée a été une expérience si merveilleuse, avec le thé et l'occasion d'avoir pu vous rencontrer toutes, ainsi que mes nouvelles amies, Sarah et Lauren. N'étaient-elles pas merveilleuses ? Je suis impatiente de lire leurs livres. Ne manquez pas de les acheter après ça et d'aller les voir pour avoir une dédicace.

Sarah et Lauren m'adressent un regard rayonnant, et je souris. J'ai reçu énormément de soutien de la part d'auteurs expérimentés quand je débutais, et j'adore rendre la pareille.

Je lève *Le Défi du Duc* devant moi.

— Je vais vous lire l'une de mes scènes préférées. Vous devinez de laquelle il s'agit ?

— Est-ce que c'est une scène torride ? s'exclame quelqu'un.

Je ris.

— Je pense qu'il vaut mieux que vous lisiez ces scènes sans entendre ma voix dans votre tête. Mieux vaut imaginer la voix onctueuse du duc.

Je coince mes cheveux derrière mon oreille, rougissant alors même que c'est moi qui l'ai écrit.

— Je vais commencer.

J'ouvre le livre et commence à lire :

« Évidemment que j'aimerais t'accompagner pour faire les boutiques » dit-il, avant de baisser la voix en un ronronnement doux : « Après tout, c'est par ma faute que tu as égaré ton ruban. »

« Égaré ? Tu l'as probablement attaché à ta tête de lit comme souvenir ! »

— Il m'a tout l'air d'une autre fripouille ! lance une voix masculine, me faisant sursauter.

Je relève vivement la tête et émets un hoquet de surprise, le cœur cognant dans ma poitrine.

Plusieurs femmes murmurent bruyamment :

— Le Prince Lucas.

Tous les yeux se tournent vers lui, debout au milieu de la salle de réception, vêtue d'une chemise bleu pâle et d'un pantalon de tailleur gris. Ses cheveux sont ébouriffés, comme s'il avait passé ses doigts dedans, le seul signe de détresse apparent après notre dispute et notre rupture de ce matin. Je n'arrive pas à croire qu'il soit ici.

— Continue, je t'en prie, dit-il nonchalamment, comme s'il n'était pas le seul homme dans une pièce remplie de femmes lectrices de romance.

Ses yeux démentent son attitude décontractée, rivés sur moi en un regard intense et ardent. Je déglutis. Est-ce qu'il va faire un esclandre ? Il est déjà en train de faire un esclandre !

Voyant que je reste figée sur place, il continue, toujours de son ton étrangement nonchalant :

— Je connais cette histoire. La fripouille s'en tire plutôt bien, n'est-ce pas ?

— S'il vous plaît, monsieur, asseyez-vous, dis-je, ajoutant

une touche de politesse au jeu de la nonchalance, ainsi qu'une dose de *je ne connais pas cet homme.*

— Oui madame, répond-il avec une déférence feinte.

Il s'assoit au coin d'une table toute proche, et ses gardes se rapprochent de lui.

Je passe une main tremblante dans mes cheveux, tentant désespérément de me remettre d'aplomb.

— Désolée. Où en étais-je ?

Les mots se brouillent devant mes yeux, et je cligne des paupières pour les éclaircir.

— Je vais juste recommencer au début.

Je prends une profonde inspiration et commence à lire, la voix pas tout à fait stable.

— Elle devrait lui tourner le dos ! aboie Lucas en se levant à nouveau pour me faire face. Et ensuite, elle devrait le quitter. C'est ce que mérite cette fripouille.

Je serre les dents, sentant sa métaphore avec nous deux. Je ne veux pas me battre avec lui, même métaphoriquement, devant une telle assemblée publique.

— Non. Il a fait ce qu'il ne fallait pas, il a profité d'elle, et maintenant il demande pardon.

Il se rapproche d'un pas et mon cœur bat plus fort.

— Alors *son* erreur peut être réparée avec un ruban. Mais l'autre fripouille… elle n'a rien.

Un murmure bas parcourt notre auditoire. Bon sang. Mes lectrices ne savent rien de l'autre fripouille, et je ne veux pas que Lucas lâche le moindre spoiler.

— Arrête de parler de fripouilles, dis-je fermement. L'une de ces histoires n'est pas encore sortie.

Je souris à notre auditoire.

— Pas de spoilers, n'est-ce pas, mesdames ?

— Est-ce que vous êtes ensemble, vous et le prince ? s'écrie une femme.

— Non.

— Oui, acquiesce Lucas en même temps.

— Lucas !

Il s'avance vers moi et vient se tenir de l'autre côté du podium, la voix assez forte pour porter dans toute la salle.

— C'est moi, la fripouille. Tu m'as déjà appelé comme ça, alors tu devais savoir que je ferai ce qu'il ne fallait pas, et je suis désolé.

Sa voix se brise.

— Jamais, jamais plus je ne te donnerai de raison de douter de mon honneur.

Tous les yeux se tournent vers moi.

Je cligne des yeux et avale la boule qui s'est formée dans ma gorge. Il se tient là, devant une foule de femmes, rampant devant moi à sa manière de prince, de la sincérité dans le regard, et je le crois.

— D'accord, Lucas. J'accepte ton excuse.

Tous les yeux se tournent à nouveau vers lui, un murmure enthousiaste parcourant la pièce. Des téléphones se lèvent. Ça va se retrouver partout sur les réseaux sociaux. Mince.

— Merci.

Il contourne le podium pour s'approcher de moi.

— Est-ce que tu vas changer la fin ? demande-t-il d'un ton si hostile que j'oublie tout à part sa fureur affreusement déplacée.

C'est moi qui ai été offensée !

— Pas pour toi ! C'est mon histoire !

Il m'adresse un regard noir.

— Alors tu vas simplement me laisser écrasé sous ta botte, c'est ça ?

Je prends une brusque inspiration. *Écrasé sous ta botte.* Il mélange notre dispute avec l'histoire. Diana dit la même chose dans l'histoire : *Tu m'as écrasée sous ta botte et tu es parti. Pourquoi ne pourrais-je pas faire la même chose ?* Et soudain, je comprends. Lucas pense qu'il est William, pour moi. J'ai déversé toute ma colère et mon mal-être envers Mason dans cette histoire. Mason est William, une version de lui, en tout cas. C'est une fiction.

Je m'écarte du microphone pour que notre conversation ne soit pas transmise au monde entier.

— Je voulais la belle scène du jardin dans l'épilogue. Je n'étais juste pas prête à l'écrire. Le jardinier est gentil et sensible. Il comprend les sentiments des femmes. Il écoute et propose son amitié, et c'est comme ça que débutent toutes les plus belles relations.

Lucas me dévisage, bouche bée.

Mes yeux me piquent et ma gorge est serrée alors que je continue :

— Et j'espère que même si les choses sont imparfaites, compliquées et chaotiques, ils réussiront quand même à être heureux ensemble.

Il m'attrape par les épaules, la voix basse et urgente.

— Tu es en train de dire que c'est moi, le jardinier ? L'homme qu'elle aime et avec qui elle vit heureuse pour le restant de ses jours ?

Je hoche la tête, une larme s'échappant de mes paupières.

— Nous nous sommes rencontrés dans la cour des jardins du palais.

Il me plaque contre lui en une étreinte forte. Des acclamations résonnent autour de nous. Je lui rends son étreinte, enfouissant mon visage contre son torse.

— Du calme, les filles, dit quelqu'un dans le microphone. Accordons-leur un petit moment.

La pièce devient silencieuse. Un peu tardivement, je me sens gênée et essaie de m'écarter, mais Lucas me retient toujours fermement. Je lui ai manqué. Il m'a manqué aussi.

— Je suis désolé d'avoir lu ton histoire sans ta permission, murmure-t-il à mon oreille. Je voulais juste me faire une idée de tes sentiments, et je me suis montré horriblement impatient.

Il s'écarte et prend mon visage entre ses mains.

— S'il te plaît, pardonne-moi, Alice. Je n'ai jamais éprouvé des sentiments aussi forts jusqu'alors, je n'ai jamais vraiment aimé personne jusqu'alors.

— Oh, Lucas, je te pardonne. Tu n'as pas besoin de continuer à ramp... euh, à t'excuser.

— Les Princes ne rampent pas.

Il passe son bras autour de ma taille, m'attirant tout près de lui.

— Je veux t'épouser, et je sais que tu n'es pas prête. J'attendrai. Je te jure que je pourrais être plus patient tant que tu es à mes côtés.

— En ce qui me concerne, j'y réfléchirais sérieusement si je pouvais épouser le Prince Lucas, dit une voix féminine.

Je regarde autour de moi et réalise qu'un grand nombre de femmes dans la salle se sont rapprochées discrètement pour avoir une meilleure vue du spectacle sans aucun doute très intéressant que nous formons.

Lucas hoche énergiquement la tête.

— C'est ce que veulent tes lectrices. Tu dis toujours que tu veux qu'elles soient satisfaites de tes histoires.

Je souris.

— Tu n'es pas mon histoire, même si tu es un jardinier déguisé en fripouille. Tu es tellement plus. Tu es tout ce que je peux désirer – des gestes princiers, un ami incroyable, et une bête de sexe au lit.

Il m'adresse son sourire en biais, le regard tendre et chaleureux. Un élan d'affection me pousse à jeter mes bras autour de son cou pour l'embrasser.

Les femmes émettent une acclamation.

Lucas ne les déçoit pas, et moi non plus, me rendant mon baiser avec passion. Lorsqu'il me laisse finalement respirer, il pose son front contre le mien, le regard intense.

— Je t'aime.

— Je t'aime aussi, parvins-je à répondre malgré la boule qui s'est formée dans ma gorge. Tellement.

Ses yeux deviennent brillants et il pince les lèvres comme s'il tentait de retenir ses larmes.

Un rugissement d'approbation résonne dans toute la pièce – des acclamations, des sifflets et des applaudissements si bruyants que j'ai presque envie de faire une révérence. Sauf que ce n'était pas un spectacle, c'est ma vraie vie, et je sais que je veux que Lucas en fasse partie.

Lucas prend les commandes, comme le prince qu'il est.

— Asseyez-vous, mesdames. Il est temps d'entendre lire cette scène par un homme ayant du sang noble.

Il me tend la main avec un sourire et me ramène vers le podium.

— Tu feras la voix de l'héroïne, bien sûr.

Je ne peux m'empêcher de sourire. Il respecte et apprécie mon travail en tant qu'auteur de romance – contrairement à la plupart des hommes – et il me respecte et m'apprécie. Je ne pourrais imaginer un homme meilleur pour moi, et ce n'est pas peu dire sachant que mes héros sont du genre devant lesquels on se pâme. Lucas est le genre que je peux aimer, ce qui, pour une fois, est mieux que dans mon imagination.

Je le rejoins devant le podium et nous commençons, nos voix railleuses, charmeuses et joueuses, avec une véritable tension sexuelle sous-jacente. Il me couve du regard et je rougis en réaction.

Nous terminons et il me prend la main fermement alors que l'auditoire applaudit.

J'ai finalement trouvé mon héros, le prince de Villroy, le gardien de mon cœur.

ÉPILOGUE

Quatre semaines plus tard...

Lucas

Alice est ici pour rester, et je ne pourrais être plus heureux. C'est drôle, comme un simple léger changement de perspective – le fait de savoir qu'elle me voit plus comme le jardinier dans l'âme que comme la fripouille dont j'ai entretenu la réputation – a calmé mon impatience. Bien sûr, sa déclaration d'amour publique y a aussi beaucoup contribué. Notre Exhibition de Vie Personnelle (comme Alice l'appelle) a fait exploser Internet, et ses lectrices ont répandu la rumeur selon laquelle j'étais la fripouille de son futur roman. Elles adorent l'idée qu'il soit inspiré d'une véritable histoire d'amour. Son éditeur s'est empressé d'ouvrir les précommandes pour son livre et a promis une date de sortie toute proche. Cela a placé Alice sur des charbons ardents et elle a réécrit son premier jet dans une frénésie de nuits tardives, donnant à la fripouille la bonté de cœur du jardinier pour qu'il puisse avoir sa fin heureuse. Comme moi. Non, je ne l'ai pas lu en douce. Je sais tout ça parce qu'elle m'a exposé ses plans juste avant de commencer ses corrections. Je respecte son intimité et son processus, et je n'ai même pas demandé. J'attends (patiemment) son signal m'indiquant qu'elle est prête.

J'étudie ma suite au palais, m'efforçant de la voir du point de vue d'Alice. Elle a rendu son livre à son éditeur ce matin, et cet après-midi, je l'ai fait emménager avec moi. La chambre est principalement constituée de meubles antiques en acajou, avec une atmosphère plus contemporaine dans le salon grâce aux chaises en cuir et aux tables en verre. Pas très féminin. Je n'ai jamais vécu avec une femme jusqu'à aujourd'hui, je n'en ai jamais eu envie. Elle n'apporte que sa valise et son ordinateur.

— Tu peux ajouter ta touche personnelle, lui dis-je. Tout ce que tu veux. Peut-être en apportant quelque chose de chez toi.

Nous allons retourner dans l'Oregon bientôt pour que je puisse rencontrer ses parents et qu'elle puisse emballer ses affaires et vider son appartement.

Elle m'adresse son doux sourire et mon cœur bat plus fort. Je ne sais pas si je m'habituerai un jour à ces doux sourires qui sont comme des rayons de soleil dirigés droit sur mon cœur.

— J'ai bien quelque chose qui vient de chez moi avec moi. Un cadeau, pour toi.

— Vraiment ?

Elle hoche la tête et fouille dans sa valise, avant d'en sortir une petite bague en émeraude.

— Elle est trop grande pour mon doigt, vu que j'ai perdu du poids, et je comptais la faire redimensionner, mais j'ai décidé que j'avais plutôt envie que tu la prennes, dit-elle en me tendant la bague.

Je referme les doigts autour du cadeau, ne sachant trop ce que ça signifie ou ce que je devrais en faire. C'est une bague de femme et elle est trop petite pour mes doigts.

— Merci.

Elle me caresse la barbe avec une expression amusée.

— C'est ma bague porte-bonheur. Je l'ai achetée quand j'ai publié mon premier livre, comme un cadeau à moi-même, et maintenant j'aimerais que tu la gardes comme une bague de promesse, un symbole signifiant que je m'engage à ce que nous nous fiancions dans le futur. J'espère que tu la préfères à la bague en cheveux traditionnelle.

Elle sourit et ajoute :

— Tu te souviens qu'ils faisaient ça à l'époque de la Régence ? L'homme portait une bague faite avec les cheveux de sa bien-aimée.

— Je m'en souviens, murmuré-je.

Je fixe le précieux cadeau, puis je lève les yeux vers elle, à peine capable de parler à cause de la boule d'émotion qui s'est formée dans ma gorge.

— Je la porterai autour du cou avec une chaîne en or tous les jours, comme un rappel constant de ton amour.

Elle m'embrasse, passant les bras autour de ma taille.

— Je suis à toi, Lucas. Et tu es à moi.

Ce sont les mots les plus doux que j'ai jamais entendus.

— Tu es à moi, répété-je d'un ton rauque en passant les bras autour d'elle et en fourrant mon nez contre son cou.

— Mon doux Lucas.

Je me redresse et l'embrasse délicatement.

— Ma douce Alice.

Ses yeux bleus s'illuminent, ses lèvres s'étirant en un sourire discret et sexy.

— Ravis-moi.

Je lui adresse un sourire diabolique et plonge sur elle. Elle rit et court vers le lit. Je la rejoins, la couvrant de mon corps et embrassant ses lèvres souriantes. Sa main prend mon visage en coupe pour un baiser passionné, un désir brut se répandant comme un incendie dans mes veines. Je soulève sa robe et la lui ôte, l'arrachant presque, pendant que ses mains courent le long de mon corps, sa bouche rejoignant la mienne encore et encore.

Je m'écarte suffisamment pour retirer mes vêtements.

— Déshabille-toi maintenant.

Elle s'empresse de retirer son soutien-gorge et sa culotte, les rejetant de côté. Nous nous percutons presque dans notre empressement à nous coller peau contre peau. Elle me ravit en même temps que je la ravis. Nous allons finir par nous tuer dans une frénésie sauvage de baisers, de morsures et de caresses. Je mourrai heureux.

Puis elle écarte les jambes, m'attirant plus près et me poussant à aller plus loin.

— Maintenant, Lucas, maintenant.

Je me glisse jusqu'au paradis et émets un grognement, long et bas. Je plonge le regard dans le sien et nous échangeons un souffle.

— Je t'aime.

Ses doigts se resserrent contre ma nuque.

— Je t'aime aussi, je t'aime tellement. Tu es un don du ciel.

Je ferme mes yeux piquants, la gorge serrée. Je suis le troisième fils, ce qui veut dire que je n'ai aucune importance pour la couronne. Tout ce que j'ai toujours voulu, c'était trouver ma place dans l'héritage du royaume, et c'est fait, maintenant. Mais ça, c'est tellement plus puissant. C'est *tout* ce qui compte. Je suis son don du ciel. Elle m'aime inconditionnellement juste parce que je suis moi.

Je l'embrasse tendrement.

— Tu es mon don du ciel, Alice. Tu es ma vie.

Elle m'embrasse passionnément, ses hanches s'arquant en avant pour me prendre plus profondément.

— J'ai besoin de toi.

Je la pilonne lentement et profondément, mes yeux toujours rivés aux siens. Les choses sont différentes, maintenant. Je me sens différent, moins effréné et empressé. Elle est à moi, et je veux la chérir, la vénérer, lui faire l'amour.

Elle me donne une tape sur les fesses.

— Baise-moi plus fort.

Je souris, puis fais ce que demande la dame, parce que je suis une fripouille au bon cœur. Elle émet un hoquet, halète et scande mon nom, puis ses ongles s'enfoncent dans mes épaules, son corps se crispant autour de moi. Elle rejette la tête en arrière et je la pousse dans le précipice, ses petits cris m'encourageant à continuer. Je la pénètre une, deux fois, et lâche prise dans une explosion de plaisir qui me secoue tout entier, atténuant le monde entier dans un brouillard de passion et d'amour.

Je m'effondre contre elle, pressant mes lèvres contre son cou. Elle me serre contre elle, et je suis comblé.

— Ton amour m'a aidée à croire à nouveau aux fins heureuses, murmure-t-elle.

Ma gorge se serre. Cette femme passe son temps à décocher des flèches droit sur mon cœur. Je n'ai jamais eu la moindre chance. Et j'en suis heureux.

Je lève la tête et elle m'adresse son doux sourire.

— Ton sourire m'a rendu heureux, ta foi en moi m'a donné des ailes et ton amour, ma chérie, m'a donné le monde.

Elle commence à pleurer.

— Et tu disais que les hommes ne débitaient pas de poésie dans le feu de la passion. C'était si beau.

— Je ne débite pas de poésie, répliqué-je avec indignation. C'est juste la joie résiduelle qui parle.

Elle me serre contre elle.

— Alors je suis impatiente de vivre d'autres moments de joie résiduelle avec toi.

— Notre futur est rempli d'amour, de rire et de *nombreux* moments de joie résiduelle.

Elle me donne une tape sur l'épaule.

— Je dois aller sur mon ordinateur. C'est une parole en or !

Je prends sa mâchoire dans ma main.

— Je suis heureux de te servir d'inspiration ; cependant, j'ai des projets pour toi.

Je me penche sur son corps, déposant des baisers sur mon chemin, et elle soupire.

Pour inciter Alice à rester loin de son ordinateur, je dois rendre sa réalité meilleure que la fiction. Je vais passer le restant de mes jours à faire exactement ça.

Ne manquez pas le prochain tome de la série Les Rourke, *Royal Player*, avec le coup de foudre d'Oscar !

Royal Player

Polly

Je suis une princesse moderne de vingt-trois ans, contrainte par des règles archaïques et médiévales. La santé de mon père décline, ce qui signifie que je serai bientôt reine, mais en tant que femme, je n'ai pas le droit de gouverner seule. Je ne peux qu'honorer mon droit de naissance en épousant l'homme choisi pour moi – un magnat des affaires utile pour notre royaume.

Mes parents sont intraitables. Si je n'obtempère pas, mon jeune cousin prendra ma place, simplement parce que c'est un homme.

C'est moi qui dois me plier, ou m'en aller et tout perdre – ma famille, mon droit de naissance, l'île où je suis née.

Je n'ai jamais rencontré d'homme assez tentant pour me faire risquer mon royaume... jusqu'à ma rencontre avec *lui*.

Oscar

Je suis le mec charmant. Si vous devez me retrouver au milieu du clan Rourke, c'est comme ça que vous y arriverez. Est-ce que ça m'ennuie que l'on n'attende rien de plus de la part du quatrième fils que d'afficher dans la presse son sourire à la beauté désarmante ? Peut-être.

Est-ce que j'aimerais qu'au moins une personne me considère comme essentiel dans un projet important ? Oui.

C'est alors que je *la* rencontre.

L'ennui, c'est que Cupidon a choisi la mauvaise femme. Elle est à Villroy pour un court séjour avant de rentrer et d'épouser l'homme que ses parents ont choisi. Sinon, elle perdra son droit de naissance.

Si je tiens vraiment à Polly, je dois prendre mes distances. Mais aurai-je la force de résister à la femme la plus parfaite que j'aie jamais rencontrée ?

Inscrivez-vous à ma newsletter afin de ne rater aucune de mes nouvelles publications: Kyliegilmore.com/FRnewsletter

AUTRES LIVRES DE KYLIE GILMORE

La série du Club de Lecture Happy End

Hollywood incognito (Tome 1)

Au-devant des ennuis (Tome 2)

Même pas cap (Tome 3)

Entente formelle (Tome 4)

Erreur sur le bad boy (Tome 5)

Joue avec moi (Tome 6)

Résister au destin (Tome 7)

Une chance de romance (Tome 8)

Un séducteur diabolique (Tome 9)

Un plan désagréable (Tome 10)

Un mariage Happy End (Tome 11)

La série Rourkes

Royal Catch - Version française (Tome 1)

Royal Hottie - Version française (Tome 2)

Royal Darling - Version française (Tome 3)

Royal Charmer - Version française (Tome 4)

Royal Player - Version française (Tome 5)

Royal Shark - Version française (Tome 6)

AU SUJET DE L'AUTEUR

Kylie Gilmore est auteur de best-sellers sur la liste de USA Today tels que la série du Club de Lecture Happy End, la série Rourkes, la série Clover Park et la série Clover Park STUDS. Elle écrit des romances comiques qui vous feront rire, vous feront pleurer et vous donneront un coup de chaud.

Kylie vit à New York avec sa famille, ses deux chats et un chien complètement fou. Quand elle n'est pas en train d'écrire, de courir après ses enfants ou de prendre des notes lors de conférences sur l'écriture, vous la trouverez sur la pointe des pieds, cherchant à atteindre sa cachette secrète de chocolat tout en haut du placard.

Cliquez ici pour vous inscrire à la newsletter de Kylie afin de recevoir des informations concernant les sorties de nouveaux livres, les promotions et les cadeaux réservés aux abonnés. https://www.kyliegilmore.com/FRnewsletter

Pour d'autres bonus sympas, allez voir le site de Kylie https://www.kyliegilmore.com.

9 781646 580026